#11
ありふれた職業で世界最強
ARIFURETA SHOKUGYOU DE SEKAISAIKYOU
白米良 shirakome ryo
illust.たかやKi

「……どけ」

「ほぅ、これが吸血鬼の感じる
甘美さというものか。悪くない」

「っ、どかないの！」

ありふれた職業で世界最強 11

白米 良

OVERLAP

CONTENTS

イラスト／たかやKi

第一章◆魔王の招待

燦々《さんさん》と降り注ぐ陽《ひ》の光。それは本来、【シュネー雪原】という常冬の氷雪地帯を脱出した者に与えられる何よりの褒美であるはずだった。

最後の大迷宮たる【氷雪洞窟】を攻略した後のことなら、なおさら。

だがしかし、その褒美の光は今、遮られていた。

おびただしい数の灰竜。

巨大な白竜《ウラノス》に騎乗し睥睨《へいげい》する、【魔国ガーランド】総大将フリード・バグアー。

そして、

灰色の髪と翼という異様な姿と共に、ニタニタと粘ついた笑みを浮かべる中村恵里《なかむらえり》。

（……チッ。やっぱり一体だけじゃなかったな）

思わず内心で舌打ちせずにはいられない最悪の災厄――〝神の使徒〟五百体によって。

天を覆い尽くし、陽の光を地上から奪うかのようにその身で受け銀に煌《きら》めく。

その光景は白昼でありながら、まるで満天の星の如《ごと》く。

凄絶に美しく、しかして全く同じ顔、無表情がここまで並べば名状し難いほどにおぞましい。

「逸《はや》るなよ、イレギュラー。こちらに交戦の意思はない」

「そうなのか？　てっきりやる気満々かと思ったぞ、お坊ちゃま」

鼻で嗤《わら》うハジメに、フリードの切れ長の目が僅かに眇《すが》められた。

闘争以外が目的と言うならば、随分と過剰な戦力。そこまで過保護に見守られないと話もできないか？　というハジメの言外の揶揄《やゆ》を誤解なく受け取ったらしい。

「妥当な出迎えだろう。貴様のような狂人には」

かつて【ハイリヒ王国】の王都侵攻時にされたように、問答無用に対軍用殲滅《せんめつ》兵器を撃ち込まれてはたまらない。過剰戦力を以《もっ》て抑止することで初めて会話が成立する。

そう揶揄し返すように冷めた目で返すフリードだったが、

「落ち着けよ、さっきからお前のギラギラした殺意がむず痒《がゆ》いんだよ」

多くの使命を頓挫させられ、多くの同胞を塵《ちり》も残さず消滅させられたフリードの恨みは深い。努めて冷静であろうとしても、やはり漏れ出す殺意はハジメに届く。

軽口というには辛辣すぎる言葉を交わし合いながら、ハジメは既に発動している〝瞬《しゅん》光《こう》〟状態で思考を回す。

（さて、どうすっかな）

最後の大迷宮【氷雪洞窟】を攻略し【シュネー雪原】を出た直後の予想外の事態に、仲間の緊張が感じられる。

ユエやシア、ティオに香織《かおり》は流石《さすが》の肝の据わり方というべきか、程よい緊張感と自然な戦闘態勢を取っている。

だが、他は少々問題ありだ。

一人だけ大迷宮を攻略できず、しかもハジメに殺意を向けたうえで正面から敗北した光輝《こうき》は言わずもがな。空気を読まない恵里にラブコールを送られても、ただ混乱しているだけで返答の一つもできていない。

その恵里との対話を求め続けた鈴《すず》もまた、あまりに突然の事態と恵里の変容に唖然茫然《あぜんぼうぜん》状態で絶句したまま。

辛うじて、雫《しずく》と龍太郎《りゅうたろう》が戦闘態勢を取っているが、〝神の使徒〟が発する絶大なプレッシャーに腰が引け気味だ。

一瞬、一時撤退の選択肢がハジメの脳裏に過《よぎ》った。

背後には【シュネー雪原】と外界を隔てる〝見えざる境界線〟がある。

万年、極寒と猛烈な吹雪に見舞われている雪原だが、一歩でも境界線を出れば、そこは普通に温暖な南大陸の気候だ。雪片一つ舞ってはこない。まさに〝猛吹雪によるホワイトアウトの壁〟があるような光景なのだ。

故に、飛び込めば悪くない隠《かく》れ蓑《みの》にはなるだろう。が、それで時間を稼ぎ、クリスタルキーで遠方へ退避できるかと言えば……

「無駄なことはしませせぬよう」

少々、難しいだろうと考えざるを得ない。

抑揚のない声が考えを見透かしたように降ってきた。フリードに一番近い位置にいる使徒の一体が、ガラス玉みたいな目を向けてくる。逃がす気は欠片《かけら》もないのだろう。

白竜ウラノスが翼を強く打ち、前に出た。

風が逆巻く中で、フリードが用件を口にする。

「魔王陛下の御言葉《おことば》を伝える。――〝我が城へ。歓迎しよう〟」

「魔王の招待、だと？」

「我等《ら》はその迎えである」

意外や意外。どうやら本当に交戦の意思はないらしい。てっきり、使徒の過剰投入という絶望的戦力を以て、本気で潰しに来たのかと死闘を覚悟したのだが……

何せ使徒が魔人族側と共にいる時点で、聖教《せいきょう》教会の崇《あが》める神エヒトと彼等が繫《つな》がっているのは明白である。以前のノイント戦の借りを返しに来たと考えるのは自然な帰結だ。

その予想を明確に否定したフリードは大仰に頷《うなず》いた。

「本来ならあり得ぬ、我等が神へ拝謁する栄誉が貴様達《たち》には与えられるのだ」

「……神？　まるで神と魔王が同一であるような口ぶり」

フリードの言葉に疑問が首をもたげる。ハジメに代わってユエが思わず訝《いぶか》しむように尋ねると、フリードの視線はユエを捉え、途端、努めて感情を抑制しているかのようだった無表情が愉悦と恍惚《こうこつ》に染まり出す。

「そう、我等魔人族の王は、紛れもない神である。大いなる創世の神――エヒト様の唯一の眷属神《けんぞく》」

その名をアルヴ。

今まで魔国における〝魔王〟とは、国家元首であると同時に神託の巫覡《ふげき》、すなわち神の代弁者という認識であった。その認識は他国においても変わらない。

しかし実のところ、魔王とは神の依《よ》り代《しろ》であり、その言葉・命令は神の意志そのものであったという。

魔国にあって最高位の地位にあるフリードですら、使徒降臨の後に初めて聞かされた事実の一つだった。

「何千年という時の中、神は常に我等と共にあった。そして此度《こたび》、遂《つい》に神の軍勢が召喚されたのだ。我等魔人族を救済せんがために！……この意味が分かるか？」

両手を広げ、まるで舞台俳優のように地上を見下ろすフリード。

「認められたのだ。我等魔人族こそ真に選ばれし種族。世界を管理し導くに相応《ふさわ》しい、神の眷属であると！」

朗々と響くフリードの演説じみた言葉。

きっと、これが魔国の首都でなされれば、空気を破裂させかねないほどの大歓声が迸《ほとばし》ったことだろう。

もちろん、この場に感銘を受ける者は一人もおらず。ハジメに至っては小指で耳の穴を掃除している。

フリードの額に青筋が浮かぶ中、静観していたティオが一歩前に出た。チラリと一瞬だけ光輝達を見たのは、彼等の動揺がどの程度収まったか確認したのだろう。

いつの間にか、シアが鈴と雫の傍《そば》に、香織が光輝と龍太郎の傍に寄っている。二人も、ハジメがフリードと会話している間に鈴達の動揺を鎮めようと行動してくれていたようだ。おそらく、ユエの質問も、そうした時間稼ぎの一つに違いない。

もっとも、今しばらく時間は必要そうだと判断したらしいティオが重ねて問う。

「一つ、聞かせてもらえんか？」

「……なんだ？　竜人の生き残りよ」

再び、声から抑揚が消え表情が無になる。感情の振れ幅が異様だった。いっそ、彼の方こそ狂人だと思えてしまうほど。

「お主は攻略者じゃ。ならば知っておろう？　世界の真実を」

その問いに、むしろ雫や香織達の方がハッとしたようだった。

そう、フリードは知っているはずなのだ。大迷宮攻略者である彼なら、解放者達が後世に残した物語を見聞きしたはずなのだ。

既に知っていることからハジメ達はスルーしたが、【氷雪洞窟】にもそれを教える部屋は確かにあったのだから。ヴァンドゥル・シュネーもまた、絵画と彫刻を以て真実を伝えていたのである。

ましてて、ヴァンドゥル・シュネーは竜人との混血とはいえ魔人族である。それも魔王に連なる血筋の者だ。遥《はる》か昔の高貴なる同族が他種族と手を取り合い戦った事実を知って、なぜエヒトに与することができるのか。

そんな言外の疑問を、フリードは確かに理解して、

「なぜ、それが真実であると？」

冷めた表情で切り捨てた。

「解放者、否、反逆者共の虚言であると、なぜ疑わない？」

「ふむ、お主は虚偽であると思うのか」

「まぁ、証拠は何もないからな」

答えたのはハジメ。肩を竦《すく》めている。

雫達が驚いた表情でハジメを見た。解放者の語る真実を、ハジメは信じていると思っていたから。

だが実際のところ、ハジメの本心は〝真偽などどうでもいい〟である。結局のところ、神が善でも悪でも、神であってもなくても、己の道を阻むか否か。ハジメにとっての判断基準はそこに尽きるのだ。

もっとも、フリードにとっては〝どうでもいい〟ことであるはずがないのだが……

「逆に聞くがな、フリード。お前はなぜ疑うんだ？　お前にとってエヒトは、元より不倶《ふぐ》戴天《たいてん》の敵であるはずだ」

元より敵。敵たる人間族が崇める神。

なら、それが世界を乱す悪だと語られて、むしろなぜ納得しないのか。

我が意を得たり！　人間族は騙《だま》されている！　正義は魔人族にあり！　と、なぜ声高にエヒトを弾劾しないのか。

「浅はかな。全ては選定のためであったと、なぜ分からない？　神の眷属種として選ばれるための大いなる試練であったと、なぜ理解しない？」

「……ああ、なるほどな」

ハジメは納得したように呟《つぶや》いた。もちろん、フリードの言葉に、ではない。

──実は、エヒトは魔人族にとっても崇めるべき神でした。今までの全ては試練ですそんな生まれてからの価値観が丸ごとひっくり返るようなことを今更聞かされて……

信じていた神は、実は宿敵が崇める神と繋がっていて……

いったいどれほどの同族が戦争で犠牲になったか、将軍である彼は誰よりも理解しているはずで……

にもかかわらず、この解釈、この理解。

「哀れなもんだ」

どこで、彼は捻《ね》じれ曲がったのか。昔のフリード・バグアーを知らない以上、ただの憶測に過ぎない。けれど、聖教教会の聖職者達とよく似た、あの信仰に全てを捧《ささ》げた狂信者の表情を見れば、きっとその推測は間違ってはいないだろうと思えた。

ハジメの呟きは小さく、口の中で転がる程度のもの。聞こえるはずはなく、しかし、ハジメの雰囲気から己に向けられた嘲弄にも似た哀れみを察したのだろう。フリードの内心が波立った。断じて、怨敵から受けるべきではない許容せざる感情を向けられて、全身の血が一瞬で沸騰したかのような錯覚を覚える。

だが、その感情を吐き出す前に――

「ちょっとぉ～、フリード。どぉ～でもいいことペチャクチャ喋《しゃべ》ってないで、さっさと済ませてよ～。ボクは、早く光輝くんとあまぁい時間を過ごしたいんだからさぁ」

「っ……分かっている」

心底面倒そうな恵里《えり》の言葉と態度に、フリードは舌打ちをしつつも飛びかけた理性を繋ぎとめた。

同時に、時間稼ぎのおかげで動揺を収めつつも口を挟めずにいた鈴が、恵里に声を張り上げる。震えるほど必死な声音を。

「え、恵里っ！　鈴はっ……恵里と――」

「ん？　ああ、いたの？」

「――っ」

言外に、眼中にないと告げる恵里の目は、あまりに冷たかった。まさに、路傍の石を見る目。かつての親友を見る目では断じてなかった。

分かっていたことでも、心が冷える。ナイフでも突き入れられたみたいに痛みが走る。

それでも、と鈴は心を振り絞った。もう二度と目を逸《そ》らさないと誓ったから。

「いるよ。恵里に会いたくて、ここまで来たんだよ」

「ハッ、恨《うら》み辛《つら》みでも吐きにきたってこと？　なら好きにすれば？　どうでもいいことだしぃ～」

「ち、違うよっ。鈴はただっ、恵里ともう一度話をしたくて！」

言いたいことはたくさんある。伝えたいことも、聞きたいことも。

心の中では、今にも何かがあふれ出しそうで。

けれど、いきなりすぎる再会と少なすぎる時間は、鈴に心を上手《うま》く言葉にする猶予を与えてくれない。

だから、鈴がもう一度何かを言う前に、恵里の視線はあっさりと外れてしまう。

その態度が、欠片の興味もないのだと、恵里にとって鈴という存在は、本当に用済みの、なんの価値もない存在なのだと、これ以上ないほど伝えてくる。

「おいっ、恵里！　てめぇっ――」

鈴を慮《おもんぱか》って、龍太郎が思わず怒声を上げるが……

「光輝くぅん！　どう？　前よりずっと素敵になったでしょぉ？」

ねっとりとしたヘドロのような声音で、光輝に水を向ける恵里。

龍太郎のことなど意識にすら入っていない様子で、歪《いびつ》でうすら寒さを感じさせる笑みを浮かべながら、くるくると空中で踊り始める。

服の裾を握り締めながら歯噛《はが》みする鈴を、冷たい空気から守るように雫が抱き締める中、光輝《こうき》はそれを気にする余裕もなく、未《いま》だに少し呆然《ぼうぜん》としながら尋ねた。

「え、恵里……その姿は、どうしたんだ？」

「魔王様にねぇ、つよぉ～くしてもらったんだよぉ？　ボクは光輝くんと二人だけで甘く生きたいだけなのに、そんなささやかな願いすら邪魔するゴミが多いからさぁ。でも、もう大丈夫！　光輝くんを煩わせるゴミはぜぇ～んぶボクがお掃除してあげるからねぇ！　二人でずぅ～っとずぅぅぅぅぅっと一緒に生きようねぇ～」

「え、恵里……」

嗤《わら》い声《ごえ》が響く、ケタケタと。薄汚れたような髪と翼を振り乱して自分の世界に浸る彼女には、もはややかける言葉が見つからない。王宮で本性をあらわした時よりもずっと、人として大切なものが致命的に破綻してしまっているような異様さ。

あえて言うなら、雫《しずく》が思わず漏らした呟き――

「なんて有様なの……」

そうとしか言い様がなかった。

撒《ま》き散らされる灰色の羽が、地面に触れるや否や雑草も地面も消滅させて穴あきにしていく。ノイントと同じ〝分解〟の固有魔法《こゆうまほう》だ。

「私と一緒……じゃないね。恵里ちゃんの体自体を変質させて……」

悲痛に曇った表情で香織《かおり》が考察を口にする。

と、今度は逆にフリードが痺《しび》れを切らした。

「問答はここまでだ。さぁ、招待に応じてもらおう。言っておくが、イレギュラー。貴様等《ら》に拒否権はない」

灰竜の群れが威嚇するように一切に咆哮《ほうこう》を上げた。ビリビリと空気が震える。心なしか、使徒達《たち》の放つプレッシャーも増したように感じる。

だが、緊迫感の増大した雰囲気の中で、ハジメは、

「あほくせぇ」

そう、吐き捨てた。

招待主の意図は不明。受ける義理も皆無。むしろ、詐謀偽計以外の何物でもなし。

何一つ、招待に応じる理由はない。

故に、返答は殺意で。その両手には、いつの間にかドンナー&シュラークが。

主の意志に応えるかのように、既に紅《あか》いスパークは臨界状態だ。

「罠《わな》と分かっていて敵陣で戦う馬鹿はいない。なら、答えは一つだ。ここで終わらせようぜ、なぁっ、フリードォッ！」

ニィッと口元が裂ける。使徒五百体という絶望的戦力を前に、その戦意は僅かな揺らぎもなく、むしろ刻一刻と増大していく。

実際、ハジメは勝つつもりだった。

死闘にはなるだろう。無傷ではいられまい。

だが、ノイントの時ともまた違う。

昇華魔法で爆発的に強化されたアーティファクト兵器の数々。ノイントとの死闘の果てに至った〝限界突破最終派生・覇潰《はつい》〟、更に積み上げた戦闘経験、幾度も幾度も重ねた対使徒戦のシミュレーション、そしてユエ達。

傍に彼女達がいる限り、負ける気が欠片《かけら》もしない。

何より……

帰るのだ。帰る手段を、遂《つい》に手に入れたのだ。皆を連れて、家に、故郷に、帰るのだ。

その念願を、こんなところで潰《つい》えさせたりなどするものか。

そんなハジメの想《おも》いに応えるように、

「……んっ。いい加減、お前の相手も飽きた。そろそろ死ぬといい」

「ふふんっ、今の私は無敵ウサギですからね！　全員まとめて、ウッサウサにしてやりますよぉ！」

「ただの人形なんかに、私は絶対に負けない！」

「善きかな善きかな。神の思惑、また一つ捻《ひね》り潰してやろうぞ」

ユエ、シア、香織、ティオの戦意が魔力となって噴き上がる。

ハジメの視線が、チラリと肩越しに背後へ飛んだ。

その視線を受けた鈴《すず》が、思わずビクリッと肩を跳ねさせる。理解したからだ。

――覚悟はいいか？

と、そう言われていることを。

なんの覚悟？　決まっている。今この場で恵里を、かつての親友を、取り戻すのだ。

「シズシズ、龍太郎《りゅうたろう》くんっ、光輝くん！　力を貸して！」

ひゅるりと開くのは双鉄扇。瞳は真《ま》っ直《す》ぐに恵里を射抜く。

「へっ、いいぜ。やってやろうじゃねぇか！」

「もちろんよ、鈴。任せなさい！」

即座に応える龍太郎と雫。光輝の返答はなかったが、聖剣を構えることで無言の応答とする。

そうして、限界まで引き絞られた戦意と殺意の弦が、今、解き放たれる――

というその寸前、

「逸《はや》るなと言ったぞ！　この化け物がっ」

この戦力差を見て躊躇《ためら》いなく闘争に身を投じようとするハジメに、フリードは思わず悪態を吐き出した。と同時に、彼我の間に光の膜を割り込ませた。

空間魔法のゲートだろう。盾として使うなら確かに有用である。

が、どうやらそうではなかったらしい。

「あ？　屋内？……城か？」

見えたのは、大理石のような光沢のある床と荘厳な彫刻を施された幾本もの太い柱、芸術的な調度品の数々。二列に並ぶ柱の間にはレッドカーペットが敷かれている。

とても大きな空間で、どうやら天井付近から奥へ向けて俯瞰《ふかん》できる位置にゲートが開いているらしい。

そのゲートが、レッドカーペットの奥――玉座の脇を映すように移動した。

そうして、空間を超えて飛び込んできた光景は――

「招待客が、貴様等だけなどと誰が言った？」

「あはは～、みんなボロッボロだねぇ～。馬鹿みたいに抵抗するからさぁ」

それは、巨大な檻《おり》だった。黒ずんだ金属製で、なんらかの魔法がかかっているのか淡い輝きを帯びている。そこに多くの人間が倒れ伏していた。そう、

「みんなっ、先生！」

「リリィまでっ」

王国の王宮にいるはずの愛子《あいこ》とクラスメイト達、そして王女リリアーナが。

香織と雫の焦燥に満ちた声が響く。光輝も龍太郎も鈴も、一度は静まっていた心が再び動揺に乱されているようだった。

無理もない。おそらく、招待という名の襲撃をしかけてきた使徒相手に戦ったのだろう。永山《ながやま》パーティーや愛ちゃん護衛隊のメンバーは満身創痍《まんしんそうい》といった有様だ。

特に、永山重吾《じゅうご》と遠藤浩介《えんどうこうすけ》、そして園部《そのべ》優花《ゆうか》と玉井《たまい》淳史《あつし》の怪我《けが》が酷《ひど》い。意識も朦朧《もうろう》としているようで、この四人はピクリとも動かない。

必死に応急処置をしていたらしい愛子とリリアーナの手は血で汚れている。

比較的無事な生徒――元より戦意を喪失して戦闘を放棄していた王宮居残り組の生徒達

も、不安と恐怖で顔を歪《ゆが》め、膝を抱えて蹲《うずくま》ってしまっている。

龍太郎が怒髪天を衝く勢いで声を荒らげた。

「てめぇっ、この野郎っ！　仲間を人質に取っておいて何が招待だ！　今すぐ解放しやがれっ！」

親友の純粋な怒りに、【氷雪洞窟】攻略以降、随分と大人しかった光輝も眼《め》を覚ましたように追随する。憤怒の表情を恵里へと向けた。

「恵里っ、こんなことをしたって何にもならない！　皆を返してくれ！」

「やぁ～ん、光輝くんってばやっぱり優しぃねぇ？　くふふ、でもだぁめ！」

「恵里!!」

「アハッ、そんなに情熱的に呼ばれたらどうにかなっちゃうよ！　待っててね、光輝くん！　すぅぐにぃ、ボクだけの光輝くんにしてあげるからねぇっ」

会話のようであって、全く会話になっていない。

もはや、恵里には光輝の言葉すら届いていないのだ。彼女にとって最愛の光輝とは、〝中村《なかむら》恵里にとって都合の良い光輝〟だけなのだろう。

何も上手くいかない。そのことに歯噛みし、光輝は聖剣の切っ先をフリードへと向ける。

そして、文字通り矛先を変えて言い募ろうとして――炸裂音《さくれつおん》が二度、轟《とどろ》いた。

「――ッ」

「わわっと!?」

二条の紅い閃光《せんこう》が、それぞれあり得ない角度からフリードと恵里《えり》を襲う。

刹那のうちに動いたのは二人の傍《そば》に控えていた使徒二体。残像を発生させるほどの速度で射線に割り込み、大剣をクロスさせて受ける。

「!?」

「以前とは威力が……」

二体の使徒が僅かに目を見開いた。ただの一発で一之大剣に風穴を開けられ、更に弐之大剣にも亀裂を入れられたのだ。おそらく、二撃目は防げまい。フリードが冷や汗を噴き出し、恵里が表情を引き攣《つ》らせている。

「ダ、ダメ！　待って！　お願い待って！　南雲《なぐも》くんっ。恵里のこと約束したでしょ!?」

「騒ぐな、谷口《たにぐち》。峰撃ちだ」

「弾丸の峰ってどこ!?」

鈴がハジメの腕にぶら下がっていた。鈴の体重くらいではビクともせず、その銃口は僅かなブレもなく真横を狙っている。

ゲートだ。銃口の先にあるのは掌《てのひら》サイズのゲート。それが、ハジメの左右とフリード達の斜め横の計四つ展開されている。

ユエとのコンビネーションによる空間跳躍銃撃といったところか。正面に展開されているフリードのゲートを避けて狙うためだろう。

確かに先程の射線から判断すると恵里の方は肩を狙ったようだが、使徒の大剣を一撃で

使用不能にするような破壊力を肩に浴びれば……腕一本千切れ飛ぶ程度で済めば、まだ良い方だろう。フリードに関しては、情け容赦皆無で頭部を狙っている。

「この狂人めっ」

「なら、お前は生粋の馬鹿といったところか？　連中が人質にならないことは、既に証明したと思ったんだがな？」

銃声が届いたのだろう。フリードのゲートの奥で、愛子達がキョロキョロと周囲を見回している。

それをチラリと見て、ハジメは鈴を腕から落としながら言う。

「大人しく言うことを聞いたとして、あいつらの無事を保障なんぞしないだろう？　俺も、そんな戯言《たわごと》は信用しないしな」

その言葉は、動揺する鈴や光輝達への言葉か。「それに……」と呟《つぶや》くハジメの視線はフリードに固定され、ギラギラと凶悪に輝いているが、

「お前等を皆殺しにしてから招待されることに、なんの問題がある？」

魔王城に乗り込むことはするらしい。

確かに、クラスメイトを人質にとってもハジメは止まらないだろう。

けれど、その上で助けられるなら助けようとしてくれる点、以前とはやはり少し違う。

と、尻餅をついていた鈴を筆頭に、光輝達はどういう顔をすればいいのか分からないといったような微妙な表情になってしまう。

「分かっていたとも」

フリードが目を細める。ウラノスの手綱を握る手にギリギリと力が入る。

「忘れるわけもない。故に、招待用のカードは、もう一枚用意してある」

浮かんだ表情は――愉悦と嘲笑だろうか。

同郷の者達は人質として有効ではない？　なら、有効な人質を用意すればいい。と、そう言わんばかり。確信があるかのように。

そしてそれは、決して間違いではなかった。

ゲートが移動する。クラスメイト達を捕らえる檻の、玉座を挟んで反対側。同じく柱の向こう側の小さな檻に――


その瞬間、音が消えた。


そう錯覚するほどの、常軌を逸した殺意が周囲一帯を呑《の》み込んだ。

「――ッ、ッッ!?」

呼吸が止まる。肌が粟立《あわだ》つ。本能ががむしゃらにレッドアラートを鳴らす。

沸騰した血も凍《い》てつくようなその殺意に――否、もはや鬼気と表現すべきそれに体が勝手に逃げようとした者は、まだ強者《つわもの》と言える。

実際、フリード配下の灰竜は撃たれたみたいにバラバラと地へ落ちるか、発狂でもしたみたいに暴れ始めている。彼等《ら》の矮小《わいしょう》な精神は、生物としての本能は、放たれる真っ黒な恐怖の奔流に耐えられなかったのだ。

自分に向けられたわけでもないのに、光輝《こうき》や龍太郎、雫《しずく》まで苦しそうに顔を歪め、近くにいた鈴などは腰を抜かしてしまっていた。

使徒まで顔色を変えるような異様なハジメを前に、その鬼気を向けられているフリードは唇を噛《か》み切ることで辛うじて矜持《きょうじ》を保ち、恵里は早々に後方へ逃げ出している。

「……ハジメ！」

「っ、ユエ……」

ユエの叫ぶような声で、怒りで沸騰しそうになった頭が少し冷える。

ハジメは直ぐに懐から〝導越《どうえつ》の羅針盤〟を取り出した。

発動し、探る。

必ず、絶対に、迎えに行くと約束した――大切な娘の居場所を。

「本物か……」

苦々しい表情がハジメの顔に浮かんだ。そうすれば、シア達《たち》も否応《いやおう》なく理解してしまう。

視線の先、ゲートの向こう側で捕らえられている幼い海人族の女の子――ミュウが本物であると。

「そんなっ、ミュウちゃん！」

「レミアさんまでっ」

「やってくれるのぅ」

　母親であるレミアも一緒だ。二人で身を寄せ合っている。不安そうに震えているが、涙を流すようなことはなく、気丈にも励まし合っているようだ。

「……確認はできたようだな」

興味深いアーティファクトについて問いただす余裕はない。フリードは、冷や汗が目に入るのを拭うこともせず、歯を食いしばるようにしてハジメを見据えている。

まるで、一瞬でも目を離したら、その瞬間こそ自分が死ぬ時だと思っているみたいに。

「ミュウと俺の関係を教えたのは——お前か？」

ハジメの視線がスッと使徒の間を貫く。使徒達を盾にするように後方へ退避していた恵里が、その視線に捕まった。

「は、ははっ、どう……だったかなぁ？」

相変わらず人を食ったような態度だが、顔は青褪《あおざ》め、頬は引き攣り、言葉は途切れ途切れだ。恐怖故か、全く誤魔化し切れていない。

もっとも、フリードも使徒もミュウとの面識がない以上、【オルクス大迷宮】でミュウとハジメの関係を知った恵里以外に、ハジメにとって彼女達が人質として有効であることを教えられる者はいないので自明のことではある。

「そんなことはどうでもよい。イレギュラーよ！　返答や如何《いか》に！」

己を奮い立たせるように語気を荒らげて返答を促すフリード。

対するハジメは、虫を観察するような目でフリードを見返した。

鬼気は未《いま》だ発生しているが先程までの荒々しさはない。いっそ静かでさえある。が、それが逆に不気味だった。まるで、化け物に暗闇の奥から覗《のぞ》き込まれているみたいに。

自然、フリードの呼吸は浅くなる。自分で意識する余裕もなく。

果たして、返答は――

「招待を受けてやろう」

「……ようやく賢い判断ができたな」

肺が拘束を解かれたように空気を貪る。優越性を取り戻し嘲笑を浮かべるフリード。

気絶ないし発狂している灰竜を変成魔法の応用で叩《たた》き起こし、大軍が通れるだけのゲートの構築に入り出す。

使徒が油断なく見下ろしてくる中、ようやく鬼気が普通の殺意くらいに収まって、光輝達が大きく深呼吸しているのを横目にユエが小さな声で確認した。

「……いいの？」

「……ああ。クリスタルキーを使えば助けにいけるだろうが、タイムラグが大き過ぎる。それに、空間転移系の力を保有していることは向こうも承知のはずだ」

「何か、対策をしてるかもってことですね」

「万が一があっては困るからのぅ。先生殿や生徒達はともかく、ミュウとレミアは無力じゃ。どうあっても、そのタイムラグを自力では稼げんからな」

ティオの言う通り、やろうと思えばクリスタルキーと羅針盤を使って、ピンポイントで愛子《あいこ》達が捕らわれている魔王城へ転移することはできる。

だが、クリスタルキーの転移は概念魔法によるものだ。

破格の性能を有する代償に、その消費魔力も発動までの時間も相応に必要となる。

速度が重視される人質救出には、現状、向かないと言わざるを得ない。

「ねぇ、南雲君。魔王の狙いはなんだと思う？」

そっと近づいてきた雫が尋ねた。

「分からない。だが、もしかすると、俺が全ての大迷宮を攻略したことで帰る手段を得たってことを知っているのかもしれない」

「それって……」

せっかく召喚したのに勝手に帰られては困る。故に交渉しよう、ということか。

まだ再召喚を防止する概念魔法を創れていないことから、地球に帰還しても再度喚ばれる可能性はある。その労力が神にとってどれほどのものかは分からないが、もしかすると随分と困るのかもしれない。

「天之河《あまのがわ》」

「っ、なんだ、南雲」

「この先どうするのか。さっさと決めておいた方がいいかもしれないぞ」

ハジメの言葉に、「そいつぁどういう意味だよ」と龍太郎《りゅうたろう》の方が反応した。

「俺達がこの世界に来たのは、〝勇者召喚〟がなされたからだ」

「つまり……俺だけは帰られては困る、ということか？」

「可能性だがな。どっちにしろ、中村《なかむら》がお前をそう簡単に逃がすとは思えないが」

「……」

共に帰るのか。それとも以前豪語していた通り、この世界《トータス》に残って神と戦うのか。

【氷雪洞窟】の試練で醜態を晒《さら》し、自信も矜持も砕けたような光輝が、どういう判断をするのか。

「何を選ぶにしろ、それはお前の自由だ。だが、半端な判断で俺達を巻き込むなよ？」

「……言われるまでもないさ」

龍太郎や鈴《すず》が心配そうに光輝を見る。雫や香織《かおり》は、どこか仄暗《ほのぐら》い雰囲気を漂わせる光輝に不安そうな目を向けている。

「ユエ、ティオ。戦闘になったらミュウとレミアを最優先にしろ」

「……んっ。傷一つ、つけさせはしない」

「任せよ。身命を賭して守ろうぞ」

「シア、お前は暴れろ。敵対する奴《やつ》は皆殺しだ」

「合点承知です。落とし前は鉄槌《てっつい》を以《もっ》てつけさせますよっ」

なんて打ち合わせをしている間にフリードの準備は整ったようだ。

巨大なゲートが門のようにそびえている。

「案内の前に武装を解いてもらおうか、イレギュラー」

「あ？」

「ついでに、魔力封じの枷《かせ》もつけてもらう」

「……」

ジャラリと音を立てて取り出された手錠のような枷は、かつて王都侵攻の際、愛子や光輝達がつけられたものによく似ていた。

招待という建前を持ち出したにもかかわらず、扱いは完全に捕虜のそれ。

目を細めるハジメの前に手錠の一つが放り投げられた。

「自らつけよ」

さんざん煮え湯を飲まされ続けたせいか。フリードの嘲笑は未だかつてないほど醜悪なものになっていた。

以前は、まだここまで矮小な性格ではなかったように思えるが……

度重なる敗北、ハジメへの深い憎しみが彼の性格を変えたのか。あるいは、狂信の度合いが深まったことに比例して内面も変質してしまっているのか。

いずれにしろ、結論は変わらなかった。

「寝言は寝て言え」

グシャリと、ハジメは足元の手錠を踏み躙《にじ》った。

「拒否権はないと言ったはずだ！　それとも、あの母娘《おやこ》をも見捨てるか!?　混じり者の醜い劣等種にかける慈悲など微塵《みじん》もないぞ！」

一瞬、呆気《あっけ》に取られた表情を晒すフリードだったが、苛立《いらだ》ったように眉間に皺《しわ》を寄せると直《す》ぐに脅迫の言葉を放った。

興奮するフリードに、ハジメは冷然と返した。

「ミュウとレミアを人質に取れば、俺の全てを封じたとでも思ったのか？　理解しろ。お前たちが切ったカードは、諸刃《もろは》の剣《つるぎ》だってことを」

「諸刃の剣……だと」

とても静かな声音だった。いつの間にか殺意も消えていて、それどころか魔力の一滴も、〝威圧〟すらも使われてはいない。

なのに、その言葉は氷の鎖となってフリード達へ絡みつくようだった。心胆を丸ごと奪われるような感覚に身の毛がよだつ。

「お前達が今、生かされている理由もまたミュウとレミアにあるということだ。二人に傷の一つでもつけてみろ――」

白い髪の隙間から、炯々《けいけい》と光る眼《め》が覗いている。

「軍人だけでは済まさない。女、老人、子供……価値観も貴賤《きせん》も関係なく、魔人という種族を――」

おもむろに上がった手が、幽鬼のように揺らぎながら指を差す。ゲートの向こうを示すように。

「――絶滅させてやる」

それは、決意であり、誓約であり、宣言であった。

フリードの憎悪や苛立ちをあっさり塗り潰すような、あまりに重く禍々《まがまが》しい言葉だった。心なしか、ハジメの周囲だけ薄暗くなっている気さえした。

不可能だと断じることができない。もしかするとできるかもしれない……

背筋がゾッと粟立《あわだ》った。圧倒的な忌避感が知らずフリードに手綱を引かせていた。ウラノスもまた、自然と後退してしまっている。

「武装解除させたければ、ここで戦え。暴力を以て解いてみせろ」

物語において、人質を取られた主人公は、よく言われるままに武装を手放す。だが、ハジメにとっては論外だ。一時の安全のために、助ける側が無力化されるなどあり得ないと考える。

人質が五体満足でいられなくなったとしても、敵は撃滅する。

全滅する可能性より、たとえ傷ついても生き残れる可能性を取る。

まして、今は魂魄《こんぱく》魔法と再生魔法という限定ながら蘇生《そせい》の手段さえあるのだから、と。

もちろん、ミュウ達に怪我《けが》をしてほしいなんて微塵も思っていない。可能なら無傷で取り返したい。だが、もはやそれが難しい状況なら、ハジメは選ぶのだ。躊躇《ためら》いなく。

常識的に考えれば、それはある意味、悪行とも言える選択だろう。

たとえ救出のためには武装や枷をつけられないことは絶対条件で、かつ、ハジメの攻撃的な性格を嫌というほど知っているフリード相手なら押し通せるという勝算があったのだとしても、本来、人質の解放には最大限の配慮と慎重さが求められるものだ。死んでさえいなければいいなどと普通は考えない。

ましして、それが自分にとって極めて大切な存在であるなら、理屈や信条を飛び越えて二の足を踏むのが普通だ。

故に、こう言うしかない。

「やはり貴様は……狂っているっ」

相手が攻勢に出るなら、こちらも攻勢に出る。守りはしない。どちらが先に滅ぼし切るかのチキンレース。

なるほど、確かに正気の沙汰ではない。

「ちょ、ちょっと、フリードぉ！　勝手なことしないでよ！　武装解除の命令なんてされてないじゃん！　そいつ、マジ危ない奴なんだからさぁっ」

「だがっ、御前《ごぜん》にこの化け物をそのまま連れていくなどっ」

どうやら、武装解除はフリードの忠誠心が暴走した結果らしい。

ハジメを睨《にら》むフリードだったが、そこへ使徒の一体がひゅるりと割って入った。

「フリード、不毛なことはやめなさい。あの御方は、このような些事《さじ》を気にしません。また、我々が控えている限り万が一はありません。イレギュラーへの拘束は、我々の存在そのもので足ります」

流石《さすが》に〝真の神の使徒〟にそう言われてしまえば、フリードとしても閉口せざるを得ないらしい。納得し難くとも頷《うなず》いたフリードから視線を転じ、使徒はハジメを見やった。

「イレギュラー。私の名は〝エーアスト〟と申します」

相変わらず、無機質な瞳であった。だがしかし、

「貴方《あなた》とノイントとの戦闘データは既に解析済みです。二度も、我々に勝てるなどとは思わないことです」

そう釘《くぎ》を刺すエーアストの瞳は、気のせいだろうか。他の個体とは異なり、僅かに揺らいでいるようにも見えて……

ハジメには、それが〝敵愾心《てきがいしん》〟あるいは〝憎悪〟に近い感情の発露に見えた。

「いいからさっさと案内しろ」

冷めた目のまま顎で促すハジメ。

不遜な態度にフリードの苛立ちが増したようだが、恵里《えり》はこれ幸いと言わんばかりにさっさとゲートへ飛び込んでいった。

使徒達《たち》が隊列を組み直し、列柱廊のようにゲートへの道を作る。

ハジメ達はその道へ、躊躇いなく足を踏み出した。

その時、ハジメの手元が一瞬だけ輝いたことに気が付いたのは、隣のユエだけだった。

ゲートの移動先は、意外なことに先程まで見えていた玉座の間ではなかった。

巨城の一角にある、数百人規模のパーティーでも開けそうなほど広いテラスだ。

振り返れば魔国の首都が一望できる。思いの外、赤錆《あかさび》色の屋根を基本としていること以外は王都と良く似た街並みが広がっていた。

ハジメ達に続いて続々と通ってくる灰竜の群れや使徒の大半が、そんな城下町の方へ飛び去って行く。

「こちらだ。下手なことは考えるなよ」

五十体の使徒がハジメ達を囲う中、フリードはウラノスも空へ放しながらゲートを閉じ、テラスから王城内へと先導を開始した。

流石は南大陸の支配者の居城というべきか。冗談のように広い廊下をハジメ、シア、香織、ティオを先頭に、光輝《こうき》、雫《しずく》、鈴、龍太郎が一塊で後に続く。

そうして油断なく周囲を観察しながら進んでいると、

「光輝く～ん、あの化け物こわかったよぉ～、ボクを慰めてぇ～」

「え、恵里っ、君はっ」

唐突に恵里が光輝の腕を取った。そのまま抱き着いて密着し、光輝の耳に唇を這《は》わせるようにして何事かを囁《ささや》き始める。

「え、恵里！　聞いてっ、鈴は――」

必死に言葉を紡ごうとする鈴。しかし、恵里の視線は光輝にだけ向いていて、話しかけられたことにすら気が付いていない様子だ。

その顔には蠱惑的《こわくてき》な笑みが張り付き、瞳にはドロリとした妄念の熱が宿っていて、正直な話、見るに堪えない有様だった。

再会してこの方、恵里の眼中には、やはり光輝以外誰も入らない。

あれだけの裏切りをしておいて、クラスメイトを人質に取るという悪行をまたも犯しておいて、まるで悪びれた様子がない。

どこまでも自分本位なその姿と、鈴のくしゃりと歪《ゆが》んだ表情を見て、

「おいっ、恵里！　鈴が話しかけてんだろうがっ」

怒り心頭といった様子で龍太郎《りゅうたろう》が手を伸ばすが……

「大人しくしなさい」

スッと差し込まれた大剣に阻まれる。光のない使徒の目が龍太郎を見据える。

龍太郎はもどかしそうに光輝を見やるが、光輝もまた恵里の相手で手一杯なのか、龍太郎や鈴に視線を向けることもない。

「鈴。今は、ね？」

「シズシズ……うん。龍太郎くんも、ありがとね」

「チッ……おう。後で絶対に、俺等《ら》が話す機会を作ってやっからな」

雫の制止に、鈴と龍太郎は溜息《ためいき》混じりに引き下がった。

そうして、いくつか角を曲がり、渡し廊下を何度か通って、一行は遂《つい》に辿《たど》り着いた。

目の前には巨大な両開きの扉がある。魔王城の玉座の間への入り口として相応《ふさわ》しい威容を湛《たた》えた扉だ。権威を示しているのか、太陽と降り注ぐ光の柱の意匠が施されている。

扉の前にいる魔人族の兵士にフリードが視線で合図を送った。

その兵士が扉の一部に手を添えると光の柱部分が輝き、重厚な音を立てて左右に開き始めた。

ゲートで見た光景が広がる。二列の列柱廊と百メートルはあるレッドカーペット。奥には階段状の壇があり、その上には荘厳な玉座が見える。

逸《はや》る心を抑え、空席の玉座へと近づいていく。進むにつれ、徐々に玉座の左右が柱の陰より見え始めた。もちろん、捕らえられた者達も。

そうすれば、向こう側からも見えたのだろう。

最初に気が付いたのは愛子《あいこ》だ。大きく目を見開き、隣で背を向けていたリリアーナの手を握る。ハッと振り返ったリリアーナもまた瞠目《どうもく》し、息を呑《の》んだ。

それでクラスメイト達も気が付いたようだ。

「う、うそっ。ほんとに来てくれたっ」

「優花《ゆうか》っ、ほら、南雲《なぐも》君だよ！」

最初に声を上げたのは宮崎奈々《みやざきなな》と菅原妙子《すがわらたえこ》。寝かされている優花の傍《そば》で、涙に濡《ぬ》れた瞳を歓喜の色に染める。野村健太郎《のむらけんたろう》や仁村明人《にむらあきと》、相川昇《あいかわのぼる》なども、重吾《じゅうご》や浩介《こうすけ》、それに淳史《あつし》へ声をかけながら表情を輝かせる。が、直ぐに、ハジメ達が使徒に囲まれていることに表情を曇らせた。

「南雲君……」

愛子の震える声が届いた。

かつてのノイント戦を唯一間近で目撃した者である。その強さが骨身に刻み込まれているからこそ、使徒が五十体もいることに絶望感を漂わせてしまう。

もっとも、それも僅かな間のこと。ハジメが視線を向けて飄々《ひょうひょう》とした雰囲気で軽く肩を竦《すく》めたのを見るや否や、不思議なほどの安心感に包まれ、感極まったように涙ぐんだ。

と、次の瞬間、

「パパ？　パパぁーーっ」

「ハジメさん！」

今度は左サイドから歓喜の声が上がった。ミュウが太陽もかくやというキラキラの笑顔を見せ、レミアは悪夢の出口を見つけたような表情を向けてくる。

元気そうな二人の様子にハジメの表情も綻んだ。安心させるように優しい笑みを見せる。

「ミュウ、レミア。すまない、巻き込んじまったな。待ってろ。直ぐに出してやる」

「パパ、ミュウは大丈夫なの。信じて待ってたの。だから、わるものに負けないで！」

「ハジメさん。私達は大丈夫ですから、どうかお気を付けて」

ミュウには使徒の集団もフリードも関係ないらしい。パパが来てくれたのなら、もう何も怖くないと言わんばかり。絶大な信頼がそこにはあった。

レミアはまだ少し強張《こわば》った表情ではあるが、ミュウの様子を見て普段のおっとりとした雰囲気を取り戻していく。

ユエやシア、香織《かおり》やティオもミュウとレミアへ声をかけようとする。

勝手に話すなとフリードが忠告しようとするが、その前に、声が波紋を打った。

「いつの時代も良いものだね。親子の絆《きずな》というものは」

木霊するような声は玉座の後ろから。壁が輝き、人影を映す。

「私にも経験があるから分かるよ。もっとも私の場合、姪《めい》と叔父という関係だったけれどね」

低めだが透明感のあるその声を聞いて、なぜかユエがピクリッと反応した。

訝《いぶか》しむような、何か記憶を探っているかのような、そんな様子。

ハジメがどうしたのかと問う前に、声の主は輝く壁を透過するようにして姿を見せた。

美しい金髪と紅色の目を持つ初老の男だった。

漆黒の生地に金の刺繡《ししゅう》をあしらった質の良い衣服とマントを着用し、髪型はオールバックにしている。何筋か前に垂れた髪や僅かに開いた胸元が妙に色気を漂わせ、同時に若々しい力強さと老練さも感じさせる。見る者を惹《ひ》きつけてやまないカリスマがあった。

十中八九、彼が魔王だろう。そして、アルヴを名乗るエヒトの眷属《けんぞく》神だ。

穏やかな雰囲気で微笑を浮かべる様子はいっそ拍子抜けしてしまうほどで、一見すると魔王にも邪神の類いにも見えない。

とはいえ、人質を取って招待してくれたことに違いはなく。

ハジメはスッと目を細めて口を開きかける――が、機先を制された。

フリードではない。まして、魔王自身でもない。

愕然《がくぜん》とした声音を漏らしたのは――

「……う、そ……どう、して……」

「ユエ？」

そう、ユエだった。

酷《ひど》く動揺している。あり得ないものを見たように、震える手で口元を押さえている。普段はジト目にも見える目元はこれでもかと大きく見開かれていた。

ハジメは尋常でない様子のユエにもう一度声を掛けようとして、不意に妙な感覚に襲われた。陽の光が瞳に焼き付いて残影を見せてくるように、ユエの金髪と紅眼が魔王のそれと重なったのだ。

まさか、と思う。あり得べからざる推測が脳裏を過《よ》ぎる。だが、突拍子もなく湧き上がったそれは否定する間もなく……

「やぁ、アレーティア。久しぶりだね。相変わらず、君は小さく可愛《かわい》らしい」

裏付けられてしまった。魔王のユエに向ける、とても初対面とは思えないほど親愛に満ちた眼差《まなざ》しと、そして、自分達以外、現代では知る者などそうはいないはずのユエの昔の名が呼ばれたことで。

「……叔父、様……」


ユエの掠《かす》れた声音が重ねて証明した。

誰もがギョッとユエを見やり、直《す》ぐに魔王へと視線を転じる。そんな馬鹿なと思うが、同時に「ああ、確かに……」と納得してしまうほど、魔王とユエはどこか似通っていた。

ユエの手が震えている。動揺が酷い。ともすれば今にもペタリと座り込みそうなほど。

そんなユエに、魔王は優しく、気遣うように声をかける。

「そうだ。私だよ、アレーティア。驚いているようだね……無理もない。だが、そんな姿も懐かしく愛らしい。三百年前から変わっていないね」

どこまでも愛情に満ちた表情。

そこに、かつての叔父を見たのか。ユエは一歩後退《あとずさ》り……

そっと添えられた温かな手の感触に、夢から覚めたように目を瞬かせた。傍らを見上げれば、ハジメが油断のない眼差しで魔王を見つめていた。

言葉はなくとも支えられている。

ユエは、ようやく息を吸えた。胸いっぱいに深呼吸して、動揺は消えないけれど絶句状態からは抜け出す。

そうして、震える唇で何かを言おうとして。

「アルヴ様？」

使徒の一体が魔王に呼びかけた。声に感情は乗っていなくとも疑問に満ちた様子であるのは分かる。まるで、ユエに対する魔王の態度が予想外の事態であるかのように。

そしてそれは、使徒だけではなかった。フリードや恵里《えり》も同様に訝しむような表情になっている。

魔王は何も答えなかった。

代わりに、微笑を浮かべたまま、なんでもないみたいに自然な動きで手をかざした。

使徒達《たち》へと。

次の瞬間、魔力の光が閃光手榴弾《せんこうしゆりゆうだん》の如《ごと》く爆《は》ぜた。ユエとよく似ているが少し暗めの金光が空間を塗り潰す。

ほんの一瞬のことではあった。しかし、それはハジメ達であっても視界を奪われるほどの、なんらかの力ある光だった。

そうして、その光が消えた後には……

「は？」

「え？　えっ？　なんで!?」

ハジメ達の背後から龍太郎や鈴《すず》の驚愕《きようがく》の声が届く。声には出さずとも、驚きは他の者達も同じだ。何せ、五十体の使徒も、フリードや恵里も、まるで電池が切れた機械人形の如く崩れ落ちていたのだから。

「え、恵里！」

「鈴、大丈夫だ。意識を失っているだけだよ」

鈴が思わず恵里のもとへ駆け寄ろうとするが、光輝《こうき》が片手を突き出して制止する。既に倒れている恵里の首筋に指を当てて脈を取っており、それで無事を確認したようだ。

「なんのつもりだ？」

啞然《あぜん》とした空気を壊したのはハジメだった。

眼光鋭く魔王を睨《にら》むが、当の魔王はフィンガースナップ一つでなんらかの術を発動させると、むしろ緊張の瞬間を乗り切ったと言いたげに安堵《あんど》の吐息を漏らした。

「盗聴と監視を誤魔化すための結界だよ。私が用意した別の声と光景を見せるというものだ。これで外にいる使徒達は、ここで起きていることには気が付かないだろう」

確かに、ハジメの魔眼石《まがんせき》には玉座の間を覆うように広がる暗金色の障壁らしきものが見えていた。

「……答えて。どういうつもり？」

まるで使徒と敵対しているかのような言動に、ユエが重ねて問う。

途端、魔王は嬉《うれ》しそうにユエを見つめ、次いで、むしろ警戒心を高めたハジメ達に親しげな笑みを見せ、困惑しているミュウや愛子達に申し訳なさそうな視線を巡らせた。

「困惑も警戒も当然だ。だから単刀直入に言おう。私、魔国ガーランドの現魔王にして、かつての吸血鬼の国アヴァタール王国の元宰相――ディンリード・ガルディア・ウェスペリティオ・アヴァタールは──神に反逆する者だ」

威厳を以《もつ》て発せられた言葉は、広大な玉座の間に凛《りん》と木霊した。

青天の霹靂《へきれき》とはこのことだ。まさかの言葉である。だが、その言葉は、ディンリードの纏《まと》う雰囲気は、この場にいる者達へ本気で言っていると思わせるだけの力を持っていた。

少なくとも、ハジメを除いて他の者達には。

それを、真っ向から否定する声が迸《ほとばし》る。どこか必死な声音だった。

「うそ……そんなはずはないっ。ディンリードが生きているはずがない！」

「アレーティア……動揺しているのだね。それも当然か。必要なことだったとはいえ、私は君に酷いことをしてしまった。そんな相手がいきなり目の前に現れれば、心を乱さない方がおかしい」

「私をアレーティアと呼ぶなっ！　叔父様の振りをするなっ！」

ハジメですら見たことがないほど激高した様子のユエに、ディンリードは悲しげに微笑《ほほえ》む。そんな態度すら気に障るのか、ユエは殺意を滾《たぎ》らせて手を突き出した。その身から莫《ばく》大《だい》な魔力が噴き上がる。

【氷雪洞窟】で記憶違いの可能性を受け入れたものの、それでも目の前の男は、ユエを三百年の長きに亘って暗闇の底へと閉じ込めた相手なのだ。心からの信頼を裏切った相手なのだ。そう簡単に割り切れるわけがない。

まして、死んでいるはずのその相手が突然、目の前に現れ三百年前と変わらない様子で愛《いと》しげに話しかけてくるのだ。

流石《さすが》のユエも冷静ではいられなかった。心の裡《うち》は台風の直撃を受けた海の如く荒れ狂っていて、自分でもわけの分からない衝動のまま、気が付けば〝雷龍《らいりゆう》〟を放っていた。

雷鳴の咆哮《ほうこう》が轟《とどろ》く。黄金の龍は刹那のうちに獲物へと肉薄する。

けれど、その獲物――ディンリードの余裕は僅かにも揺らがず。そして、指を鳴らしただけで玉座の祭壇を囲った光の壁もまた、直撃を受けてなおさざ波一つ立てず。

雷光が迸る中、障壁の向こう側からディンリードが優しい声音で語りかけてくる。

なぜだろうか。敵意を以て攻撃しているのに、その声はやたらと耳に心地よく、心の中へするりと入ってくる。

「アレーティア・ガルディエ・ウェスペリティオ・アヴァタール。歴代でもっとも美しく聡明《そうめい》な女王、私の最愛の姪よ。私は確かに君の叔父だよ。覚えているかな？　私が、強力な魔物使いだったことを」

「何をっ」

「今の君なら分かるはずだ。当時の私がどうしてあれほど強力な使い手だったのか」

「……っ、神代の……変成魔法」

昔、ユエの勉強を見ていた時のように「よくできました」と微笑むディンリード。既視感が襲っているのかユエは表情を歪《ゆが》める。

「更に言うなら、私は生成魔法も会得していた。生憎《あいにく》、才能に乏しく宝の持ち腐れだったけれどね」

代わりにというべきか、変成魔法については破格の才能があり、結果、自己の肉体を変質・強化させることで寿命を延ばしたのだという。

「ユエ、落ち着け」

「っ……ハジメ」

実は〝雷龍〟に紛れさせて、さり気なくレールガンを放っていたハジメ。しかし、障壁には傷一つなく、直ぐに突破はできそうにない。

ならばと、無駄に魔力を消費させせぬようユエの肩に手を置いて制止する。

精神の乱れから、普段とは比べ物にならないほど効率の悪い魔法の使い方をしたのだろう。軽く肩で息をしながら、ユエは千々に乱れる精神をどうにか鎮め、〝雷龍〟を霧散させた。

とはいえ、ハジメの存在で辛うじて抑えているような状態。自然と語気は荒くなる。

「……フリード・バグアーは、お前をアルヴというエヒトの眷属神だと言ったっ。何千年も昔から魔国を従えてきたって！」

少なくとも、三百年前にユエが幽閉されるまでは【アヴァタール王国】で宰相をしていた以上、フリードの発言とは矛盾する。

だが、そう指摘されてもディンリードは巨木のように泰然としたまま。

「フリードの言っていたことは間違ってはいない。アルヴとは確かに私であり、同時に私ではないとも言える」

まるで禅問答。ユエの眼差しはますます険しくなる。

ディンリードは、それに苦笑いを浮かべながら語《かた》り部《べ》のように続けた。

「アルヴという存在は、神代において神エヒトの眷属神《けんぞくしん》だった」

曰《いわ》く、彼の忠誠心は、エヒトの非道を見続けたことで揺らいだのだという。そして、幾千年を過ごすうちに、遂《つい》に反逆の意思を抱くようになった。

「けれど、眷属神が主神に敵《かな》うはずもない。故に、アルヴは一つの策を練った。地上に降り、魔王役を担いながら神エヒトの手足となって裏から歴史を操る――という建前のもと、地上にて対抗できる手段と戦力を探すというものだ」

だが、肉体を持たない神は地上では十全に活動できない。依《よ》り代《しろ》が必要なのだ。

歴代魔王とは、すなわちアルヴの依り代。内心はともあれ、フリードの説明に間違いはなかったのである。一点、異なるとすれば、アルヴが憑依《ひょうい》したとしても元の人格が消えるわけではないということ。

「……ディンリードも、アルヴに選ばれた？」

疑心の詰まった瞳を向けられながらも、ディンリードは穏やかな表情のまま頷《うなず》く。

「アルヴは狂喜したようだよ。私の依り代としての適性は極めて高く、おまけに世界の真実を知る神代魔法の使い手だったのだから」

まさに、真の同志。エヒトや使徒の監視を掻《か》い潜《くぐ》り志を共有できた。

「今も私の中にはアルヴがいて、様々な面で助けてもらっている。一つの体に二つの魂。それが、アルヴであってアルヴではないという言葉の意味だよ」

玉座に手を掛けながら、理解が及んでいるか確かめるように一拍おくディンリードに、ユエは難しい顔をしながら尋ねる。

「……いつから？」

「君が王位に就く少し前だね。同時に、真実を知っていてもどうすることもできなかった私にも、できることがあると分かった。使命だと思ったよ」

「……使命」

「そう、悪《あ》しき神を打倒するという使命だ。神エヒトや使徒に真意を摑《つか》ませないようにするには大変だったけれどね。おかげで、本意でないことも幾度となくさせられたよ」

他に聞きたいことは？　と微笑むディンリードに、教師役をしていた頃の思い出を呼び起こされ、ユエの心が揺らぐ。

【氷雪洞窟】で確信した〝記憶違い〟が、更に心を惑わせる。

あるいは本当に……と、思ってしまう。

心の天秤《てんびん》が揺れる中、もしディンリードの話が真実なら……ユエには聞きたいこと、否、聞かずにはいられないことがある。

「……どうして祖国を裏切ったの。どうして、私を……」

「すまなかった」

「っ……謝罪を聞きたいわけじゃないっ！　理由をっ」

沈痛な表情のディンリードにユエは叫ぶ。

肩に置かれたハジメの手を無意識に取り、縋《すが》りつくように握り締める。

いつの間にかシア達も揺れるユエを守るように寄り添っていて、真実を見極めんと探るような目をディンリードへと向けていた。

「アレーティア、君は天才だった。魔法の分野においては他の追随を許さないほどに。神代魔法の使い手であった私ですら敵わないほどに。その強さは目立ち過ぎたんだ。だから目を付けられた。君の傍らにいる南雲《なぐも》ハジメのように」

「……イレギュラー」

「そうだよ。アレーティア、君は覚えているのではないかな？　当時、既にアヴァタールの上層部は神エヒトを信仰する勢力に染められつつあった。それは、君の両親もだ。その片鱗《へんりん》を端々に感じていたはずだ」

「……覚えてる。叔父様と父上はよく私の教育方針で口論してた。……私の教師役には叔父様が付いていた。だから、私は信仰とはほとんど関わらずに育った」

苦い表情ながら肯定するユエ。ディンリードも頷き返す。

「解放者の言葉が真実かどうか確かめる術《すべ》はなかったけれど、少なくとも、まだ幼い君に無条件に信仰を許すのは危険だと考えた。君を守りたかったのだ。だが、そうやって信仰から遠ざけたことが徒《あだ》となった」

「……思った通りに動かない駒は邪魔？」

「そういうことだ。君に対する暗殺の企《たくら》みが本格的になった。君の不死性とて絶対ではない以上、アルヴから神エヒトの強大さを聞いていた私は――」

忸怩《じくじ》たる思いが滲《にじ》むような様子で、ディンリードは「君を守り切る自信が……なかったんだ」と告白する。

「それに、君という切り札の一つを失うわけにはいかないという思いもあった。だから、暗殺が成される前に死んだことにして君を隠したんだ。いつか、反逆の狼煙《のろし》を上げることができるその時まで」

「……」

叔父は裏切ってはいなかった。むしろ自分を守ろうとしていた。

たとえ、戦力的価値が意識にあったのだとしても、単に大切だから死なせたくないという想《おも》いがあったのは確かなのだろう。

虚像の自分に揺り起こされた記憶の断片が今の話を裏付けている。明確な否定の言葉は尽きてしまった。

ユエにはもう、ディンリードの話をどう受け止めればいいのか、分からなかった。

何か致命的なことを見落としている気もするのに、ディンリードの言葉は山びこのように心の中で躍っていて、思考はぐるりぐるりと空転するばかり。感情は行き場を失い、その表情はまるで途方に暮れる迷子のよう。

不安定な気持ちのあらわれか、力なく震える声音が最後の疑問を投げかける。

「……人質は？　貴方《あなた》が本当にディン叔父様なら……私を裏切っていなかったというのなら、どうして」

俯《うつむ》くユエからの非難混じりの言葉に、ディンリードは苦笑しながら「そうだった」と呟《つぶや》き、三度、指を鳴らした。

途端、ミュウ達《たち》を捕らえていた檻《おり》の輝きが溶けるようにして消えていき、檻自体の鍵も音を立てて開いた。

ユエとディンリードのやり取りを固唾を呑《の》んで静観していたミュウや愛子《あいこ》達が、戸惑ったように檻の扉を開ける。

「こうでもしないと会ってもらえないと思ってね。それに、いざという時のために彼等《ら》を保護するという目的もあった。怪我《けが》に関しては許してほしい。迎えに行ったのが使徒だったことと、彼女達の手前、癒してあげることができなくてね。一応、死なせないようにと命じてはいたんだ。これから、アレーティア共々仲間になるかもしれないのだしね」

「……なか、ま？」

整理の付かない心のままではオウム返しが精いっぱい。

けれど、ディンリードが、かつて誰よりも信頼していた叔父が蘇《よみがえ》った記憶のままで、裏切りにも仕方のない事情があったというのなら……

隣で、檻から出ようとするミュウや愛子達を手で制止するハジメの姿も、ユエを真《ま》っ直《す》ぐに見つめているシア達の様子にも気が付かないユエに、ディンリードは言葉を重ねる。

「アレーティア。どうか信じてほしい」

コツコツと足音をさせて、玉座の壇上《まみ》から降りてくる。

「今も昔も、君を愛している。再び見えるこの日をどれだけ待ち侘《わ》びたか。この三百年、君を忘れた日はなかったよ」

「……おじ、さま……」

親愛の微笑を浮かべ、真っ直ぐにユエのもとへ。

「そうだ。君のディン叔父様だよ。私の可愛《かわい》いアレーティア。時は来た。どうか、君の力を貸しておくれ。全てを終わらせるために」

「……力を、貸す?」

「共に神エヒトを打倒しよう。かつて外敵と背中合わせで戦った時のように」

エヒトは既に、この時代を終わらせようとしている。

歴史の繰り返し。文明の発展と崩壊の遊戯。

今まで何度も行われてきた悲劇が、また起ころうとしている。

「だが、それもこれまで。僥倖《ぎょうこう》だ。君は昔より遥《はる》かに強くなり、そして、これだけの神代魔法の使い手も揃《そろ》っている。きっと神エヒトにも届くはずだ」

「……」

眉間に皺《しわ》を寄せ、言葉を喉で詰まらせたみたいに押し黙るユエ。

そんなユエを包み込もうとでもいうのか、そっと両腕を広げるディンリード。

その姿が、再び脳裏に幼少時代の記憶を呼び起こさせる。

幼いユエが魔法や座学で何かしらの結果を残した時、褒めてくれたのは、頭を撫《な》でてくれたのは、ユエ自身よりも喜んでくれたのは、いつだって〝ディン叔父様〟だった。

今みたいに、報告しに行ったユエを両手を広げて迎えてくれた。

生きていた、そして裏切っていなかった大切な家族の抱擁。

実の父よりもずっと、父として慕っていた人。

ユエの心の天秤は、疑惑から信じる方へ傾き始め……

ディンリードの笑みは深まり、ユエを迎えるための言葉が紡がれる——前に、

「さぁ、共に行こう。私のアレーティ——」

轟音《ごうおん》と紅の閃光《せんこう》が迸《ほとばし》った。と、認識した時にはもう遅い。ディンリードの頭は冗談のように跳ね、仰《の》け反《ぞ》った状態でそのまま後ろへ倒れ込んだ。

誰一人、何が起きたのか理解できず、目を点にして倒れたディンリードを見つめる。

彼はピクリとも動かない。広い玉座の間に痛いほどの静寂が漂った。

そんな中、ガキリと撃鉄を起こした音がやたらと耳を突き、同時に、その場の者達の硬直が解ける。ギギギッとぎこちない動きで視線を転じる。

そこには半ば予想していた光景が広がっていた。

すなわち、

「このドカスが。挽《ひ》き肉《にく》にしてやろうか」

白煙を吹き上げるドンナーを構え、悪態を吐《つ》きながら額に青筋を浮かべたハジメの姿である。まるでチンピラのようだ。

愛子達が揃って絶句している。

怒濤《どとう》の展開とはいえ、何やら良い感じに話がまとまりそうだったのだ。詳しい事情は分からないが、この絶望的な状況が実は真の敵を欺くフェイクであり、魔王は味方で、自分達も解放されると思っていたのだ。

その矢先の暴虐である。思考停止するのも無理はない。

そして、誰も止めないから、ハジメが死体に鞭打《むちう》つみたいに追撃でディンリードの心臓と手足も撃ち抜きビクンビクンッさせ、更には〝ボーラ〟を数十個も投げつけて拘束している間に、

「どっせぇーーーいですぅ！」

今度はぴょんっとシアが飛び出した。

目標はフリード。その頭部目掛けて、なんの躊躇《ためら》いもなく戦槌《せんつい》を振り下ろす。

結果は当然、轟音と共に床が陥没しフリードの頭部が床の下に消えた。原形を留《とど》めているかも怪しい。生々しい音も血飛沫《ちしぶき》も実にスプラッタ。絶対に致命傷である。

「ええっと、取《と》り敢《あ》えず――えいっ」

なんて可愛いかけ声を出したのは香織《かおり》だ。ばさりっと展開した銀翼から銀光を纏《まと》う必殺

の羽が、倒れ伏したままの使徒五十体を次々と穿《うが》った。核がある胸に風穴が開いていく。

躊躇いがない。容赦もない。理不尽なまでの暴力。

だが、いい加減に唖然《あぜん》としたままではいられない。

何せ、ハジメの銃口が恵里《えり》に向けられたのだから。

「うわぁ～～～～っ!!」

両手万歳で駆け出した鈴《すず》が、半ばパニック状態のままハジメに飛びついた。まるで魔王にやけくそで挑む村人Aみたいな有様だ。ハジメにしがみつきながら見上げる濡《ぬ》れた瞳が、お願いだから約束を思い出してぇ～～っと訴えている。

ハジメは、仕方なく〝ボーラ〟での拘束に切り替えた。

「シア！　ミュウとレミアを！　香織は先生の方だ！」

「合点承知です！」

「うん！　みんな直ぐに治すからね！」

びっくり仰天して目をまん丸にしていたミュウだが、「ミュウちゃん！　シアお姉ちゃんが来ましたよ！」と一足飛びで駆けつけたシアを見るや否や、わっとその胸に飛びついた。唖然としていたレミアも無事に再起動する。

香織も愛子達の方へ一瞬で移動すると、即座に再生魔法を使い始めた。銀の光が降り注ぎ、満身創痍《まんしんそうい》だった優花《ゆうか》達が瞬く間に癒されていく。

それで、硬直していた雫《しずく》達が一斉に現実へと復帰し騒然とし始めた。

「な、ななな、南雲君っ、貴方いったい何を！　ユエの叔父さんでしょう!?っていうか香織ぃ！　再生魔法ぉ！　急いで！　超急いでぇ！」

「やべぇ、脈絡なさすぎだ。絶対即死じゃねぇか。シアさんと香織も容赦ねぇし……」

「南雲……やっぱりお前は……」

雫が大慌てでディンリードの回復を香織に願い、龍太郎《りゅうたろう》が恐れ戦《おのの》く。光輝《こうき》だけは妙に落ち着いた様子で恵里の傍《そば》に控えたままだ。俯いて、何か呟いている。

そんな雫達や、未《いま》だしがみついている鈴に、ハジメは一喝するように指示を出した。

「谷口《たにぐち》、さっさと中村《なかむら》を確保しておけ！　八重樫《やえがし》、坂上《さかがみ》、狼狽《うろた》えてないで動け！　いつ目覚めてもおかしくないんだ。中村に下手なことをさせるなよ！」

あわあわしながら後ろへ駆け戻っていく鈴。雫と龍太郎も、ディンリードとユエを交互に見つつも恵里を囲むようにして陣取る。

ハジメはクリスタルキーを取り出し、魔力を込めながら更に声を張り上げた。

「しっかりしろ先生！　準備ができ次第、地球に帰還するぞ！　生徒をまとめておけ！」

「は、はいっ――じゃない！　ええ!?　今、地球って!?」

「姫さん！　あんたも一緒に来い！　放置を望むなら別だがな！」

「お、置いていかれるのは絶対に嫌ですけどっ。ああもうっ」

愛子とリリアーナを筆頭に、今度は別の意味でクラスメイト達が騒然とする。

地球に帰還。意味は分かっても咄嗟《とっさ》に理解ができない。

ミュウもクラスメイトも揃っている現状、地球への帰還に問題はなく、同時に故郷の地こそが最大の安全地帯と言える。もちろん、まだ召喚防止の概念を創造していない以上、再召喚の危険性は消えないが、少なくともトータスのどこかに避難するよりは手を出しづらいに違いない。

ティオ曰《いわ》く、勇者召喚は五百年の歴史の中で初めてだったのだから、なおさら。

だが、それをいちいち説明している時間はない。

ここは敵地のど真ん中で、いつ使徒の大軍が襲撃してくるかも分からないのだ。

奈々《なな》や妙子《たえこ》が「南雲《なぐも》っちぃ!?　いったいどういうことさ!」とか「か、帰れる、の？　え、なんでぇ？」と困惑に満ちた様子で尋ねるが、ハジメはその一切を黙殺。

異世界越えのための魔力を練りながらも警戒を僅かにも解くことなく、ディンリードから視線を逸《そ》らさない。

「ティオ、見えたか？」

「うむ。あれだけ時間があればの。あんな魂の形は初めて見た。まるで蜘蛛《くも》の巣。否、不定形の寄生虫とでもいうべきかの？　随分と薄汚いもんじゃ」

「同意見だ。魂魄《こんぱく》魔法で魂にも拘束をかけられるか？　できれば自失状態にしたい」

「任せよ。ご主人様が以前作った〝誓約の首輪〟と同じような魔法じゃろう？　少々時間はかかろうが、やってみせようぞ」

「油断するなよ」

「……ハ、ハジメ？」

何やら以心伝心のやり取りの後、ティオがディンリードのもとへ慎重に近づいていく。

それを見るともなしに見ながら、ユエはようやくハジメに声をかけた。

最愛の恋人に、かつての家族を、もしかしたら今でもそうかもしれない相手を撃たれたのだ。普通に見れば、まさに惨劇である。

瞳を揺らすユエに、ハジメはどうにも酷《ひど》く苛《いら》ついた様子で、ディンリードから銃口を逸らさずに口を開いた。

「奴《やつ》の正体を見極めるための時間稼ぎと、祭壇の結界内から釣り出すのに必要な会話だったとはいえ……動揺しすぎだぞ、ユエ」

ハジメのそれは平手打ちのように厳しい声音だったが、瞳には気遣いの色が、口元には苦笑いが浮かんでいる。

「できればユエが自分で気が付いて納得してくれればとも思っていたんだが……まぁ、お前の過去を思えば惑乱するのも無理はないな。とはいえ流石《さすが》に、あの戯言《たわごと》を受け入れるようなことは見過ごせなかった」

「……戯言？　どういうこと？」

「冷静に考えてみろ。本当に愛していたというなら、なぜ三百年の間、一度も会いに来なかった？」

そう、ディンリードの言葉は、よく考えれば穴だらけである。

たとえユエの存在の秘匿に細心の注意を払っていたのだとしても、ユエをただ一人、絶望の中に押し込めておく必要などなかったはずだ。

まして、神を宿す反逆者で、【オルクス大迷宮】の攻略者でもある彼が、本当の目的を、裏切ったわけではないのだということを、一度として伝えに来られなかったなど、そんなことあるはずがない。

「反逆の話だってそうだ。自身が攻略者のくせに、三百年以上もかけてフリード一人しか大迷宮攻略者を確保できなかったのか？　それが本当なら無能すぎるだろう」

お前の叔父は、それほど無能だったのか？　という言外の問いに、ユエは瞳に理性の光を徐々に取り戻しながら首を振った。

ならば、答えは自明だ。ディンリードは、反逆の仲間など集めてはいない。

「……でも、記憶の一致は……」

だからこそ、惑った。思い出した記憶通りの叔父が、そこにいたから。

懐かしくて、優しくて、温かい記憶を共有できたから。

けれど、ユエはそう呟《つぶや》きながらも自分で答えを見つけた。

「……記憶の読み取りなら、何度も経験してる」

自分で自分に溜息《ためいき》を吐きたくなる。思わず額に手を当ててしまう。

ティオがディンリードの魂魄を縛る魔法をかけながら推測を口にした。

「おそらく、使徒達《たち》を行動不能にした最初の光。あれが記憶を読み取る魔法でもあったんじゃろうな」

「……ん」

ユエの記憶を読み取り、適当なフェイクストーリーと合わせる。そして、ユエにとって望ましい過去を作り上げる。つまり、そういうことだったのだろう。

「安心せい、ユエ。ご主人様の魔眼と合わせて、妾《わらわ》もたっぷりと時間をかけて奴の魂魄を観察したのじゃ。見えたのは魂一つのみ。それも、お主の身内であるはずのない、ヘドロのような汚い魂だけじゃ」

昇華魔法により魂魄の可視化機能が付加された魔眼石《まがんせき》。

魂魄魔法に、自身の経験と優れた技能を加えた真実を見抜くティオの竜眼。

二人がかりの確認であるなら、否、たとえどちらか一人であっても、ユエに信用しない理由はない。

なぜディンリードそっくりの肉体があるのか、ユエを引き込もうとしていたようだが、それはなぜか、その辺りの疑問は残る。

だがそれも、無力化してから魂魄魔法で記憶を探るなど調べる方法はいくらでもある。肉体的損壊など再生魔法でどうにでもできるのだから。

今、こうして肉体を消滅させず拘束を試みているのも、そうしたユエへの、ハジメ達の心配り故だ。

「何よりなぁ」

ハジメとティオの説明に、ようやく納得顔を見せる雫達。愛子《あいこ》達も「な、なるほど……」とか「南雲の乱心じゃなかったのか……」などと、安堵《あんど》と納得半々の表情で胸を撫《な》で下ろしている中、しかし、ハジメだけはビキビキッと額に青筋を浮き上がらせた。

かと思えばスゥッと息を吸い、

「なぁにがっ〝私の可愛《かわい》いアレーティア〟だボケェ！　こいつは〝俺の可愛いユエ〟だっ！」

だぁ！　だぁ！　だぁ！　と玉座の間にハジメ渾身《こんしん》の訴えが木霊した。

全員の目が点になる。

だが、相当我慢していたらしいハジメの心情吐露は終わらない。むしろヒートアップ。

「だいたいなぁっ、アレーティア、アレーティア連呼してんじゃねぇよ、このクソがっ。共に行こうだの抱き締めようだの誰の許可得てんだ、ア゛ァ!?　四肢切り取って肥溜《こえだ》めに沈めんぞゴラァ!!」

「「「ただの嫉妬!?」」」

ツッコミは、雫、愛子、リリアーナ、そして瀕死《ひんし》の重傷から回復したばかりのはずの優花だった。

是非、大目に見てもらいたいところである。何せ、肉体はともかく中身は見ず知らずの存在が、最愛の恋人の昔の名を連呼し、あまつさえ抱擁しようとしたのだ。

万死に値する。ハジメ的に。

「……ハ、ハジメ……もぉ」

何やらユエさんがもじもじし始めた。揺れていた瞳は今やピタリと定まり、頬は薔薇色《ばらいろ》に染まっていく。砂糖のように甘い雰囲気が漂い始める。

「……ハジメ、ごめんなさい。格好悪いところを見せた」

本当に、なんという無様を晒《さら》してしまったのか。今思えば、ディンリードの声音には心にじわりと染み込むような得体の知れない力があったように感じる。

そもそもの話、たとえディンリードが本物であったとしても、その手を取るなど今のユエにとってはあり得ないこと。忘れ難い思い出も、忘れ得ない裏切りも、全てはハジメがくれた今の幸福が上書きする。何よりも、大切な約束がある。

それだけでよかったのだ。ディンリードの皮を被《かぶ》った何者かが話している間、ずっと支えるように触れていたハジメの手の温《ぬく》もりを、もっと意識すべきだったのだ。

動揺につけ込まれるという失態に、ユエは自分の頬を思いっきりひっぱたいてやりたい気分だった。

「謝る必要なんてねぇよ。ユエの中で、過去の出来事がどれほど大きいものか、俺はよく知ってる」

「……んっ。ハジメ、大好き」

ハジメの腕に額をこすりつけ、次いでミュウとレミアを連れて戻ってくるシアや、ティオ、香織《かおり》にも目を向ける。

「……シア達も、ありがと。大好き」

シアと香織が速攻で動けたのも、ティオが打ち合わせもなく魂魄の確認をしたのも、ハジメと同じ。〝ユエを守る〟、その一心で話の内容に関係なく警戒を解かなかったから。

「ふふんっ、これくらいどうということもありません！　最初から、あ、こいつユエさんの叔父さんじゃあないです！って分かってましたし！」

「えっ、そうなのシア？　私はただ、ハジメくんが警戒してるから同じように警戒してただけなんだけど」

「妾も魂魄を確認するまでは半信半疑じゃったぞ。どうやって分かったんじゃ？」

「勘！　ですぅ！」

「……ん、流石シア」

もう、そうとしか言い様がないバグり具合である。なお、「なんですかあいつ、ヘラヘラしやがって。ユエさんのこと、なんでも分かってる的な態度が気に食わねぇですっ」という嫉妬じみた感情もあったりする。ハジメとあまり変わらない。

そうして、香織の方でも大方治癒が終わり、ミュウとレミアもハジメのもとに到着して再会の抱擁をかわそうとした、その時。

「ぐぁっ!?」

ティオが床と水平に飛び、柱の一つに背中から激突した。破壊力を物語るように柱が砕け、ティオは瓦礫《がれき》に背を預けるようにして倒れ込んだ。

「ティオッ！」

「案ずるでないっ。がふっ」

どうにか身を起こすが直《す》ぐに片膝を突いてしまう。頑丈さには定評のあるティオが、直ぐに立ち上がれないほどのダメージ。咳《せ》き込む口元からは血が滴り落ちている。

ハジメは即座に引き金を引いた。ティオを吹き飛ばした相手へ。だが、

「いやはや、全く参ったよ。完全な不意打ちだ。修復にこれほど時間がかかるとはね」

嘲笑《あざわら》うかのようにパチパチと拍手の音が響いた。同時に、障壁に阻まれ潰れた弾丸がバラバラと床に落ちる。

「溺愛する恋人の父親も同然の相手となれば、多少の不自然さはあっても少しは鈍ると思っていたのだがね。まさか、そんな理由で致死級の攻撃をするとは……人間の矮小《わいしょう》さというものを読み違えていたようだ」

ディンリードが、いつの間にか立ち上がっていた。

だが、先程までと異なり、その声音には全く温かみを感じない。それどころか、むしろ侮蔑と嘲笑がたっぷりと込められているようだった。

その身に纏《まと》う魔王の衣装に乱れはなく、銃撃など錯覚だったかのよう。足元に落ちているボーラの残骸がなければ、白昼夢を疑うところだ。

「せっかく傾きかけた精神まで立て直させてしまいよって。次善策に移らねばならんとは……あの御《お》方《かた》に面目が立たないではないか」

「……お前は誰？　アルヴ？」

「いかにも。ただし、この肉体はディンリードのものだがね」

「……それは乗っ取ったということ？」

ユエが右手を突き付けながら尋問する。

ディンリード——否、その皮を被った邪神アルヴは、口元を裂くようにして実に嫌らしい笑みを浮かべた。

「人聞きの悪いことを。ゴミの再利用と言ってほしいものだ。このエヒト様の眷属《けんぞく》神たるアルヴが、死んだ後も肉体を使ってやっているのだぞ？　身に余る栄誉だと感動の一つでもしてはどうかね？」

やれやれと肩を竦《すく》めるアルヴ。愚痴のように「全く不遜な話であろう？　この男、死の間際に貴様を隠したことも神代魔法の知識も自ら消していきおった」と呟く。

「……お前がディンリードを殺したの？」

「さて、どうだろうなぁ？」

「……答えろ」

ユエから黄金のスパークが迸《ほとばし》った。紅の瞳は爛々《らんらん》と輝き、アルヴを中心に凄《すさ》まじい重力の渦が集束していく。

だが、アルヴは人を食ったような笑みを浮かべるだけで、なんの脅威も感じていないようだった。

「ほぅ、いいのかね？　実は今の言葉も嘘《うそ》で、ディンリードは生きているかもしれんぞ？　この身の内の深奥に隠されてな？」

「……あり得ない。もう惑わされない」

敵の言葉を信じる理由などない。ハジメやティオが既に証明したのだから。

「嘘はもう少し上手《うま》くつけよ、神モドキ」

「今度こそぶっ潰してやりますっ」

ハジメとシアも、ミュウとレミアを背に庇《かば》いながらアルヴへ殺意を研ぎ澄ます。

チラリと目配せすれば、香織が愛子達を守るように陣取って頷《うなず》き、雫《しずく》や龍太郎《りゅうたろう》、鈴《すず》も臨戦態勢を取った。

そんなハジメ達を眺め、アルヴは溜息を一つ。

「ディンリードの最期の言葉を伝える。今際《いまわ》の際《きわ》に、吸血姫よ、お前に宛てた言葉だ」

「……戯言《たわごと》は聞かないと言ったっ」

ユエが問答無用に重力場で圧《お》し潰そうとし、シアが床を粉砕するほどの踏み込みで飛び出し、ハジメも引き金を引いて――

後に、ハジメはこの時のことを後悔することになった。ユエを想《おも》うばかりに、ディンリードに関する問答をさせてしまったことを。

それは、もう少しで地球へのゲートを開けたことから、ユエ自身が半ば意図した通り、良い時間稼ぎにもなっていたからというのもあるのだが……

本当の正解は、きっと、アルヴが起き上がった瞬間に最大火力で攻撃し続けることだったに違いない。

たとえ、塵《ちり》も残さず滅殺し、ディンリードの真相を知る機会が失われたとしても。

ユエの望みに合わなくとも。

アルヴの、その言葉を許すべきではなかったのだ。


——アレーティア。全てお前のせいだ。苦しんで死ねばいい

「——っ」


何かの魔法なのか。ユエの脳裏にはっきりと、その情景が浮かんだ。

数多《あまた》の吸血鬼で作られた死山血河。その中で血を吐きながら、慟哭《どうこく》と怨嗟《えんさ》の声を上げるディンリード。憎悪に染まった紅《あか》い瞳が時を超えてきたかのように、真っ直ぐにユエを捉えた。

言葉の矢は、いっそ不可思議なほど深くユエの胸に刺さり、鋭い痛みをもたらした。

その瞬間だった。

それらが、ほぼ同時に起きたのは。

「——〝極大・光爆〟ッ」

——〝限界突破〟した光輝《こうき》が、直ぐ傍《そば》にいる幼馴染達をまとめて後方へ吹き飛ばした。

「──んっ⁉」

──天から白銀の光が落ちてきた。天井を透過し、ユエを目掛けて。

「アハッ──　〝終極・狂月ぅ〟」

──そのユエの眼前に、明滅する黒い月が出現した。数瞬の意識の絶対的断絶をもたらすそれは、闇属性魔法の奥義の一つ。犯人は倒れている恵里《えり》……ではなく、全く別方向の虚空から滲《にじ》み出てきた無傷の恵里。

僅かな間、回避も魔法的防御もできない死に体状態にされたユエへ、刹那のタイミングで追撃が飛ぶ。

「──　〝汝《なんじ》、触れることなかれ〟」

──アルヴのフィンガースナップと同時に、肉薄していたシアがピンボールのように跳ね飛ばされ、同時に、ユエを囲うように障壁が出現し拘束した。

「──　〝震天《しんてん》〟!!」

──恵里と同じく、やはり別の場所から出現したフリードが空間爆砕魔法をハジメ目掛けて放った。

「無力化します」

──虚空が波打ち、滲み出るようにして現れた十体の使徒が、香織達《たち》へと一斉に襲いかかった。

タイミングを見計らっていたとしか思えない完璧な同時奇襲攻撃。

悪態を吐《つ》く暇もなく、ハジメは〝瞬光《しゅんこう》〟を最大発動した。刹那を数秒へと引き延ばし、時の流れが緩慢となった色褪《いろあ》せた世界で、それを見る。

黒い月光と障壁に拘束され、降り注ぐ白銀の光に今にも呑《の》まれそうなユエ。

滅びの銀光が幾本も愛子《あいこ》達の方へと迫り、その前に立ちはだかる香織。

シアやティオにも使徒が双大剣を振りかぶって迫り、玉座の間の中程まで吹き飛ばされてしまっている雫、龍太郎、鈴の三人へ恵里と光輝が追撃する光景。

そして、歪《ゆが》む空間の高波が床を削り飛ばしながら己へ迫る光景。

手が足りない。敵の本命はユエに違いなく、今すぐ助けにいきたい。だが……

と、その瞬間、強烈な視線が突き刺さった。

ユエだ。光に呑まれる寸前でありながら、その視線に揺らぎはなく強い意志を伝えてくる。言葉などなくとも、ハジメに分からないはずがない。

すなわち、ミュウとレミアを守れ。

そう、ハジメが背に庇っている、無力な二人を。

「くそったれっ」

悪態を吐けども決断は一瞬。最愛《ユエ》が向けた信頼を裏切ることなどできるはずもなし。

大盾を召喚し、それを背負うようにかざして、同時に義手を伸長させてミュウとレミアをまとめて抱き締める。

次の瞬間、時の流れが戻ったかのように現実が押し寄せた。

空間爆砕の凄絶な衝撃が大盾ごしにハジメの背に迸る。攻撃に対し魔力衝撃波――〝魔衝波〟を返す衝撃反応装甲機能が発動。更に、防御技能〝金剛《こんごう》〟も併せて発動。

それでも息が詰まる。意識までシェイクされたかのよう。

ミュウとレミアを全力で守りながら、踏んばらずに床から足を離し、自ら衝撃の怒濤に乗るハジメ。ミュウから悲鳴が上がり、レミアは声も出せない様子。

大盾からスパイクを突き出し、身を捻《ひね》って床に突き刺す。ガガガガッと掘削機のような破壊音を立てながらも、どうにか勢いを殺して着地する。

「ミュウ！　レミア！　無事か!?」

「あ、ぅ～」

「だ、大丈夫で、す……」

ミュウは目を回し、レミアは頭を振っている。それでも二人は無傷。ハジメは、空間爆砕から確かに二人を守った。ユエの願いの通りに。

主戦場たる玉座の方へ視線を向け直す。

視界に映ったのは、床に叩《たた》きつけたドリュッケンの物理と魔力による衝撃波で、使徒数体をまとめて吹き飛ばしているシア。

分解魔法を纏わせた銀翼を最大展開して愛子達を包み込み、使徒達の分解砲撃を背で受け止めるようにして耐えている香織《かおり》。

肉薄する使徒数体を相手に、ブレスを放っているティオ。

険しい表情で光輝と鍔《つば》迫《ぜ》り合いをしている雫に、柱に激突したのか頭から血を流して倒れている鈴。そんな鈴を庇うようにして恵里と相対している龍太郎の姿。そして、

「──っ」

ユエが、白銀の光柱に呑み込まれた光景だった。

「ユエっ！」

心臓を炙《あぶ》られるような焦燥感にハジメが叫ぶ。シア達の顔にも強い焦慮が滲む。

ユエを囲んでいたアルヴの障壁は既になく、恵里の〝狂月〟も霧散しているが、白銀光が新たな檻《おり》となってユエを捕らえているようだ。小さな拳で光柱を叩くも硬質な感触が返るだけで、ハジメに向けて何か伝えようともしているが声は少しも届かない。

ユエの目がキッと細められた。途端、空間が軋《きし》み万物割断の空間魔法が炸裂《さくれつ》する。

「──ッ!?」

驚いたことに最強の殺傷力を有する神代魔法を以《もっ》てしても、光柱には亀裂一つ入れることが敵《かな》わなかった。ならばとゲートでの脱出を図るユエだったが、それも、空間が歪みかけては直《す》ぐ元に戻ってしまい発動しない。

「チッ。ミュウ、レミア、ここを動くなよ！」

「パパ……」

「はい、ハジメさん」

ユエの窮状を見て取ったハジメは、柱の陰に連れ込んだミュウとレミアをクロスビット

による四点《してん》結界で守護し、猛然とユエのもとへ駆け出した。

「ふふ、邪魔はさせんよ、イレギュラー」

アルヴが、ハジメの険しい表情を見て愉悦に顔を歪めながら指を鳴らす。

その瞬間、更に数十体の使徒と、かつて【オルクス大迷宮】で見たのと良く似た何十体もの魔物と、そして虚《うつ》ろな目をした兵士達――恵里の屍獣《しじゅうへいだん》兵団が出現した。

先程、使徒達が現れたのと同じ、ゆらめく空間から滲み出るようにして。

屍獣兵団は雫達の方へ、全魔物は香織達の方へ、香織を集中砲撃して足止めしていた使徒も含め、全使徒はハジメへと殺到した。

「邪魔だっ、木偶《でく》共がっ！」

怒声と共に紅い魔力を噴き上げる。尋常ならざる魔力の奔流――〝限界突破最終派生・覇潰《はつい》〟だ。その発動に〝衝撃変換〟を合わせれば、空間爆砕もかくやと言うべき魔力衝撃波が発生し周囲を蹂躙《じゅうりん》する。

双大剣を以て斬りかかっていた使徒四体が、まとめて放射状に吹き飛ばされた。

もっとも、だからといって逸脱したスペックを持つ正真正銘の神兵が、そう易々《やすやす》と突破を許すはずもなく。

残像を引き連れ、一瞬のうちに別の四体が進路に立ち塞がった。

クロスビット三機&オルカンを召喚。炸裂スラッグ弾とミサイル&ロケット弾を掃射する。以前より破壊力は格段に上がっており、使徒も無傷とはいかないに違いない。

とはいえ、使徒の頑丈さは異常の一言。分解魔法を併用すれば悪夢の如《ごと》く。

故に、爆炎と衝撃で空間が荒れ狂う中、ハジメは楽観視などせず覚悟を決めて〝金剛〟と〝縮地〟、そして大盾による強行突破を試みた。

「その死を恐れぬ特攻！　解析済みだと言ったはずです！」

「チィッ!!」

使徒が二体、背後に回り込んでいた。分解魔法を付与した銀光を纏《まと》う双大剣が、四方向からハジメの背を狙う――

「シャオラァアアアアアッ!!」

ドリュッケンの頭部分が砲弾のような勢いで飛来し、使徒二体を真横から轢殺《れきさつ》せんが如く跳ね飛ばす。

ジャラリッと鎖で繋《つな》がった柄を振り、フレイル状態のドリュッケンを手元に戻しながら、シアがハジメの背後に着地した。

「背中はお任せを！　ですぅ！」

「流石《さすが》バグウサギッ。頼んだ！」

爆炎に向けて突撃。案の定、大剣を損壊させつつもボディ自体は無事だった使徒達が、迫る壁のような大盾に体当たりをしかけてきた。

「なめんじゃねぇっ」

「ぐっ、お前は、どこまでっ」

〝魔衝波〟〝剛腕〟〝豪脚〟、義手の肘から放った激発の衝撃。更にはクロスビットで使徒達の足元を狙って踏ん張りを奪う複合技でのシールドバッシュ。

四体がかりにもかかわらず、使徒達はダンプカーに轢《ひ》かれでもしたみたいに弾《はじ》き飛ばされた。

だが、やはり数の暴力は厄介なことこのうえない。弾き飛ばした使徒と入れ替わるようにして、すかさず無数の使徒が立ち塞がってくる。

それどころか、上からも背後からも五体ずつ襲来。

使徒の攻撃を防ぎ、弾き、大威力の攻撃を以てぶっ飛ばす。

使徒複数体相手に、戦えている。

だが、それだけ。歩みは遅々としていて、今すぐユエのもとへ行きたいのに、四十メートルもないというのに、その道のりが果てしなく遠く感じる。

そして、苦戦は他も同じだった。

「みんなっ、もっと集まって！　私から絶対に離れないで！」

香織には似つかわしくない怒声じみた声が木霊する。

四方八方から魔物が押し寄せていた。

使徒の分解砲撃でないなら、銀翼の防壁で籠城せずとも直ぐに殲滅《せんめつ》してハジメ達の援護ができると踏んだのだが、どうやらそう簡単にはいかないらしい。

数の暴力に加え、全ての魔物が異様なほど強い。ほとんどが、かつて【オルクス大迷宮】で戦ったキメラに酷似しているのだが、そのスペックが段違いなのだ。固有魔法《こゆうまほう》も姿を消す〝迷彩〟ではなく〝高速治癒〟の類いに変わっていて、やたらとしぶとい。

手の届く範囲は片っ端から双大剣で斬り捨てるが、四肢の一本が飛んだくらいでは止まりもせず、銀羽の迎撃はダメージ範囲が小さいので数撃当てないと怯《ひる》みもしない。

故に、分解砲撃も使って一気に後方まで貫く。

これには流石に進化版キメラといえど一撃で複数体消滅させられ、射線上に一本道ができる……が、それも一瞬のこと。まるで海を穿《うが》つが如く、瞬く間に大量の魔物が雪崩《なだ》れ込み埋め尽くされてしまう。加えて、

「っ、撃ちづらい！」

香織達がいるのは玉座の間の右サイドだ。当然、ハジメ達とは右側に並ぶ列柱を挟んでいる。

分解砲撃をむやみに薙《な》ぎ払えば多数の柱を失った玉座の間が崩壊しかねないし、何より、中央にいるハジメ達を巻き込みかねない。

雪崩れ打つ強力な魔物の群れ。限定された砲撃の射線……

もちろん、香織の実力なら負けることはない。いずれ殲滅できるだろう。

だが、護衛となれば話は全く異なってくる。この数の差は致命的だ。

一瞬の隙も見せられない。愛子達が魔法陣もアーティファクトもない丸腰状態である以上、彼女達の命運は香織にかかっているのだから。

それが頭にあるから、余計に大胆な攻勢にも出られない。

「香織っ、今、私が結界を！」

リリアーナが自分の指先を噛《か》み血を流した。おそらく血で魔法陣を描き援護するつもりなのだろう。けれど、それがなされる前に、

「白崎《しらさき》さんっ」

「香織！」

愛子と優花《ゆうか》の警告の声が飛んだ。総毛立つような感覚と共に視線を頭上へ向ければ、そこには空中にて円状に包囲する灰竜の群れが。

「ッッ！」

迎撃は間に合わない。声を上げる余裕もなく、香織は咄嗟《とっさ》に愛子達の方へ向き直った。そして、再び銀翼を最大展開し繭のようにクラスメイトを包み込む。

分解能力を付与した銀翼の結界は、見事、ブレスの掃射を防ぐが……

「攻撃がっ、やまないっ」

凄《すさ》まじい密度のブレスが襲い掛かってくる。頭上からだけではない。水平方向からも間断なく。どうやらキメラは包囲ブレスの時間稼ぎに過ぎず、灰竜が入れ替わりで包囲してブレスを放ち続けているらしい。

まさに反撃を許さぬ集中砲火。威力は使徒の分解砲撃に遠く及ばずとも、数を以て釘付《くぎづ》けとする。あるいは、このまま魔力を削って無力化する気か。

香織の目に、怯《おび》えて蹲《うずくま》るクラスメイト達《たち》が映る。愛子《あいこ》やリリアーナ、優花達などは、怯えてはいるが、どうにか香織の力になれないかと必死に考えているのが分かる。

(守らなきゃ。帰れるんだもの。ハジメくんがやり遂げてくれたんだもの！　みんなで帰るために、絶対に守ってみせるっ)

決意を金剛石より硬く固め、香織は銀翼を維持したまま外の気配に集中し出した。

銀羽による、目視《ノールック》を捨てかつ完璧な狙撃《パーフェクトショット》を以て脅威を排除するために。

他方、雫《しずく》達の方も一筋縄ではいかない状況に陥っていた。

「っ、光輝《こうき》！　正気に戻りなさい！　自分が何をしているか分かっているの!?」

激しい剣戟音の狭間《はざま》に、雫の困惑と苛立《いらだ》ちの混じった声音が響く。

「正気に戻るのは君の方だよ、雫」

「何を言ってっ」

「ディンリードさんの話は聞いただろう？　彼はこの世界を救おうとしているのに、そんな立派な人を南雲《なぐも》は……許せないよっ」

雫の頬が盛大に引き攣《つ》った。都合の良い事実のみを拾った言動には覚えがある。

ふと一つの可能性が脳裏を過《よぎ》り、まるで豆を過剰投入してしまったコーヒーでも口にしたような苦い表情になってしまう。

「くそがっ、恵里《えり》！　やっぱりてめぇかっ」

どうやら龍太郎《りゅうたろう》も同意見らしい。【氷雪洞窟】では己の虚像に、そして今回は恵里の虚言に光輝は堕《お》とされたのだろう。籠手《こて》でクロスガードする龍太郎と大剣で競り合う恵里の口元に、邪悪な笑みが浮かんでいるのが何よりの証拠だ。

「ひどぉい！　ボクはちょ～っと意識を誘導しただけだよぉ？　後は光輝くん自身がそう信じただけだも～ん」

どうやら、ディンリードの最初の戯言《たわごと》部分だけを信じるよう誘惑されたらしい。

「くそっ、光輝ぃ！　しっかりしやがれ――ガハッ!?」

圧倒的に膂力《りょりょく》で優《まさ》っていたはずの龍太郎が、恵里の回し蹴りであっさり吹き飛ばされた。体をくの字に折り、鈴《すず》が倒れている近くの柱に激突して激しく咳《せ》き込む。

「光輝！　今の話を聞いたでしょ！」

「無駄無駄ぁ～、もう〝縛魂〟しちゃってるし～」

「えっ？――ぐっ」

腐っても流石は〝限界突破〟中の光輝というべきか。恵里の言葉に気を取られた雫の隙を見逃さない。鳩尾《みぞおち》に拳が叩《たた》き込まれ、雫は衝撃で息を詰めながら床を滑った。龍太郎や鈴とも少し引き離されてしまい歯噛《はが》みする。

そんな雫に、恵里は何が楽しいのか上機嫌な様子でケラケラと嗤《わら》い声《ごえ》を上げた。

「ボクだって遊んでいたわけじゃないんだよぉ？　より良い光輝くんを手に入れるために努力を怠らない〝いい女〟なのさぁ～」

「それはっ、どういうっ」

「〝縛魂〟はねぇ、死人だけじゃなくてぇ、生者の思念にも直接作用できるようになったんだよぉ！　言ってみれば、生霊を隷属させるようなものかな？」

膝を突いている雫と龍太郎が睨《にら》む中、恵里は厳しい表情で佇《たたず》む光輝にべったりと寄り添い、片手でその首筋を撫《な》でる。

「違和感を抱かずに隷属しちゃうのぉ！　だから簡単に意識誘導されちゃうしぃ、都合の悪いことはぜぇ〜んぶ無意識のうちに切り捨てちゃう！　今の光輝くんにとって〝正しい人〟はボク一人！　ボクこそが光輝くんのヒロインなのさぁっ」

「到着してから、やたらと張り付いていたのは……そのためっ」

雫は歯噛みする。目の前で〝縛魂〟を使われていたのに気が付かないなんて、と。

恐るべきは、魂魄《こんぱく》魔法の領域に自力で手をかけておきながら、詠唱を詠唱と分からせないような進化までさせているところ、否、その執念。

今の光輝の様子を見る限り、何を言ったところでもはや言葉は届かないのだろう。

逆に、恵里の言葉は全て届く。それも、光輝自身は自分で考え判断したと信じ込む形で。それは時間が経《た》てば経つほど、本人にとって真実となる。

実際、今の光輝は、恵里やディンリード達こそが世界を救うために奔走する正義の味方に見えているのだろう。それを邪魔したハジメは悪で、そんなハジメを慕う者達は皆、洗脳でもされてしまった被害者という認識に違いない。

まったくもって光輝のような人間には効果抜群の術だ。己の正しさを疑わなくていいという免罪符を与えられたようなものなのだから。きっと、ろくな抵抗もせず術中に堕ちたに違いない。

雫はチラリと視線を転じた。ユエや香織《かおり》の窮地に気が急《せ》く。

「だめだぁめ！　行かせないよぉ？」

いつの間にか、屍獣《しじゅうへい》兵が雫達を囲んでいた。

「うそ……」

「恵里っ、てめぇはどこまで腐ってやがるっ」

彼等《ら》を見て雫は愕然《がくぜん》とし、龍太郎は憤怒に目を吊《つ》り上げた。だが、光輝は意に介した様子もなく、自分の気持ちだけは口にした。

「雫、龍太郎、鈴。少し痛い思いをさせるけど我慢してくれ。後で恵里が洗脳を解いてくれるから」

「あんたっ、この馬鹿！　彼等を見ても何も感じないの!?」

悲し気な表情で聖剣を構える光輝に、雫は感情が飽和しそうになる。

あっさり都合の良い妄想に逃げ込んだこともそうだが、何より、周囲の屍獣兵に見向きもしないことが言葉にできないほど感情を逆撫《さかな》でした。

だって、雫は知っているのだ。彼等の顔を。

それもそのはずだ。彼等の正体は、元は恵里に殺害され死後も傀儡兵《くぐつへい》として使役されている王国の騎士や兵士達なのだから。

見知った顔だけでなく、話をしたことのある人も、訓練を見てくれた人も、ちょっとした相談に乗ってくれた人だっている。そんな彼等が、継《つ》ぎ接《は》ぎみたいに亜人の特徴を加えられ、虚《うつ》ろな目で道具のように扱われているのだ。

あまりに哀れだった。あまりに悲惨だった。今感じている情動を、言葉ではとても言い表せないほどに。

それは光輝だって同じはずだ。むしろ、勇者たる光輝は雫よりもずっと彼等と交流していたのだから、より憤りを覚えるはずだ。

たとえ、恵里の術中にあったとしても、そうであってほしいと雫は思った。

けれど、やはり光輝は見向きもしない。

自分の気持ち以外には。

強烈な失望が胸中に溢《あふ》れる中、しかし現実は気持ちを整理する時間などくれはしない。

屍獣兵が一斉に雫達へ飛びかかった。

躊躇《ためら》うわけにはいかない。彼等は死者であり、打倒することはむしろ魂の解放となる。

分かってはいる。だが、理屈と感情はやはり別で……

と、その時、

「――〝天絶《てんぜつ》〟！　〝召喚〟!!」

龍太郎の直《す》ぐ隣から壮烈な詠唱が響いた。倒れていた鈴だ。

片膝立ちになって幾枚もの障壁を展開し、龍太郎と雫をそれぞれ一瞬で囲うと同時に手元を光らせた。握られているのは〝ゲートキー〟。当然、開かれるのは樹海への道――否、従魔達の獣道。

「「「「グルァアアアアッ」」」」

呼び出された虎や狼《おおかみ》、大蛇の魔物が一斉に屍獣兵へと飛び掛かる。

「なぁんだ。気絶したふりして何してるのかと思ったら、こんなこと？」

「こんなことでもっ、南雲くんが皆を助ける時間くらいは稼いでみせる！」

頭部から流れる血など気にもせず、双鉄扇を振るう鈴。

治癒の光が雫と龍太郎に降り注ぐ。立ち上がった二人は、鈴の守りの中で一呼吸置くことができた。それは覚悟する時間。感情を理屈で叩き伏せ、戦意を振るい立たせる。

「ぶん殴ってやるぜっ、親友！」

「恵里、手足くらいは勘弁しなさいよっ」

「アハッ、直ぐに分かるよぉ？　ぜぇ～んぶ無駄だってぇ」

恵里は余裕の態度で嘲り、その視線を激戦区へと向けたのだった。

そこには、ハジメとシアがジリジリと進撃している光景が広がっていた。

倒れ伏し、戦闘不能状態の使徒が十体近くいる。

一体だけでも天災に等しいというのに、対するハジメ達は手傷こそ負っているものの戦意も戦力も全く衰えていない。

シアの〝未来視派生・天啓視〟による数秒先の世界を垣間見《かいまみ》る力、そして今なお発展途上の身体能力、ハジメの積み重ねてきたノイント戦の解析とシミュレーションが実戦を経て結びつき始めたこと。それらの要因が戦い方を刻一刻と洗練させているのだ。

何より、

「ハジメさん！　ダブルぶっぱ！」

「！　来い！」

二人のコンビネーション。

大盾を背中側に担ぎ、大樹が根を張るが如《ごと》く深くどっしりと腰を落とすハジメ。

その大盾に、シアが「ふんぬぁっ」とドリュッケンを打ち付ける。途端、紅色と淡青白色の衝撃波が迸《ほとばし》り、肉薄していた使徒達が開花する花みたいに吹き飛んでいく。

ドリュッケンの〝魔衝波〟と、大盾の衝撃反応装甲機能によるダブル衝撃波だ。

まさに阿吽《あうん》の呼吸。

ユエまではもう、十メートルを切った。

「っ、止まりなさいっ。イレギュラー!!」

ハジメの真横に、残像を引き連れ出現した使徒。以前はほぼ互角だったというのに、これだけの数を以《もっ》て戦いながらも止めきれない。

機能停止状態に追い込まれた個体こそ少ないものの、進撃を止められないという事実そのものに、無感情のはずの使徒が声を荒らげてしまう。

ついでに、荒々しく大剣の一撃を繰り出すが、

「よそ見すんじゃねぇですぅーーーっ」

これだ。戦慄すべきバグウサギの戦槌《せんつい》がもたらす暴威が、徹底的に邪魔をする。

使徒の膂力に単純な身体強化で追随し、戦域から、文字通りに叩き出してしまうのだ。

「邪魔だっ、失《う》せろ！」

クロスビット三機を前方へ。即座に自爆。

強引に、使徒の防衛ラインに穴を開け、更に前進。

「……アルヴ様、やはり奴《やつ》は……」

「なんとまぁ、あれだけの使徒を相手に……」

まさか、何十体もの使徒を投入して止めきれないとは思いもせず、フリードは戦慄の表情を、アルヴは感心半分呆《あき》れ半分の表情を見せ、同時に手を掲げた。

空間爆砕と直径三メートルはある暗金色の魔弾が、ハジメとシアに襲い掛かる。

『させんぞっ』

割り込んだのは〝竜化〟したティオだった。

いくら玉座の間が広大であるとはいえ、限定された空間で〝竜化〟などしても良い的にしかならない。それはティオ自身も分かっているはずで、にもかかわらず〝竜化〟したのは、己《おの》が巨体と黒鱗《こくりん》を以てハジメを守る城壁と化すため。

『ぬぐぅっ』

幾重にも重なった風の障壁を併用して威力の分散を図るが……相手が悪すぎた。

ティオの美しい黒鱗はごっそり粉砕され、その破片が血飛沫《ちしぶき》と一緒に飛び散る。

「ティオっ。無茶するな！」

「ティオさん！」

たまらず叫ぶハジメとシアを無視して、ティオはブレスをアルヴとフリード目掛けて薙《な》ぎ払った。アルヴの障壁があっさり受け止め、フリードの魔法が更に黒鱗を砕く中、ティオは叱咤《しった》するように声を張り上げた。

『今、無茶をせんでいつするのじゃ！　さっさと行かんかっ』

ハジメとシアに殺到する使徒達《たち》にも、虚空に生み出した火炎弾と風刃《ふうじん》の掃射を浴びせて足止めする。

『あの光は尋常ではない！　一刻も早く助けるのじゃ！……安心せい。ご主人様に抱いてもらえるまで妾《わらわ》は絶対に死なん！』

「ったく、ありがとよ。任せた！」

『うむ、任されたっ』

その身を削って盾となり、命を絞り出すかのような極大のブレスを以てアルヴとフリードを釘付《くぎづ》けにするティオ。

その燃え盛る炎のような覚悟に応え、ハジメもまた被弾を無視するように特攻する。

残り、五メートル。

「ここから先は通しませんよっ！　かかってこいやぁっですぅ！」

シアが足を止めた。反転し、ドリュッケンのスラッグ弾を全弾惜しみなく撒《ま》き散らし、巨大剣玉を取り出しては鎖を摑《つか》んで振り回す。

超攻撃的ラウンドシールドで局所的な台風のようになりながら時間を稼ぐ！

ハジメは、もう振り返らない。

オルカンの残弾をばら撒き、クロスビットの予備機を再召喚しながら一気に駆け抜け――


「ユエっ!!」

「――ッ!!」

遂《つい》に辿《たど》り着いた。最愛の恋人のもとへ。

爆炎と噴煙、そして錐揉みする使徒の狭間《はざま》から飛び出してきたハジメに、囚《とら》われのユエは光柱に手をつきながら口を動かすが、声はやはり届かない。

ただ、肩で息をし、片方の手で胸元を握り締め、表情に焦燥を浮かべ、何かを振り切ろうとしているみたいに頭を振る姿を見れば、尋常でない状況だというのは嫌というほど伝わった。

豪雨の如く降り注ぎ続ける白銀の光柱は、やはり何か悪影響を与えているのだろう。

「ぶち壊してやるっ」

大盾とオルカンを投げ捨て、邪魔をされぬようクロスビットで結界を張りつつ、新たに虚空に取り出したのは〝パイルバンカー〟。

焦《じ》れながらも、昇華魔法で爆発的に増大した破壊力の最大威力までチャージ。

紅色のスパークが臨界点を示したと同時に、

「ユエ！　離れろ！」

引き金を引いた。

途轍《とてつ》もない衝撃音が響き渡り、漆黒の巨杭《きよくい》が光柱を貫通した。

ユエの魔法ですら傷一つつかなかった光柱が、何故《なぜ》、あっさりと貫通を許したのか……

疑問を抱く暇もなく、その貫通痕を中心にビキビキと亀裂が奔《はし》っていく光柱に、ハジメは義手の〝振動破砕〟を発動させて渾身《こんしん》の拳撃を放った。

パァンッと乾いた破砕音が空気を震わせる。

降り注いでいた白銀の光は氾濫したように荒れ狂い、光の粒子を撒き散らしながら一時的にハジメとユエの姿を隠してしまう。

「っ、ユエ！」

白銀の粒子を振り払うようにして、ユエがいた場所に手を伸ばすハジメ。

その表情には焦燥が浮かんでいる。

助け出せたはずだ。なのに、胸の中のざわめきは消えず、むしろ増大していく。

「ユエっ」

「……ここにいる」

二度目の呼び掛けで、ようやく応答があった。

伸ばした手の先に柔らかな感触が伝わる。ユエの腕だ。一気に引けば、直後、白銀の粒子の中からユエが飛び出してきた。当然のように抱き留める。

「よかった。ユエ、なんともないか？」

「……ふふ、平気だ。むしろ、実に清々《すがすが》しい気分だ」

「あ？　ユエ？　お前――ッ!?」

自分の胸元に顔を埋《うず》めたまま、どこか楽しげに答えたユエに、ハジメは目を眇《すが》めた。そして、胸のざわめきが悪寒と嫌悪に変わった瞬間、反射的に飛び退《の》こうとして……

「ガハッ……てめぇ……」

「ふふふ、本当に良い気分だよ、イレギュラー。最後に現界したのは、いったいどれほど前だったか……」

ハジメは距離を取れなかった。

ユエの声音、ユエの姿、されど、決してユエではない。あり得ない。

そう確信させるほどに危うく毒々しい雰囲気を纏《まと》う〝何者か〟によって――腹を貫かれたからだ。

凶器はユエの細腕。それが手刀の形で突き出され、ハジメの背中側へ完全に貫通していた。普段はたおやかで白磁のようなユエの手が、まるで皮を剝がされたみたいに陰惨な赤色に濡《ぬ》れそぼっている。

その直後、乱舞していた白銀の粒子が逆巻くようにして頭上へと消えていった。

急に動きを止めた使徒達に訝《いぶか》しみながらも警戒の眼差《まなざ》しを向けていたシア達が、ハッとしたようにハジメとユエの方へ視線を向ける。

そして、理解し難い光景にポカンと口を開けて呆《ほう》けた。

ハジメは、咄嗟《とっさ》に〝魔衝波〟でユエを引き離そうとした。得体の知れない何者かがユエに取《と》り憑《つ》いている以上、とにかく距離を取るべきだと判断したのだ。

しかし、それもまた敵《かな》わなかった。

「エヒトの名において命ずる――〝動くな〟」

「な、に!?」

ハジメが驚愕《きょうがく》に目を見開く。ユエの口から飛び出した〝名〟と、その命令に己の体がなす術《すべ》なく従ってしまったことに。まるで、体中の神経を遮断された挙句、標本のように固定されてしまったかのようだ。

そんなハジメに、ユエの姿をした、言葉通りなら〝創世神エヒト〟は艶然と微笑《ほほえ》んだ。

その笑みに、ハジメは既視感を覚えた。

ユエの微笑みではない、もっと前に見た……そう、この世界に召喚された時に【神山《しんざん》】にある聖教《せいきょう》教会総本山、その大聖堂で見たエヒトの姿絵の微笑みだ。あの時も感じた生理的嫌悪が再び蘇《よみがえ》ってくる。

エヒトは、動けないまま脂汗を流すハジメの腹部から腕を引き抜いた。

途端、ハジメの腹部から蛇口を全開にしたみたいに血が噴き出す。その飛沫《しぶき》を浴びながら凄惨な赤に彩られたエヒトは、手に滴る血にゆるりと舌を這《は》わせた。

「ほぅ、これが吸血鬼の感じる甘美さというものか。悪くない。お前の、絶望の果ての死を見てみたいと思っていたのだが……家畜として飼うのも良いかもしれんな」

「ッァアアアアアッ!!」

にこやかに微笑みながら悪意を吐き出すエヒト。

ハジメが裂帛《れっぱく》の気合を迸らせた。穴の空いた腹部からおびただしい量の血が噴き出すが、構うことなく力を込めていく。〝限界突破・覇潰《はつい》〟の輝きが更に増していく。

そうして、一拍。

バキンッと何かが壊れるような音が響くと同時に、ハジメは体の自由を取り戻した。バックステップで一気に後方へと飛び退きながらドンナーを抜き撃ちする。

物理的ダメージなどユエの肉体には無意味。なら、今は相手を制圧することが先決。

「チッ」

使徒の大剣すら一撃で穿った弾丸は、目標に触れることも敵わなかった。

悠然と佇《たたず》むエヒトの手前の空間でピタリと止まっている。

「これはこれは……我の〝神言〟を自力で解くとは。流石《さすが》、イレギュラーといったところか。――〝天灼《てんしゃく》〟」

ハジメの周囲に一瞬で上下二段二十四個の雷球が出現。刹那のうちに雷の壁を形成してハジメを閉じ込め、脱出の猶予など欠片《かけら》も与えず巨木の如《ごと》き雷撃の柱をそびえさせた。

かつて、奈落の底で最後の試練であるヒュドラに痛恨のダメージを与えた雷属性最上級魔法。だが、その威力は桁違い。雷球の数も展開速度も、そして本命の雷撃も。

玉座の間に凄絶な雷光が迸《ほとばし》り、その場の者達の視界を真っ白に染め上げ、轟音《ごうおん》が鼓膜を乱打した。

使徒の攻撃を横っ飛びで回避していたシアと、ダメージ過多で一時的に〝竜化〟が解けてしまったティオが、余波に嬲《なぶ》られ二十メートル近く後方へと吹き飛ばされる。

それでも、受け身をとって起き上がった直後、

「ハジメさんっ」

「ご主人様っ」

「ハジメくん！」

ちょうど銀翼の結界を解いた香織《かおり》も含め、雷鳴の中へ悲鳴じみた呼び声を響かせた。

駆け寄ろうにも、激しいスパークはまるで津波のようでたたらを踏んでしまう。

やがて、雷光が収まった時、白煙の上がる中心から現れたのは、同じく白煙を噴き上げるハジメだった。

クロスビットが重力魔法でも受けたみたいに全て床にめり込んでいて、ハジメの纏う〝金剛《こんごう》〟の輝きも弱々しく明滅している。

原形を留《とど》めているだけでも驚異的なのに、ハジメは立ったまま。〝限界突破・覇潰〟がもたらすスペック上昇が命を守り、意識まで繋《つな》ぎとめたのだ。全身に火傷《やけど》を負いながらも

ハジメはギリギリと歯を食いしばり、ユエに取り憑いたエヒトを睨《にら》みつける。

「耐えるだろうな。イレギュラー、お前ならば。だが、電撃をそれだけ浴びれば鈍ることは避けられまい？――〝四陣・震天《しんてん》〟」

ハジメの本能が全力で警鐘を鳴らすが、雷撃の影響で反応が一瞬遅れる。

それは致命の隙。周囲全ての空間がグニャリと歪《ゆが》んだ。ハジメは既に逃げ場がないことを悟り、内心で盛大に悪態を吐《つ》きつつ再度〝金剛〟を最大展開した。

直後、空間爆砕の衝撃波が全方位からハジメに襲い掛かった。

「っぁ、がぁああああああっ」

一点集中の衝撃波の威力は凄絶の一言。〝金剛〟が弾《はじ》け飛び、全身の骨が嫌な音を立てた。神の前で不遜だというのだろうか。足に力が入らず、意志に反して膝が折れる。

ユエも扱う魔法なのに、威力も扱いのレベルも桁違いであることに背筋が震える。

「それ以上させません！」

「ハジメくんから離れてっ」

「ユエの身と魔法でご主人様を傷つけるとは……万死に値するのじゃ！」

一瞬で満身創痍《まんしんそうい》にされたハジメを見て、シア達《たち》が逆鱗《げきりん》に触れられた龍の如く憤怒し、一斉に飛び掛かろうとする。が……そんなシア達に放たれたのは、言葉一つ。

「エヒトの名において命ずる――〝平伏《ひれふ》せ〟」

「あうっ」

「きゃあっ」

「ぬぉ!?」

それだけでシア、香織、ティオの三人は、上から巨大な力に押し潰されたかのように地面へ叩《たた》き付けられ身動きが取れなくなった。

「――〝戯獣創造〟」

シア達の周囲の床が隆起し、瞬く間に石造りの巨大な狼《おおかみ》となった。ご丁寧にも、その鋭い爪牙《そうが》を以《もっ》て物理的な拘束までしてくれる。背中や肩口に走った激痛に、シア達から苦悶《くもん》の声が漏れ出した。

「こんなのっ、まとめて分解して――」

香織が銀翼を展開しようとする。が、それよりも早く、

「エヒトの名において命ずる――〝機能を停止せよ〟」

「あ――」

エヒト《創造主》の権能により、香織の瞳から光が失われた。からんっと音を立てて両手から双大剣が滑り落ちる。その様は、まるでただの人形になってしまったかのようだ。

無力化された三人を見て、ハジメが獣のような唸《うな》り声《ごえ》を上げた。口元からは滝のように血が溢《あふ》れ出て、体は限界を示すように痙攣《けいれん》しているが、それでも立ち上がろうとする。

けれど、エヒトの一言は、神判は、ハジメの気迫を容赦なく蹂躙《じゅうりん》した。

「――〝磔刑《たっけい》に処す〟」

ハジメの頭上で歪んだ空間が十字架の形をとった。空間の歪みそのもので形作られたそれは、極めて透明度の高いガラス細工のよう。ただし、効果は絶大かつ凶悪だ。

「ガハッ」

落下し、抵抗を許さず押し潰し、床に縫い付ける。

遂《つい》に倒れ伏したハジメは、自身が流した血の海に没した。強烈な圧迫が更に流血を強いる。背中に突き立つ十字架は、まるで墓標の如く。

それを見て、鈴《すず》が結界で作るドーム状の道をハジメのもとへ繋いだ。

「二人共！　行って！」

「南雲《なぐも》君っ、香織！」

「何がどうなってんだちくしょうがっ」

屍獣《しじゅう》兵《へい》と光輝《こうき》を相手にヒット＆アウェイで立ち回っていた従魔達も今や半数を切っている中、玉座からかなり離れた位置であるこの場所に、鈴だけを置いていくのは不安ではある。けれど、今はそれより重傷のハジメと微動だにしない香織の方へ救援に行く方が先決と判断し、雫《しずく》と龍太郎《りゅうたろう》が駆けつけようとした。

しかし、やはりというべきか。神判が下される。

「――〝幻死に処す〟」

「っ!?」

「う、あ……」

「ひっ」

ただ一言で、雫も龍太郎も、そして鈴も、顔面蒼白《そうはく》となりながら崩れ落ちた。一拍して、首筋を撫《な》でたり震える手で足を触ったりし始める。

まるで、自分の首や足が切断されたと錯覚したみたいに。けれど、確かに存在する首も足も、その表情を安堵《あんど》させるには至らない。感覚がないようで、青褪《あおざ》めたまま立ち上がることもできないでいる。

「ふむ。やはり良い素体だ。我が依《よ》り代《しろ》に相応《ふさわ》しい」

全滅だった。あまりにもあっさりと、壊滅させられてしまった。

エヒトは満足げに手を握ったり開いたりしている。

「よく、我が〝神子《みこ》〟を解放してくれた。礼を言うぞ、イレギュラー」

「ぐっ……かふっ」

コツコツと足音を響かせながら、エヒトが近づいて来る。

床に縫い留められたまま、ハジメはクロスビットを操作しようとするが、途轍《とてつ》もない重力が掛かっているようで地面にめり込んだままピクリともしない。

どうにか首を曲げて視線を転じれば、いつの間にかミュウとレミアを守っていたクロスビットも同じような状態だった。ミュウが「パパ……」と呟《つぶや》きながら泣きそうな目を向けていて、レミアがそんなミュウを強張《こわば》った表情で抱き締めている。

愛子《あいこ》達も助力しようとしてくれたのだろう。だが、使徒の一体が立ち塞がれば、それだけでもう下手なことはできない。

ハジメは、爆発物の類を取り出して諸共《もろとも》に粉砕してやろうとした。〝金剛〟の〝集中強化〟で急所だけ守れば助かるかもしれないし、神水《しんすい》さえ飲めれば復活できる。

だが、その意図を読んだかのように、ハジメが宝物庫を起動しようとしたその瞬間、エヒトは優雅な所作で指を鳴らした。

すると、ハジメの指に嵌《はま》っていた宝物庫の指輪がフッと消えて、次の瞬間にはエヒトの掌《てのひら》へと転移してしまった。

その掌には、他にもいくつかの指輪が載っている。シア達の宝物庫だ。ゲートも創らず、ピンポイントで複数同時に空間転移させたらしい。

それだけでなく、直後にはドンナー&シュラークやオルカン、大盾、クロスビットにドリュッケン、黒刀や双鉄扇など、ハジメが手掛けたアーティファクトの数々が転移して、エヒトの周囲を衛星のように回り出した。

「良いアーティファクトだ。この指輪に収められている数々のそれも、中々に興味深かった。イレギュラーの世界は、それなりに愉快な場所のようだ」

そう言いながら、掌の上で弄んでいた宝物庫を握りしめるエヒト。

直後、僅かな光が掌中から漏れ出し、次に手を開いた時には、砕け散って砂塵《さじん》に成り果てた宝物庫の残骸だけがあった。

「この世界での戯れにも飽いていたところ。魂魄《こんぱく》だけの存在では異世界への転移は難行であったが……最高の依り代も手に入れたことであるし、今度は異世界で遊んでみようか」

クツクツと、ユエが絶対しない吐き気を催す毒々しい笑みを浮かべて手を傾ける。

ハジメに見せつけるかのように、光の残滓《ざんし》を帯びる宝物庫の残骸がサラサラと滑り落ちていった。砂塵は床に落ちる前に光に包まれて消えていく。収納物も飛び出しては来ず、まとめて消滅してしまったらしい。

目を剝くハジメの眼前で、他のアーティファクトも粉微塵《こなみじん》となり、そのまま光に吞《の》まれて消滅していった。

「おっと、忘れるところであった」

絶対に忘れていなかったと確信できる嫌らしい笑みを浮かべながら、エヒトの視線がハジメの義手に向く。指を一度鳴らせば、それで終わり。

ハジメの義手がゴバッと音を立てて崩壊した。疑似神経を無造作に引き千切られたような激痛にハジメが呻《うめ》く中、あっけなく砂塵となっていく。

これで、アーティファクトの全てを失った。

決着がついたと見てか、アルヴとフリードが駆け寄ってきて、さっと傅《かしず》いた。

「ご降臨、心よりお慶び申し上げます」

「拝謁の栄を賜り、恐悦至極に存じます」

「うむ。アルヴもフリードも、実に大儀であった」

その一言だけで二人は恍惚《こうこつ》の表情となり、感極まったように身を震わせる。

ユエのどこか眠たげな、無表情ながら確かな温かみと茶目っ気を感じさせた表情は、今や尊大で酷薄な薄い笑みで塗り潰されており、シア達の顔が悔しさと嫌悪で歪んだ。

そんな中、

「ぐっ、ぉおおおおっ――れんっせいっ」

「うん？」

紅色のスパークが迸った。ハジメを中心に床が陥没していく。

「よく足掻《あが》くものだ。常人ならとうに死んでいるだろうに。……ふむ。お前を依り代とするのも良かったかもしれんな。三百年前に失ったはずの我が依り代が生存していたことに心が逸《はや》ってしまったか……いや、魔法の才が比較にならんか」

上から縫い付けられているなら、床を〝錬成〟して拘束を抜け出す。そう意図して紅《あか》い魔力を噴き上げるハジメだったが、

「エヒトの名において命ずる――〝鎮まれ〟」

エヒトが一言そう言霊を響かせれば、途端に紅いスパークは霧散していき、床の陥没も止まってしまった。

「――まだだっ」

だが、ハジメは諦めない。命そのものを費やすように決死の表情で魔力を練り上げる。

一度は消えかけた紅い光が再び力を取り戻した。エヒトの命令とせめぎ合うように輝きを増していく。

「ほぅ……我が神言にここまで抗《あらが》うか」

「ぉおおおおおおおおっ!!」

裂帛《れっぱく》の気合が響く中、地面の陥没が再開した。それどころか、本来の錬成範囲を超えて床に亀裂が入っていく。

気が付けば、空間が鳴動しているようだった。魔力のうねりは刻一刻と激しさを増していき、ドクンッドクンッと鼓動の如《ごと》き脈動まで伝播《でんぱ》してくる。

血濡《ぬ》れの白髪の隙間から、ハジメのおぞましいまでに炯々《けいけい》と光る眼《め》が覗《のぞ》いている。

これほどの状況でも、何一つ諦めてはいない。

殺意に揺らぎなど欠片《かけら》もなく、絶望という概念すら知らぬと言わんばかり。

直後、何かが弾けるような音がしたのは――果たして気のせいか。

「れんせぇえええええええええっ」

絶叫じみた詠唱が響いたと同時に、紅い魔力が、否、より鮮やかで、より色濃い真紅というべき光が爆発したように広がった。

直後、床から光を帯びた剣がせり上がり、更には直径五センチほどの球体が同じく床から幾つも作られ、まるで気泡のように浮き上がっていく。

「我が主!」

「この死にぞこないがっ」

瀕死《ひんし》でありながら、この期に及んで規格外のプレッシャーを撒《ま》き散らすハジメに、アルヴとフリードの顔色が変わった。即座にとどめを刺そうとする。

それを片手で制したエヒトは感心したように呟いた。

「ここに来て更に限界を超えたか。神代魔法の即時付与とは……才能の限界突破といったところか？　珍しい派生に目覚めたものだ」

空間を割断する剣、周囲の床を超圧縮した重力球。更には、エヒトが魂魄魔法と変成魔法の複合応用で創造したあの巨狼《きよろう》に類似したものまで生み出されつつある。

明らかに、従来のハジメを逸脱した錬成魔法、そして生成魔法だ。

とはいえ、

「やはり惜しい人材だな、貴様は。だが――身の程は弁《わきま》えろ」

エヒトから白銀の光が溢れ出した。そうして紡がれた言葉は、まるで空間全体に反響するように木霊した。

「エヒトルジュエの名において命ずる――〝霧散せよ〟」

「ぐっ、がっ、くそがぁあああああっ」

先程とは比べ物にならない強制力が世界を侵した。

その命令の通り、新たに創り出した即席のアーティファクトが砕け散り、真紅の光も放射される端から散っていき、ハジメの絶叫に反比例するかのように勢いを減じていく。

それでも、真紅の光は消えない。明滅しても、最後にして最奥の灯火《ともしび》だけは決して絶やさないと言わんばかりに。

「まったく、諦めが悪いにもほどがあろうよ。まだ絶望が足りぬと言うか」

「当たり、前だっ。てめぇは殺すっ。ユエはっ、取り戻す！　それで終わりだっ」

「ククッ、そうかそうか。ならば、そろそろ仕上げといこう。一思いに殲滅《せんめつ》しなかった理由を披露できて我も嬉《うれ》しい限りだ」

血反吐《ちへど》を吐きながらも殺意を溢れさせるハジメに、エヒトは満面の笑みを浮かべた。

そして、あえてユエが創り上げたオリジナル魔法を発動する。

「――〝五天龍《ごてんりゅう》〟……中々に気品のある魔法だ。我は気に入ったぞ」

エヒトを中心に〝雷〟〝嵐〟〝石〟〝氷〟〝炎〟を司《つかさど》る五体の天龍が出現した。その威容はユエが行使していた時のそれを遥《はる》かに超える。

魔力・存在の密度が桁違いなのは当然、ただそこにいるだけで周囲の魔力を喰《く》らい、それをエヒトに献上するという破格の能力付き。

その天龍が鎌首をもたげ、白銀の眼光をそれぞれの標的に向けた。

ミュウとレミア、愛子とリリアーナ達《たち》、雫達、シア達、そしてハジメだ。

何をする気なのかは明白。一切合切喰らい尽くし、ハジメの全てを奪うのだ。そして、ハジメの苦痛・憤怒・憎悪を存分に楽しんで、絶望の果てに止《とど》めを刺そうというのだ。

ハジメは叫んだ。魂を込めて。

「ユエッ！　目を覚ませ！」

「ふっ、遂《つい》に恋人頼りか？　無駄なことだ。この依り代は既に我が掌握したのだからな」

「ユエッ！　俺の声が聞こえるはずだっ。ユエッ!!」

エヒトの嘲笑など耳にも入らないと、ハジメはただ一心に叫ぶ。

自身が名付けた、最愛の吸血姫の名を。

神を無視するという非礼に、エヒトは目元をピクリッと引き攣《つ》らせ片手を掲げた。

後は振り下ろすのみ。鉈《なた》が獲物の首を落とすが如く命脈を絶つ神命が今、下される――寸前に、

「ッ!?　なんだ？　魔力が……体が……まさか!?　あり得んっ」

エヒトが唐突に動揺を見せた。目を大きく見開き、片手を掲げたまま身を震わせている。

かと思えば、まるで体の自由が利かないかのようにふらつき、魔力の制御もままならない様子で〝五天龍〟まで明滅し始めた。

動揺するアルヴとフリード。シア達も絶体絶命の窮地において、エヒトが苦しみ出したことに目を丸くする。

そこへ、声が響いた。

――させない
念話のように頭の中に直接響いたそれは、苛立《いらだ》たしげに悪態を吐《つ》くエヒトと同じ声音。

されど、ハジメ達からすれば、ずっと可憐《かれん》で愛らしい声。

「ユエっ！」

ハジメが歓喜の声を上げ、シア達も表情を輝かせて口々にユエの名を叫んだ。

「っ、図に乗るな、人如きが！　エヒトルジュエの名において命ずる！――〝悪夢を想起せよ〟!!」

ハジメ達にとって、最も苦痛だった時のことが強制的に思い起こされる。

心を囚《とら》われるようなことはないが、それは確かに無視し得ないもので、ユエの意識にも十二分に作用した。

脂汗を流しながらもエヒトが自由を取り戻す。どうにかユエの意識を抑え込んだようだ。忌々しそうに掌を見つめている。

「……アルヴヘイト。我は一度、神域へ戻る。お前の騙《かた》りで揺らいだ精神の隙を衝いたつもりだったが……やはり開心《かいしん》している場合に比べれば万全とはいかなかったようだ。我を相手に、信じられんことだが抵抗している。調整が必要だ」

「わ、我が主。申し訳ございません……」

「よい。三日もあれば掌握できよう。この場は任せる。フリード、恵里《えり》、共に来るがいい。お前達の望み、我が叶《かな》えてやろう」

「はっ、主の御心《みこころ》のままに」

「はいはぁ～い。光輝《こうき》くんと二人っきりの世界をくれるんでしょ？　なら、なんでもしちゃいますよぉ～と」

「いかせるわけっ、ねぇだろうがぁっ」

地の底から響くような声。バキンッと何かの砕ける音が鳴る。

驚愕《きょうがく》すべきことにハジメが立ち上がっていた。背中の十字架が砕けて舞い散る中、収まりかけていた魔力を少しずつ練り上げている。

「主の前で見苦しい」

使徒が五体がかりで飛び掛かった。既に限界のハジメは簡単に組み倒され、床に押し付けられてしまう。更に、容赦ない殴打が加わり血が飛び散る。

抗う余力もなくなってしまったハジメに代わるようにして、ベクトルは違えどユエを想《おも》う気持ちなら決して負けないもう一人の逸脱者《バグウサギ》が、雄叫《おたけ》びと淡青白色の光を迸《ほとばし》らせた。

「ユエさん！　ユエさんっ!!　こんのぉっ、うごけっ、う、ご、けぇぇえええええっ!!」

「馬鹿な。エヒト様の神言をっ。イレギュラーでもあるまいに！」

アルヴが怪奇現象でも見たような表情になる。

巨狼がより深く爪牙《そうが》を食い込ませるが……直後、シアの拳が戦槌《せんつい》の如く床に振り下ろされた。ただの殴打とは思えない爆撃じみた衝撃波が発生し、巨狼の体が宙に浮く。

神の命令を気合で振り払ったシアが跳ね起きた。無造作に放った裏拳が空中で死に体を晒《さら》す巨狼を一撃で粉砕する。

飛び散る破片の中をシアは突進した。ユエを取り返さんと床を踏み砕くほどの勢いで。

その姿を見て、いったい誰が気弱な森のウサギだったなどと信じようか。まさに、鬼神もかくやの表情。

「――〝震天《しんてん》〟！」

「これ以上、我が主を煩わせるな」

フリードの空間爆砕がシアに直撃した。ユエとの喧嘩《けんか》では気合で耐えたが、それは当然、ユエが手加減したものだ。ハジメの脅威を誰より知っているフリードが万が一に備えて練り上げていた〝震天〟は比べ物にならない破壊力を有する。

「ぐっ、んぎっ」

シアの足が止まってしまった。木っ端微塵《こっぱみじん》にならないだけでも理解不能の頑丈さであるのに、膝を折らない姿には目を疑わずにはいられない。

だが、足は前に出ない。全身を襲った絶大な衝撃に立っているだけで精一杯。

故に、すかさず飛来した追撃——アルヴの特大魔力弾をまともに受けてしまった。

どうやっているのか。圧縮した魔力の塊に質量を持たせているらしいそれは、まるで豪速で飛来する鉄球である。おまけに魔力の衝撃変換まで付与されているようで、直撃を受けたシアは踏ん張ることもできず水平に飛び、柱を粉砕してなお止まらず、そのまま壁に激突。轟音《ごうおん》と共にガラガラと崩れる瓦礫《がれき》の中に半ば埋もれてしまう。

血を滴らせ、仰向《あおむ》けに倒れたままシアは動かなくなった。

「シア！　おのれっ」

「くっ、どうして動かないのっ」

ティオと雫《しずく》が懸命な足掻《あが》きを見せるが、動くのは感情のみ。体は、まるで植物にでもなってしまったみたいに動かない。

「では、イレギュラー諸君、我はここで失礼させてもらおう。優先すべきことができたのでね」

一連の出来事を気にした様子もなく、己の震える手だけを気にしながら、エヒトは頭上へ視線を向けた。

すると、再び白銀の光柱が降り注ぎ、しかし、今度は天井の一部を円状に消滅させて、直接外へと続く吹き抜けを作り出した。

陽《ひ》の光が差し込む中、天井の穴から幻想的な光景が見えた。

魔王城の遥か上空で空間が波打ち、直後には白銀に輝く巨大な渦が出現したのだ。それは収斂《しゅうれん》した銀河のようで、いっそ腹立たしいほどに神々しい光景だった。

「ああ、一応、教えてやろう。――三日後だ。三日後に、我はこの世界に花を咲かせる。人で作る真っ赤な花で世界を埋め尽くす。最後の遊戯だ」

ふわりと浮き上がったエヒトが、倒れ伏したハジメ達を嘲笑と共に見下ろした。

「お前達の世界を楽しみにしている。ここで死ぬお前達には関係のないことだがな？」

「ま、てっ。ユエを、返せぇっ……」

掠《かす》れた声で、ハジメがユエに手を伸ばす。

直《す》ぐに使徒の拘束が強まる。それでも鬼の形相で前へ進もうとするハジメを、アルヴが空間固定の術を使って更に拘束する。

常人なら、とっくに失血死していないとおかしい血の海に沈みながら、なぜまだ抵抗できるのか。心が折れないのか。

使徒達の瞳にさざ波が走ったように見えた。あるいは、それは畏れだろうか。少なくとも警戒心は増したようで、念のためにと分解魔法で衣服等に仕込まれた錬成の魔法陣を全て破壊していく。

ティオ達が必死に拘束を抜け出そうとしているが、〝神言〟の効果は絶大で未《いま》だ抜け出せない。愛子《あいこ》達も、立ちはだかる使徒や魔物の包囲を前に何もできない。

恵里が翼を広げて、光輝を抱き締めるようにして連れていく。恵里のささやきを受けて光輝は納得顔で頷《うなず》き、決意したような表情で雫達を見下ろした。また、光輝にとって都合の良い〝正しさ〟を植え付けたのだろう。

鈴《すず》も雫も龍太郎《りゅうたろう》も叫ぶが、心は届かない。

そうして、天に輝く銀河《白銀のゲート》を後光のように背負ったエヒトは、最後に、両手を広げた。

魔国に集う魔人族を迎え入れるように。かつて見た大聖堂の肖像画の如《ごと》く。

蠱惑的《こわくてき》でありながら神威に溢《あふ》れ、非現実的なまでに神々しいその姿は、ユエの絶世の美貌と相まって心を奪うに十二分。崇敬を捧《ささ》げるになんら疑問を覚えさせない。

まさに、新たなる神話の一ページ。

一拍して空爆を疑うほどの大歓声が大気を攪拌《かくはん》した。魔人族の狂喜で魔都が揺れる。

魔人族も魔物も、屍獣兵《しじゅうへい》や数多《あまた》の使徒も、踊るようにして天上世界へと昇っていった。

きっと、随分と前からこの時を知らされていたのだろう。神に選ばれし種族となり、天上世界へと招かれるという、この至上の瞬間を。

そうして――

『さらばだ、イレギュラー。貴様は、我が無聊《ぶりょう》を慰める良き駒であった』

ユエには決定的に似合わない、悪意を煮詰めたような醜悪な表情で、そんなことを言い捨ててエヒト達は消えた。

天空のゲートの向こう側へ。神の領域へ。

「ユエッ、ユエェェエエエエエエエッ!!」

ハジメの絶叫が、虚《むな》しく木霊する。

伸ばした手は、何も掴《つか》めない。

そこに、いつもの温かく愛《いと》しい感触は……

もう、なかった。

第二章◆小さな勇者

コツコツと足音が響く。

ハジメを拘束する五体を含めて計十体の使徒と三十体ほどの魔物だけを残し、閑散とした雰囲気となった玉座の間に。

外の歓声に比して、この場は静かだ。

最愛の恋人の名を叫ぶハジメの声はあまりに悲痛で、誰も彼も言葉を失っている。

「まだ息があるのか。呆《あき》れたしぶとさ、否、生き汚なさというべきか？」

後始末を任され残ったアルヴが、ハジメの前で足を止める。

見下ろす目には、相変わらずの嘲弄が浮かんでいたが、それ以上に憎悪にも似た感情が溢れているようだった。

主の憑依《ひょうい》にケチがついたことが、崇拝者として我慢ならないのだろう。

対するハジメは、反論するどころか顔を伏せたままピクリとも動かない。殺意も憎悪も何も感じられない。出血量、生気のなさから、一見すると既に息絶えてしまっているようにも見えた。

「ふん、無様なものだな」

それは八つ当たりだろうか。アルヴはハジメの頭を踏みつけ、更に罵詈《ばり》雑言《ぞうごん》を並べ立て始めた。

その様子を、愛子達《たち》は絶望的な表情で見ていた。特に、元より王宮にこもっていた生徒達は己の末路を察してか、目が虚《うつ》ろになっていたり、諦観の表情を浮かべていたり、嘆きすすり泣く者も多い。そんな中、

（南雲《なぐも》……）

歯を食いしばり、まるでハジメの痛みを自分も受けているみたいに涙目になりながら、それでも拳を握っている者もいた。満身創痍《まんしんそうい》からどうにか回復した優花《ゆうか》だ。

優花にとって、ハジメは無敵の存在だった。

どんな障害があっても、大胆不敵な笑みを浮かべてどうにかしてしまう、恐ろしくも他の誰よりも頼れる人。

一度はトラウムソルジャーから、二度目は【ウルの町】で、命を救ってくれた恩人。

（何も、何も返せない。私は弱いから……役に立てないから……でもっ）

優花は他の仲間と同じく少し俯《うつむ》き、前髪で表情を隠しながらそっと観察した。

自分達の行動を封じているのは使徒と魔物。

だが、使徒は優花達を監視しているわけではなかった。邪魔をさせないよう、一塊になっている自分達とアルヴ達の間に背を向けて立ちはだかっているだけ。

近くには機能停止させられ倒れ伏している香織《かおり》もいるが、石造の巨狼《きょろう》が押さえているこ

ともあってか特に警戒はしていない。

元が使徒の大剣を修復したものだからか、エヒトによる消滅の対象に入っていなかった香織の双大剣だけは回収して腰に下げているが、その視線はハジメに固定されている。

他は、アルヴの両脇に控える個体が二体と、ティオや雫達、それぞれとアルヴの間に立ち塞がる個体が一体ずつ。ほとんどの魔物は散らばって包囲しているが、遠巻きと言っていい程度には離れている。退路を塞いでいるだけなのだろう。

つまり、誰も優花達の方は見ていない。

取るに足らない存在だと思っているのだろう。実際そうではある。使徒にとって、たとえ瀕死《ひんし》でもハジメだけが警戒の対象なのだ。

優花は、少しの間だけ瞑目《めいもく》した。流れ落ちる汗を意識することもなく、考えを整理し、己を叱咤《しった》する。

そして、アルヴがハジメに執心しているのを確認して、そっと移動した。

「――ッ」

ビクリッと体を震わせたのは愛子だ。自分の手に誰かの手が触れた感触で、信じ難い現実を前に茫洋《ぼうよう》としていた頭が一気に覚醒する。

(声抑えて、愛ちゃん先生)

(そ、園部《そのべ》さん？)

本当に小さな声で、愛子に縋《すが》りつくような体勢になりながら耳元に囁《ささや》く優花。

（先生、前に教えてくれたあれ、今、できますか？）

（あれって……？）

優花は、困惑する愛子に耳打ちを続けた。理解が広がるにつれ、愛子の目が見開いていく。何を言っているのかと信じ難い思いで優花を見やる。

至近距離に優花の瞳があった。求めるもののため断崖絶壁の谷間を飛び越えんとするかのような決意の宿る鮮烈なそれに、愛子は息を呑《の》んだ。

だが、それも僅かな間のこと。

半ば自失していた愛子もまた、息を吹き返したように強い目を向け直した。そして、目立たないよう、けれど、決然とした様子で小さく頷く。と、その時、

（ゆ、優花っち？　遠藤《えんどう》っち呼んできたけど……）

（優花？　な、何する気なの？）

奈々《なな》と妙子《たえこ》が、そっと優花の背後にやってきた。直ぐ傍《そば》に浩介《こうすけ》もいる。

愛子と話しながら、後ろ手で奈々や妙子に送った合図を二人はきちんと把握してくれたらしい。いつ使徒が振り返るかと怯《おび》えているのが分かる。

優花は、そっと愛子から離れた。愛子もまた、そっとリリアーナの傍へ移動していく。

（そ、園部？）

（聞いて、遠藤。あんたにやってもらいたいことがあるの）

奈々と妙子を両側に密着させて声が聞こえるようにし、困惑している浩介を前に移動さ

せて後ろから耳元に話しかける。

そうして、優花は自分の考えを説明した。浩介もまた、愛子と同じく息を呑んだ。が、その後の反応は異なった。抜け殻のような表情に無力感が上塗りされる。

（……馬鹿言うな。できるわけないだろ）

（でもやらなきゃ。これはあんたにしかできない）

（っ、お、俺なんかにそんなこと……見てただろっ、王宮で！　俺は手も足も出なかった！　俺なんか役立たずだっ。出し抜けるわけがないっ）

（ちょっ、声が大きいって！）

奈々の警告が飛んだ直後、使徒が訝《いぶか》しそうに振り返った。一瞬早く、優花達は項垂《うなだ》れる。

優花が「私達、殺されるの？」などと小さく呟《つぶや》く。

使徒は優花を一瞥《いちべつ》した後、直ぐに視線を戻した。

優花はそれを確認し、後ろから浩介の腕を掴んだ。

（無理だ……俺は……）

（無駄にしたくないのよっ）

（――っ。無駄、に？）

やたらと琴線に触れる言葉だった。誰かに呼ばれたみたいに、気が付けば肩越しに振り返っていた浩介は、そこで見て取った。優花の瞳の奥に漂う、紛れもない怯えの色を。

今更ながらによく見れば、優花の顔色は蒼白《そうはく》だ。浩介の腕を掴む手も震えている。

それでも、優花の目は、弱気な自分を貫くような強さを湛《たた》えていた。

（私は、無駄にしたくない。あいつが助けてくれたこと、無駄にしたくないの。ねぇ、遠藤。あんたはどうなの？）

（……）

浩介と優花の視線が僅かな間、交差した。

視界の端で、愛子からリリアーナへ、二人から重吾《じゅうご》や健太郎《けんたろう》、淳史《あつし》などへ伝言が伝わっていくのが見える。皆、恐怖と緊張で顔が強張《こわば》っている。

浩介は瞑目した。少しの間だけ。そして、心の裡《うち》で記憶を巡った。騎士達に託され、一人逃げ延び、ハジメ達に救われた日のことを。そして、メルドの死を。

兄貴のように慕っていたあの人が、あまりにあっさり死出の旅に出てしまったことを、浩介は未だに整理できないでいる。心はずっと宙を漂っているようで、地に足を付けている感触がまるでない。

その結果、使徒が王宮を襲撃した時もろくに戦えず、鎧袖一触《がいしゅういっしょく》される有様だった。

けれど、ここでまた何もしなかったら……

自分を生かすために命を捨ててくれた騎士達は、そしてメルドは、どう思うだろうか。

そう自問自答して……瞑目を解いた浩介の目からは、

（やってみる）

既に無力感と諦観が消えていた。

一拍後、メルドの死から久しく感じなかった、否、ずっと感じていた浩介の気配が、冗談のようにスッと消えたのだった。

そんな動きは露知らず、アルヴは最後にハジメの頭を踏み躙《にじ》って、ようやく少し溜飲を下げたらしい。

「ふっ、こうまでされて反応なしとは、肉体の前に精神が壊れたか？」

と、その時、人影が飛び出してきた。使徒が直《す》ぐに、後ろから首を摑んで止める。

「っ、聞きたい、ことがありますっ」

苦痛に顔を歪《ゆが》めながらも必死の形相でそう言ったのは、リリアーナだった。

アルヴは意外そうな表情になりながらも、何かを確認するように空を仰ぐ。

「ふむ、魔人族の収容には今しばらく時間がかかるか。よかろう、王国の姫よ。いずれにしろ最期の機会である。直言の栄誉を与えよう」

アルヴの手を払う仕草で、使徒がリリアーナから手を放した。

ティオや雫《しずく》達が慮外の事態に目を見張っている中、リリアーナは少し咳《せ》き込み、しかし、直ぐに王国の姫に相応《ふさわ》しい凛《りん》とした姿で前に進み出た。

「最後の遊戯とは、異世界を楽しみにしているとは、どういう意味でしょうか？　神は、私達人間を滅ぼす気ですか？」

「否」

即答にリリアーナは訝しむが、それも一瞬のこと。

「〝人間を〟ではない。正確には〝この世界を〟である」

「――ッ」

「三日後、神域より軍勢を召喚する。無限に等しい神の軍勢である。人も亜人も関係なく、自然すらも奪い、この世界そのものを滅ぼすのだ。かつて、神域創造のための魔力を得るために、自然あふれる地であった西大陸を不毛の地に変えたように、な」

「なっ、グリューエン大砂漠は……神が……」

どんな歴史書にも出てこない驚愕《きようがく》の事実にリリアーナは思わず言葉を失った。

その反応に気を良くしたのか、アルヴは饒舌《じようぜつ》に、そしてヘドロのような悪意に満ちた表情で続けた。

「光栄に思いたまえ、王国の姫よ。滅びの始まりはハイリヒ王国である。神山《しんざん》を仰ぎ見よ。そこに神門が開く時、お前の民は信じてきた神により一人残らず死に絶えるのだ！」

「狂っています……あなた方、神はみんな狂っていますっ」

「全ては主の御心《みこころ》のままに。天地万物から魔力を奪い、我等《ら》は神域ごと世界の壁を越える！　異世界という新天地にて、我が主は新たなる神となるのだ！」

哄笑《こうしよう》が玉座の間に響き渡った。大きく両手を広げ、恍惚《こうこつ》の表情で天を仰ぐアルヴ。

あまりにおぞましく残酷な話の内容に、雫達の表情が悲痛に歪む。

故郷に残してきた家族や友人、大切な人達が辿《たど》るかもしれない悲惨な未来を想像し、この世界が繰り返してきた悲劇を想《おも》う。

許容できない未来。けれど、今この状況で何ができると、自分の無力への怒りで体が震える。


だが、雫達は忘れていた。アルヴですら、全く考慮していなかった。

雫達にとっては守るべき相手と認識していたが故。

アルヴにとっては、取るに足らない存在であったが故に。

この場にはもう一人、神代魔法の使い手がいたことを。

「させません！　そんなことっ、絶対に！」

響いたのは、新たな声。

アルヴは目を眇《すが》めながら声のもとへ視線を向け、それを目撃した。

傷だらけの腕から滴る血。それで以《もっ》て両手の甲と床に描かれた複雑な魔法陣。

「暗き魂に輝きをっ――〝鎮魂〟!!」

床に両手を突いて、決然とした表情で放つのは、あらゆる状態異常を払拭する魂魄《こんぱく》魔法の光。薄桃色の、愛子《あいこ》の魔法。

ゴウッと放射状に広がったそれが、反撃の閃光《せんこう》が、玉座の間を一瞬で駆け抜ける。

「流石《さすが》は愛ちゃん先生ね。鈴《すず》！　龍太郎《りゅうたろう》！　ミュウちゃんとレミアさんを守って！」

「っ、でもアーティファクトがないよっ」

「それでもやるっきゃねぇだろ！」

肉体損壊または死の幻視により一種の精神的麻痺《まひ》状態に陥っていた雫、鈴、龍太郎が跳

ね起きた。その少し前の方では、

「神言と言ったか。まったく、これほどの強烈な暗示を自力で解きおるとは、シア、お主には脱帽じゃよ」

ティオが自嘲の笑みを浮かべながら立ち上がっていた。腰部分から生えた竜尾に巻き取られた石造の巨狼《きょろう》が、アルヴへと豪速で投げつけられる。

それを魔弾であっさり粉砕しながら、アルヴはシアの名を聞いて思わずそちらへ視線を向けた。そして「おや？」と目を瞬かせた。

壁際で瓦礫《がれき》に埋もれて気絶していたはずのシアが、血溜《だ》まりだけを残して消えていたから。と、その時、

「――ッ、お前はっ」

「ひっ」

驚愕の声と、短い悲鳴が上がった。

見れば、愛子達《たち》の前に陣取っていた使徒が振り返っている。そして、その視線の先には双大剣を持った浩介がいた。

使徒がハッと自分の腰元を見れば、回収していた香織《かおり》の双大剣がなくなっている。

使徒を欺くほどの気配遮断。否、もはや存在の希薄化。

【オルクス大迷宮】下層域を、魔物を総スルーして行き来できる唯一の存在にして、召喚される前から異常なほど影の薄い男――浩介は、恐怖に震えながらも根性を見せた。

「八重樫《やえがし》ぃっ、使えぇーーっ！」

双大剣の一本を、丸腰の雫のもとへ投擲《とうてき》。

「ほう、面白い。相手をしてやれ」

「了解」

大失態を犯した使徒が、自分の大剣で以て浩介に斬りかかった。凄絶なプレッシャーと大剣が纏《まと》う凶悪な銀の輝きに、浩介は咄嗟《とっさ》に背後へ転がることしかできなくて……

「ふんぬぅっ」

「っ、シア・ハウリア！　また邪魔をっ」

浩介の手から大剣をもぎ取ったシアが割って入り、間一髪、使徒の一撃を受け止めた。

弐之大剣が振るわれる前に気合一発、大剣を上方へ弾《はじ》いて片手万歳させると、震脚じみた踏み込みで肉薄し肘打ちを叩《たた》き込む。使徒の体はくの字に折れて吹き飛んだ。

「辻綾子《つじあやこ》さんでしたか？　回復感謝です！　そこの見知らぬ人も！」

「ど、どういたしまして！」

「えっ、あの、会ったことあるんだけど……」

永山《ながやま》パーティーの治癒師にしておでこキャラの綾子が恐縮したように頷《うなず》き、九死に一生を得て腰を抜かした浩介がおずおずと言う。

実は、気配を消してシアのもとへ駆けつけ、担いで戻り、綾子に回復させるという作戦を見事にやってのけたのだが……

シアは、聞くウサミミを持たない！

「先生さんっ、香織さんにもう一度魂魄魔法を！」

「は、はいっ」

身体強化最大にて突撃。近くに倒れている香織の、その背に爪を食い込ませている巨狼を轢殺《れきさつ》でもするみたいに大剣の一撃で粉砕し、そのままアルヴへと突進した。

その間に、愛子の詠唱と綾子の治療から気を逸《そ》らすため、決死の時間稼ぎをしていたリリアーナが結界を張りながら戻り、重吾が香織の確保に動く。

「アルヴは私が相手をします！　ハジメさんを！」

「了解よ！」

「任せよ！」

アルヴの両脇に控える使徒の一体が前に出ようとするが、〝相手をする〟というシアの言葉に不遜を感じたのか、アルヴは使徒を制止し自ら前に出た。

「うりゃぁああああああっ」

僥倖《ぎようこう》！　とばかりに大剣を唐竹割りに振り下ろす。凄《すさ》まじい衝撃波が迸《ほとばし》った。

「兎人族《とじんぞく》が出していい膂力《りよりよく》ではないぞ」

そんなことを言いながらも、大剣はアルヴの手前で停止。障壁の内側でアルヴが涼しい顔を見せている。

「もっと強くっ、もっとっ、もっとですっ」

ゴッゴッゴッゴッゴッと連続した衝撃音が響き渡った。

一秒の間にいったい何度振るっているのか。大剣が霞《かす》んで見えるほどの速度で連撃を加えるシア。

「何度やっても無駄なこと――むっ？」

「ぶっ飛びやがれっ!!　ですぅ!!」

馬鹿な、と呟《つぶや》く暇も与えない。障壁に亀裂が入った。と思った次の瞬間にはガラスが砕けるような音と同時に、シアの回し蹴りが美しい弧を描いてアルヴに炸裂《さくれつ》していた。

腐っても神と言うべきか。咄嗟に腕でガードしたようだが、その絶大な膂力の前には踏ん張り切れず、アルヴは玉座を薙《な》ぎ倒しながら壇上を転がった。

控えの使徒達がアルヴの状況を見て動こうとする。

「不要だ。神を足蹴にする不敬、直裁しなければ気が済まん」

憤怒の表情で、のしかかる玉座を爆発四散させながら起き上がるアルヴ。

シアは大剣を肩に担ぎ、

「上等ですっ」

淡青白色の魔力を〝限界突破〟でもしているみたいに噴き上げながら特攻した。

一方、シアにハジメを任された直後のティオと雫は、それぞれの前に立ちふさがる使徒と相対していた。

その使徒二体が、ティオと雫に分解の閃光を放った瞬間、二人は同時に同じ言霊を響かせた。

「「――〝禁域解放〟ッ」」

透き通るような黒と、濃紺色の魔力光が旋風と化し、二人の全てが昇華する。

雫は大剣を脇構えにしたまま閃光の真下を掻《か》い潜《くぐ》るように踏み込み、ティオは回避もせず両腕をクロスして受け止めた。

ティオの和洋折衷の衣装に穴が開くが、腕が分解消滅するようなことはなかった。

その腕は黒鱗《こくりん》で覆われていた。それも腕の太さが二倍に肥大しているように見えるほど重なった黒鱗が。

昇華・変成複合魔法〝竜鱗《りゅうりん》積層硬化〟とでもいうべきか。ただでさえ耐久度を増大させた黒鱗が、積層構造となって防御力を上昇させている。そうすれば、分解されても生身までは届かない。

「雫よっ、妾《わらわ》が盾となる！　突っ込むぞっ」

「了解よっ」

その時には既に、雫はぬるりとした独特の歩法で使徒の懐に潜り込んでいた。

〝縮地〟以上の速度でありながら遠近感を狂わされるそれに、使徒は僅かに瞠目し、気が付けば視界が反転していた。腕を取られ〝小手返し〟の要領で投げられたのだ。

刹那、逆さで宙に浮く使徒の首へ、すくい上げるような軌道から大剣の一撃が炸裂した。

――八重樫流体術　鏡雷《きょうらい》

首と胴体の泣き別れ必至の斬撃。最悪でも大ダメージは見込めるはずだったが……

衝撃で宙を滑った使徒は、地に足をつけることもなく銀翼を一打ちして空中に停止。

直後、その目に礫《つぶて》が直撃した。

――八重樫流投擲術　穿礫《せんれき》
元より非力な方とはいえ、昇華魔法で爆発的に上がった膂力は既に常人を逸脱している。それで、硬質な床の瓦礫を目に直撃させたのだ。これならあるいは……と思うが、

「やっぱり甘くないいっ」

「その通りです」

目にも、首にも、特にダメージなし。その無機質な顔にも、痛痒《つうよう》なし。

反撃は弾幕の如《ごと》き銀羽の掃射だった。

雫《しずく》は前に踏み込む。技能〝無拍子〟による緩急自在の動きで弾幕を掻い潜る。ジッジッと体を掠《かす》めるほどギリギリでかわし、時に大剣を盾にする。

「頭を下げよ！」

「――ッ」

咄嗟にリンボーダンスのような姿勢でスライディングする雫。その頭上を、漆黒のブレスが轟《ごう》ッと空気を焼きながら通り過ぎた。

銀羽掃射をしていた使徒は、こともなげにひゅるりと空中を滑って回避する。が、そのまま横薙《よこな》ぎにされたブレスの追撃を受けて、やむなく大剣をクロスさせた。

昇華された〝竜の咆哮《ブレス》〟の破壊力は凄まじく、使徒は壁際まで吹き飛ばされる。

雫を守った代償に、先程まで相手をしていた使徒の砲撃がティオを襲う。

「ティオ！」

「構うでないっ。ご主人様を奪取するっ。最低でも香織が戻るまで時を稼ぐ！　それしか道はないのじゃ！」

ビキビキッと音を立てて全身を黒鱗で覆った今のティオは、まるで人型の竜。

〝禁城解放〟下で強引に変成魔法を行使しているのだろう。肉体変化に激痛を伴っているようで苦悶の表情を浮かべているが、それすら〝痛覚変換〟に利用し、分解砲撃の直撃を受けても即座に消滅しない耐久力の獲得に成功しているのは天晴《あっぱれ》見事というほかない。

雫は、重ねて〝縮地〟を行使。ティオに砲撃を放つ使徒の横を、一筋の影となって走り抜ける。

使徒が銀羽を掃射してくるが、多少の被弾も激痛も歯を食いしばって無視し、地を這《は》うような姿勢で突破。

と、その瞬間、目の前に使徒が。腹部が僅かに陥没している。先程シアが吹き飛ばした個体だ。ハッとした時には既に、その個体の大剣が振り下ろされていて――

（しまっ――）

「――〝天絶《てんぜつ》〟!!」

刹那、死に物狂いを感じさせる鈴の声が響き、多重かつ角度をつけられた橙《だいだい》色《いろ》の障壁が大剣の軌道を斜めにずらしていく。

間一髪のところで雫の頭の横を通り過ぎていく大剣に冷や汗が噴き出すが、停滞は一瞬もしない。

数十メートルも後方からアーティファクトもなく、しかもミュウとレミアを〝聖絶《せいぜつ》〟で守りながら精密な援護をするという瀬戸際の神業を、鈴《すず》は見せてくれたのだ。

きっと、その両腕は魔法陣を描くために血で染まり、制御面でも相当無理をしているに違いない。ならばその奮戦に応えられずしてどうするというのか。

雫は下方からの突きを放った。使徒の弐之大剣がそれを受け止める。思った通りに。

「疾っ」

「！」

片手を地面につき、大剣の陰から飛び出すような逆さ蹴りを放つ。まるで、大鷲《おおわし》が獲物を狙って天空からその鋭い爪を伸ばす――その逆再生のような技。故に、

――八重樫流体術　逆鷲爪《ぎゃくしゅうそう》
使徒の体がぶれる。蹴り抜いたのは残像のみ。雫の大剣は弾き飛ばされ、優雅にくるりと回って雫の背後に出た使徒は、そのまま一之大剣を横薙ぎに振るった。

あわや真っ二つかと思われたが、

「ハァッ」

短い呼気と同時に、雫は蹴り足の遠心力を利用して側宙のような体勢になった。その直《す》

ぐ下を剣閃《けんせん》が通り過ぎたと同時に、駒のように回転して逆足でのカウンターを放つ。

――八重樫流体術奥義　逆鷲爪之弐・重爪《かさねづめ》
元より二段構えの蹴り技は、見事、使徒の顔面を捉えてもんどりうたせた。

超人的かつ妙なる体術に、床を転がった使徒は意表を衝かれたような表情を見せた。

（いけるっ）

視界の端で、ティオが二体の使徒を押さえてくれている。今、一体を凌《しの》いだ。

ハジメまでの道が開けた――と、思った直後、

「――ッ!?」

背筋に氷塊を投げ込まれたような怖気《おぞけ》が走り、雫は受け身を取る余裕もなく横っ飛びで身を投げ出した。

刹那のタイミングで、床を削り飛ばすような銀の砲撃が通り過ぎる。それでも鳴り止《や》まない本能の警鐘が無意識レベルで雫を転がした。

ガンッと、一瞬前までいた場所に大剣が突き立った。雫はそのまま、獣のように四《よ》つん這《ば》い状態で転がり続け、追撃で飛来した銀羽の豪雨を辛うじて回避した。

だが結果的に、稼いだ距離が、また元に戻ってしまった。

前方には、アルヴの両脇を固めていた使徒が二体、背後には、今もんどりうたせた使徒が一体。

まさに、絶望的な状況。その絶望の向こう側に、求める人がいる。

（初めて本気で好きになった人。何度も助けられた。心も、命も……あの人のためならなんだってできる。使徒が相手だからって、武器がないからって、折れる理由にはならない！　今度は、私が貴方《あなた》を助けるから！）

己を奮い立たせ、キッと使徒を睨《にら》む。

香織《かおり》の復活はいつだろう。せめて、それまでは時間を稼ぐ。ハジメを奪取できずとも、香織なら、あるいは……

そう、親友を想《おも》ったせいだろうか。

「え？」

使徒の一体が、不意に雫から視線を逸らした。視線の先にいるのはクラスメイト達《たち》。否、愛子《あいこ》に抱き締められている――香織だ。

使徒が残像を残して消えた。

「ま、待ちなさいっ。私の相手を――」

「それは、我々だけで十分です」

使徒の分解砲撃が二発、迸った。一撃は進路を塞ぐように、もう一撃は雫を狙って。

「気を逸らすでないっ、馬鹿者！」

満身創痍《まんしんそうい》のティオが雫に飛びついた。その身を盾に雫を守り、全身から花火のように血《ち》飛沫《しぶき》を散らしながらも砲撃範囲から飛び出す。

間髪容れず襲い来る銀羽の掃射。

「っ、くぅっ――〝聖絶〟！」

アーティファクトなし、かつ数十メートル先へもう一つ最上級の結界を張る負担が鈴に呻《うめ》き声《ごえ》を上げさせる。ティオも重ねて結界を張るが……

分解能力に容赦なく削られ、幾枚もの銀羽が貫通し、雫を懐に庇《かば》うティオに降り注ぐ。

ティオは積層黒鱗に再生魔法をかけるが、都合三つの神代魔法の行使で意識が飛びそうになる。歯を食いしばって耐えるティオの姿に、雫は悲痛な表情となった。

(私じゃあ足止めもできないって言うのっ!?)

ハジメ達以外では、昇華魔法を使えるのは自分だけ。

自分なら、最低でも時間稼ぎくらいできる。そう思ったのに……

「諦めるでないっ、雫よ！　心で負けたら終わりじゃぞっ」

「っ、分かってるっ、分かってるわっ」

泣きそうになる己を叱咤《しった》し、訪れるかも分からないチャンスを待つ。

決して諦めない。諦めるわけにはいかない。だって、それが、それこそが、ハジメの強さ。ティオが心を寄せ、雫が惚《ほ》れた輝きなのだから。

と、その瞬間、雫やティオの心に応えるみたいに待望の光が噴き上がった。

「二人から離れて！」

銀の光が、分解砲撃が、使徒を襲った。誰が放ったかなんて自明のこと。

「香織！」

「雫ちゃんっ」

使徒と同等以上の力を持つ香織が、復活した。


その少し前。

香織を目覚めさせようと集中する愛子を、優花《ゆうか》率いる一部の生徒達が必死に守っていた。

襲ってきているのは、玉座の間に残された魔物三十体のうちの半数ほどであるが、慰めにもならない。灰竜こそいないものの、その残っている魔物は進化版キメラだ。

「綾子《あやこ》！　リリィに魔力譲渡！　残存魔力、全部リリィに使って！　リリィの結界が破られたら終わるわよ！　真央《まお》も支援魔法は全部リリィに！」

「わ、分かったたっ」

「で、でもっ、もう魔力ほとんどないよ！」

優花の指示に、綾子と、同パーティーの天職〝付与術師〟吉野《よしの》真央が、今にも泣き出しそうな表情で〝聖絶〟を維持するリリアーナを支えている。

「くそっ、こいつら石化すら自力で解きやがるっ」

「幻術もあんまり効いてない！　状態異常まで治せるのか!?」

「っていうか斎藤《さいとう》っち！　中野《なかの》っち！　あんたらも術者でしょ!?　手伝えよっ」

天職〝土術師〟の健太郎《けんたろう》が石化の魔法を放ち続け、〝幻術師〟の明人《あきと》が認識阻害系の魔法でキメラの同士討ちを図り、〝氷術師〟の奈々《なな》が氷槍《ひょうそう》の弾幕を張る。

まともな武器がない以上、前衛の生徒はほとんど戦力にならず、アーティファクトのない後衛では、自分の血で描いた魔法陣で非効率かつ限られた魔法しか放てない。

〝炎術師〟と〝風術師〟という今は貴重な後衛職だというのに、斎藤良樹《よしき》も中野信治《しんじ》も、友人だった檜山大介《ひやまだいすけ》や近藤礼一《こんどうれいいち》の死からすっかり腑抜《ふぬ》けてしまい、今も怯《おび》えたまま居残り組の生徒達の中に紛れている。

「っ、重吾《じゅうご》！　無理するなっ」

「それは無理な相談だっ」

前衛として、攻撃魔法の撃ち漏らしの魔物を相手取っている浩介《こうすけ》と重吾は既に傷だらけだ。特に、柔道的な技をメインに戦う重吾は、回復役の綾子がリリアーナにかかりきりであることから既に満身創痍。

「くそっ、武器さえあればっ」

「頑丈な永山《ながやま》と幽霊みたいな遠藤《えんどう》じゃなきゃ直ぐに死ぬわよ！　堪《こら》えて！　いざという時は捨て身で愛ちゃんを守りなさい！」

「わかってらぁっ」

淳史《あつし》や昇《のぼる》が歯噛《はが》みする。その横では優花が、健太郎に作り出してもらった床素材の礫を、天職〝投術師〟の妙技を以《もっ》て投擲《とうてき》することで重吾と浩介を援護している。

鈴や龍太郎《りゅうたろう》の援護が欲しいが、あちらはあちらで手が離せない。

鈴は、ミュウとレミアを守る結界を維持しながら雫《しずく》達の激戦を援護せねばならず、龍太郎は、そんな鈴を狙う魔物五体と一人で戦っている。

残りの十体は退路を塞ぐ位置から動いていないが、いつ参戦してきてもおかしくない。

(南雲《なぐも》っ、どうしちゃったのよ！　なんで抵抗しないの！　まさか、もう……っ、勝手に死ぬなんて許さないわよ！)

と、その時、

「やばいっ、やべぇぞっ、園部《そのべ》！　来たっ、あいつが来たぁっ」

健太郎の悲鳴じみた警告が鼓膜を震わせた。誰が？　などと聞くまでもない。

使徒だ。恐怖に滲《にじ》むその声音だけで分かる。王宮で散々痛めつけられたのだから。

「っ、野村《のむら》！　奈々！　使徒に集中攻撃――」

指示を言い切る前に、銀の閃光《せんこう》が瞬いた。

「うぅっ、ぁあああっ」

リリアーナの絶叫が迸《ほとばし》る。抵抗できたのは一瞬だけ。

「先生っ」

結界が砕け散る。銀の閃光が愛子と香織に迫る。それを、傍《そば》にいた妙子《たえこ》が体当たりすることで、どうにか回避。床がごっそり消失したのを見て、妙子が恐怖から竦《すく》み上がった。

守りを、失った。

使徒が迫り、魔物が押し寄せる。

（先生だけでもっ）

ともすれば失心してしまいそうなほどの恐怖を叩《たた》き伏せて、優花は決死の覚悟で割り込もうとした。そこへ雑草を切り払うかのような使徒の剣閃が走り――

「させないよっ」

銀の閃光がカウンターとなって炸裂《さくれつ》した。肉薄していた使徒が逆戻りするように吹き飛び、同時に、銀羽が噴水のように飛び散り魔物を次々と穿《うが》っていく。

香織が、復活した。

「先生、優花ちゃん、みんなもありがとう！」

自己治癒する暇は与えない。今度は猛吹雪の如《ごと》き弾幕を以て魔物を消滅させていく。

「し、白崎《しらさき》さん！　念のため〝鎮魂〟をかけ続けますっ。精神が落ち着いてしまうかもしれませんが……」

「機能停止に少しでも対抗できるなら、なんでもしてください！」

戦場を見回し、ハジメの姿を捉え、ユエもおらず、誰もが傷ついている。湧き上がる怒りの前に〝鎮魂〟の副作用などもはや効果はない。

そうして香織は、雫とティオの窮状を見て「二人から離れて！」と特大の分解砲撃を放ち、一気に飛び出していった。

愛子や優花達の勝利の祈りを背に受けながら。

奇襲的な分解砲撃に、ティオと雫を襲っていた使徒四体がバッと散開する。

「二人共！　大丈夫!?」

「手を止めるでない！　守勢に回れば一気に瓦解するっ」

言外に、回復より攻撃を！　と言うティオは血で染めたような姿になっていて、だからこそ、その意志は壮絶な迫力を伴っていた。

香織は即座に従った。使徒の一体に向け速攻で分解砲撃を放てば、相手もまた分解砲撃で応えた。相殺して抑え込み、その間に別個体が接近するつもりなのだ。だが、

「負けないっ、私はただの人形なんかに負けないんだから！」

自分に言い聞かせるような言葉と同時に、香織から銀の、否、徐々に変化し煌《きら》めく白《しろ》菫《すみれ》色となった魔力が吹き荒れた。それは、昇華魔法による、かつてない強化の証《あかし》。

その宣言通り、香織の放つ白菫の閃光はドクンッ！　と脈打つと同時に、一気に勢いを増し使徒の銀光を呑み込んでいく。

「我等《ら》の肉体で、我等を超えますか……」

使徒は形容し難い表情を浮かべたまま光に呑まれ消滅した。

「油断大敵じゃっ」

「気を引くくらいはできるのよっ」

「……たかが人が……」

その声は香織の背後から。回り込んでいた使徒の胸から腕が生えている。彼女の直《す》ぐ後ろには抱き着くような体勢のティオがいた。

黒鱗《こくりん》と圧縮した黒炎《ブレス》を纏《まと》った竜爪《りゅうそう》による貫《ぬ》き手《て》。それが見事に使徒の核を貫いていた。使徒の背後に回り込めたのは、雫が捨て身で特攻したから。取るに足らない雑草を刈り取る気で、しかし、刈り取ろうと一瞬意識を向けてしまったからこそ致命的な一撃を受けてしまったのだ。

ずるりと腕を引き抜くと同時に、糸を切られたマリオネットのように崩れ落ちた使徒。完全なる機能停止——使徒にとっての死であった。

一騎当千というにも生温《なまぬる》い厄災〝神の使徒〟が二体、屠《ほふ》られた。それはまさに、人類にとっての大金星。

だがしかし、

「全く、手間を取らせおって。我が主の足元にも及ばんとはいえ、神たる私に敵《かな》うわけがなかろう？」

その声にハッと視線を転じる香織、雫、ティオ。

自分達の戦闘に必死で意識が向いていなかったが、いつの間にかアルヴとシアの戦闘音が止まっていて……

「「「シアっ」」」

そこには、アルヴに首を掴《つか》まれたまま力なく宙吊りになっているシアの姿があった。

意識こそ失っていないようだが抵抗する力は弱々しい。足元には血溜《だ》まりができており、見るからに瀕死《ひんし》の重傷状態だ。

故に、気を取られてしまった。それは致命の隙だ。

「アルヴヘイトの名において命ずる――〝停止せよ〟」

アルヴの〝神言〟が魂魄《こんぱく》を侵食する。愛子《あいこ》の〝鎮魂〟のおかげか、香織《かおり》が即座に意識を喪失するようなことはなかったが、優花達《たち》や鈴《すず》達も含め誰もが動きを止めてしまう。

アルヴの言葉通り、エヒトほど強力ではない。ティオや雫なら自力で解除もできるだろう。しかし、使徒の攻撃を止めるには至らない。

銀羽の魔法陣から特大の雷撃が降り注いだ。雷の体内へ浸透しやすい特性が、香織の使徒の肉体や黒鱗の鎧《よろい》を纏うティオにも効果を及ぼす。

そこへ、ダメ押しとばかりに、アルヴは雷の嵐の中へシアを放り込みながら言霊を響かせた。

「重ねて命ずる――〝受け入れよ〟」

言葉通り、一瞬だけ防御も魔力を高めて抵抗することもやめてしまった四人は、短い悲鳴を上げて倒れ伏した。四肢が痙攣《けいれん》し、全身に大火傷《おおやけど》を負ってしまう。

シアが敗北した理由もこれだ。抵抗はできる。一瞬あれば解呪できる。

けれど、刹那を争う戦闘中に、その刹那を邪魔されてダメージを蓄積してしまえば……

シアといえども力尽きてしまうのは必定であった。

「さて、そろそろ頃合いだな。余興はこれくらいにしておくとしよう」

どうやら魔人族の収容が終わりかけているらしい。

天に輝く【神門】を仰ぎながら、アルヴは何かの術式を発動し始めた。

暗金色の粒子が玉座の間全体に渦巻き、床の上に浮かび上がるようにして複雑怪奇な魔法陣が構築されていく。

「我が失態のせめてもの償いとして、お前達を献上品にさせてもらおう。その身命《魔力》、我が主に捧《ささ》げよ」

世界中の魔力を奪うというエヒト。なるほど、確かにこの場の全員の魔力を後始末ついでの手土産にすれば、完全憑依《ひょうい》のお膳立てに失敗した分のご機嫌取りくらいにはなるかもしれない。

一息に殺さなかったのは、魔人族の収容が終わるまでの暇つぶしと鬱憤晴らしの他に、これが目的だったようだ。

「お前達は揃《そろ》って質が良い。我が主もきっとお喜びになるに違いない。……が、無価値なゴミもおるな？」

魔法陣が完成に近づくにつれ、暗金色の粒子が全員に纏わりつき始めた。感触などないはずなのに、全身を虫に這《は》われているような気持ち悪さに鳥肌が立つ。

そんな中、アルヴの視線が――ミュウとレミアを捉えた。

指を鳴らせば鈴と龍太郎が何かする暇もなく、ミュウとレミアの真下にゲートが開き、次の瞬間にはアルヴの真横に、虚空より現れ落下した。

加えて、アルヴが指を振った途端、ミュウだけが浮き上がり引き寄せられてしまった。

〝神言〟を解除されたのか、ミュウが悲痛な声を上げる。

「マ、ママぁっ」

「や、めてっ！　娘をっ、返して――あぐっ⁉」

空中でもがくミュウ。必死に取り返そうとするレミアだが、手を伸ばすのみで立つこともままならない。

もっとも、レミアへの〝神言〟は解除されていない。にもかかわらず、紛れもない一般人でありながら、小さく掠《かす》れているとはいえ言葉を放ち、手を伸ばせているだけでも驚嘆に値する。

しかし、母の愛がなせるそれも、アルヴ相手では一顧だにされない。

「最期だ。せめて、少しでも役に立て」

空中に磔《はりつけ》にされたような状態のミュウが、顔を伏せたままピクリとも動かないハジメの前に差し出された。

「心得よ、イレギュラー！　これは神罰である！」

エヒトの遊戯を邪魔してきたこと。エヒトの降臨を邪魔したこと。

許し難きその罪科、己を父と慕う幼子の処刑を以て悔い改めよ、と。

「パパぁ！　パパぁっ！」

幼子の悲鳴じみた叫びに、しかし、動ける者は一人もいない。

シアと雫は雷撃のダメージが深く意識を保つので精一杯。ティオと香織も必死に〝神言〟を打ち破ろうとしているが間に合いそうにない。他の者は言わずもがな。

そのうえ玉座の間全体に広がる暗金色の魔法陣が既に完成していて、体から命が流れ出すみたいに力が抜けていく……

アルヴの手がミュウの後頭部に添えられた。さながら、死神の鎌の如く。

「さぁ、顔を上げよ、イレギュラー！　まだ生きているのは分かっているぞ！」

〝神言〟の影響も、今のハジメにはない。

アルヴの哄笑《こうしょう》が響き渡った。

響き渡り……

そして気が付く。響いているのは、アルヴの声だけだと。

訝《いぶか》しんで哄笑をやめてみれば、異様なほどの静けさに襲われる。

それは物理的な音の静けさであり、そして、気配の静けさでもあった。

ハジメから、何も感じないのだ。

いっそ、恐ろしいほどに。

生きていて意識もあるのは、使徒五人の欠片《かけら》も油断していない様子から明らか。

同時に気が付いた。シア達の方が。

肌に、ぷつぷつと鳥肌が立っている。本能が、今すぐ逃げろと警鐘を鳴らしている。

少し前から感じていたそれは、アルヴや使徒相手への感覚だと思っていたが……違う。

生物として、感じ取っていたその恐ろしさは……

「パ、パパ？」

ミュウが、どこか怯《おび》えたように呼びかける。

アルヴが、妙な雰囲気に苛立《いらだ》ったように使徒へ目配せをした。

指示を汲《く》み取り、使徒の一体がハジメの髪を鷲掴《わしづか》んだ。そして、驚いたことに一瞬躊躇《ためら》うような素振りを見せ、意を決して顔を上げさせて……

「――ッ」

その瞬間、アルヴは自分でも自覚できないままに一歩、後退《あとずさ》った。

それどころか、もう何千年もしたことのない初歩的なミス――魔法の制御を乱すという無様まで晒《さら》してしまった。

結果、空中に磔にされていたミュウがハジメの眼前に落ちる。

慌ててミュウに魔法をかけ直そうと手を向けたアルヴは、わけの分からぬ光景に目を見開くことになった。なぜか、突き出した自分の手がカタカタと小刻みに震えていたのだ。

それは、紛れもない怯えの証。

その原因は、ハジメの目だ。

収縮した瞳孔の奥に感じるそれを、あえて表現するなら――虚無。

闇よりなお黒く、奈落よりもなお深い。一筋の光さえも感じられない。

見ているだけで引きずり込まれそうな、自分という存在が消えてしまいそうな、狂気を誘う化け物の目。

「ッ、こ、ころ――」

アルヴは、自分でも理解し難い衝動に駆られて、使徒に対しハジメの即殺を命じようとした。死に体で、武器もなく、絶望して心が折れているはず、と思っていても、そうせずにはいられなかった。

使徒は、まるでその命令を心待ちにしていたと言わんばかりに即応した。

それは、ともすれば畏怖からの逃避にも見えて……

使徒達の手刀が銀光を帯びる。分解能力を以《もっ》て、ハジメの首を落とそうとする。が、その行動は少し、否、致命的に遅かったようだ。

アルヴ達は、ハジメに時間を与えすぎた。

真夜中の墓場を彷彿《ほうふつ》とさせる静けさが嘘《うそ》みたいに破られた。

ハジメから身の毛もよだつ鬼気が溢《あふ》れ出す。破裂した肉体から血煙が迸《ほとばし》るみたいに、赤黒い魔力が氾濫した。それはさながら、地獄の門が開いたかのよう。

暗く、重く、汚泥に塗《まみ》れたような声音が波紋を打つ。

それはまさに、

「――全《何》ての《もか》存《も》在《消》を《え》否《ち》定《ま》する《え》」

〝呪言〟だった。

世界を否定する〝概念〟が解き放たれた。

ハジメを拘束していた使徒達が危機を感じ取ったのだろう。一斉に飛び退《の》くが、少し遅かった。

五体中、三体がボバッと奇怪な音を響かせて上下に割断された。と思った時には、更に左右に両断されて四分割に、そのまま続けて冗談みたいに寸断されていく。

ほんの数秒。たったそれだけの時間で三体の使徒が木っ端微塵《こっぱみじん》となった。

誰もが絶句する。

何が起きているのか理解ができない。

「アルヴ様、お下がりを！」

難を逃れた使徒二体が、アルヴの前に着地する。

魔物の血の如《ごと》き赤黒い魔力が逆巻く中、その中心にてハジメがゆらりと立ち上がった。

幽鬼の如き蒼白《そうはく》の顔で、使徒よりも余程無機質な表情を晒しながら、ボタリ、ボタリと血を滴らせて……

「パ、パパ……大丈夫？　けが、いっぱい――きゃあっ!?」

ハジメの直《す》ぐ前にいたミュウが、荒れ狂う魔力の余波に当てられて悲鳴を上げながら後ろへ転がっていく。

にもかかわらず、本来ならあり得ないことにハジメは一瞥《いちべつ》すらしなかった。

「下がれ、だと？　神である私が人間如きを前に？　笑止の沙汰である」

使徒の忠告が、むしろアルヴを我に返らせた。

そして、信じて疑わぬ己の権能を、全力を込めて口にして――

「アルヴヘイトの名において命ずる、〝跪《ひざまず》け――ッ、ぁっ、ィギ、ぁぁあああっ!!」

「アルヴ様!」

何の前触れもなくアルヴの右腕が落ちた。宙をくるくると舞った右腕は、直後、先程の使徒達と同じく細切れとなり、塵《ちり》も残さず消滅してしまう。

使徒の一体が、直ぐにアルヴを抱えるようにしてその場を飛び退く。

額を撃たれても平然とし、四肢を撃ち抜かれても悲鳴一つ上げないどころか完璧に修復してしまうアルヴが、苦悶《くもん》の表情を浮かべ絶叫を上げる。

その苦悶の中には、強い困惑の色も浮かんでいた。

痛みとは、人体が発するアラートである。だが、眷属《けんぞく》神たるアルヴを脅かす存在などそうはおらず、並みのダメージでは〝危機〟には程遠い。

故にそれは、もう何千年も感じていなかった感覚で直ぐには痛みと認識できず、認識した後も肉体が警鐘を鳴らす意味が理解できなかった。

ただの依《よ》り代《しろ》だ。欠損したとて修復すればよく、最悪乗り換えればいい。

アルヴという存在は脅かされない――はずなのに。

「な、何がっ。何が起きている!?」

「極細の糸……いいえ、鎖のようなものが宙を舞っております。あれに触れると防御を無視して切断、消滅させられるようです」

「な、なんだとっ」

言われて注視してみれば、確かにヒュンヒュンッと風切り音を響かせる鎖がハジメを中心に舞っている。

おそらく、素材は床だ。両腕を落とされた時も、アルヴの足元から直接伸びて薙《な》ぎ払われたのだ。

「なんの冗談だ！　そのようなアーティファクトがあるなら、なぜっ」

なぜ今まで使わなかったのか。なぜ、エヒトは見逃したのか。

混乱する頭に疑問が溢れるが、現実は考える時間を与えてはくれない。まさか、魔法陣もなく、魔力を感知させることもなく、組み伏せられている間、ずっと床の中に創り続けていたとは思いもしない。

二の句が継げず、アルヴが酸素を求める魚の如く口をパクパクさせるという神にあるまじき無様を見せている間に、

「力の詳細は不明。危険度最高レベル。アルヴ様、どうか退避を！　ここは我々が――」

「――ッ!?」

首が飛んだ。両腕が飛んだ。だるま落としのように足先から輪切りにされて、また一体、使徒が滅びた。

今この瞬間も、ハジメの背後から三体の使徒が銀羽や銀光の砲撃を放っている。

だが、ハジメは全く意に介さない。全ての攻撃がハジメの手前で虚《むな》しく霧散し届いていないのだ。

赤黒い魔力がハジメを中心に螺旋《らせん》を描いている。それは単なる魔力光ではない。魔力を纏《まと》う極細の鎖がとぐろを巻くようにして周囲を回っているのだ。

「迫撃しなさい！」

アルヴを守るように陣取る使徒の命令に、全魔物が突撃した。

その魔物を囮《おとり》、あるいは盾にして、残りの使徒四体が隙を窺う。幾重にも残像を発生させながら超高速移動をして的を絞らせず、奪命の一撃《クリティカル》を狙う。

そうして、アルヴが歯嚙《はが》みしながらも天井の穴から【神門】へ撤退しようとして、

「どこへ行く？」

「なっ、貴様っ……」

玉座の間に、鎌首をもたげるおびただしい数の蛇が出現した。と、錯覚してしまうほどに、そこら中の床から赤黒い光《死の鎖》が飛び出してきた。

天上までうねりながら昇り、床を這《は》い回り、宙を舞って、ドームを形成していく。それは獲物を逃さぬ巨大な檻《おり》だった。

魔力を奪っていた暗金色の魔法陣が霧散し、代わりにというべきか、玉座の間が赤黒い光に染め上げられていく。

「いかん……これはいかんっ。香織《かおり》よ！　階下へ落すのじゃ！」

〝神言〟をどうにか自力で解いたティオが、危機感と焦燥に塗れた声を張り上げる。

一瞬、意味を捉え損ねた香織だが、ティオの視線が愛子達《あいこたち》に向いているのを見てゾッと背筋を震わせた。

ティオ同様に、どうにか〝神言〟に抗《あらが》い、即座に銀羽を大量に射出。使徒達の戦闘域を避け、愛子達が身を寄せ合っている場所の周囲を、円状に丸ごと分解する。

結果、赤黒い光が到達する前に床が丸ごとくり抜かれ、愛子達は悲鳴を上げながら階下へと落ちていった。それを確認した香織は視線を巡らせ、

「ミュウちゃんっ、レミアさん！」

二人のもとへ飛ぶと、そのまま抱え込むようにして身を伏せる。

「香織お姉ちゃん、パパが……」

「ハジメさんはいったい……」

「大丈夫、大丈夫だからっ」

香織は、心配そうにハジメを見つめるミュウと不安そうなレミアに、無理やり笑顔を見せた。心の中で、尋常な様子でないハジメの無事を祈りながら。

その間に、ティオはシアと雫《しずく》を抱えながら鈴《すず》と龍太郎《りゅうたろう》のもとへ滑り込んだ。

視線の先では、また一体、大剣ごと八分割にされた使徒が床を転がり、魔物がタチの悪い自殺みたいに特攻しては消滅していく光景が広がっている。

「何が、何が起きてるの!?」

「南雲《なぐも》はいったいどうしちまったんだ!?」

ティオの背に庇《かば》われながら、混乱に満ちた声を上げる鈴と龍太郎。

その二人へ、ティオは目を細めながら答えた。

「……おそらく、概念魔法であろう」

鈴と龍太郎が困惑に瞳を揺らす。

「で、でも概念魔法はユエさんと二人がかりでやっとの……」

「そうだぜ、ティオさん。南雲の帰りてぇって想《おも》いくらいの〝極限の意志〟が必要なはずだろ!?」

「ユエがいないからこそ至ったのであろうよ」

聞いたはずだと、ティオは言う。二人は一拍おいて、ハジメの抱いた極限の意志の正体に思い至り沈痛の面持ちで身を震わせた。

それは、ユエを奪われたことに対する底なしの憤怒と憎悪、そして、それらの感情が飽和して行き着いた圧倒的な虚無感。

最愛のいなくなったこの世界に、いったいなんの価値がある?

最愛と引き離しておいて、存在していい道理がどこにある?

そんなものあろうはずがない。認められるわけがない。許しはしない。

だから、

──概念魔法　全《な》て《に》の《も》存《か》在《も》を否定する《消えちまえ》

クリスタルキーを創造した時とは真逆の、言うなれば、そう、感情の極致であった。

鈴と龍太郎がやりきれないような、言葉では言い表せない表情を浮かべている。

「おそらく、あの鎖に触れたが最後、問答無用で消滅させられるのじゃ。流石《さすが》に、お主等《ら》まで陛下に避難させる余裕はないでな。妾《わらわ》の傍《そば》を離れるでないぞ？」

ティオの推測は的を射ていた。

新たなる概念の正体は、昇華魔法の〝情報への干渉〟という根本的な力を元に、〝そこに存在する〟という対象の情報を〝存在しない〟と書き換える魔法なのだ。

切断能力に見えて、その実、〝鎖に接触した存在を抹消する〟という凶悪という言葉でも生温《なまぬる》い能力。

アルヴが絶叫するのも無理はない。たとえ再生魔法を行使しようとも、二度と戻ることはない永劫《えいごう》の消滅である。激痛という名のアラートを魂魄《こんぱく》が響かせるのも当然だ。

そんなやり取りの間に、

「アルヴ様っ、申し訳――」

最後の使徒が消滅した。

理不尽の象徴というべき使徒が、なす術《すべ》もなく雲散霧消していく光景のなんと冗談じみたことか。

物理的な逃亡は不可能。既に、存在否定の赤黒い鎖が天蓋の如く玉座の間全体を覆っている。故に、凄《すさ》まじい魔力弾の嵐で牽制《けんせい》しつつゲートでの脱出を試みているのだが、

「おのれっ」

鎖がひゅるりと撫《な》でるだけで、ゲートそのものが消えてなくなる。

生き残っている数体の魔物が、絶対遵守のはずの神命を無視して、本能に従い逃走を図るが、それも蛇のように這い寄った鎖に搦めとられ、今、全滅した。

アルヴは、一人になった。

(なんということだ……なんということだ！　あの力は異常すぎるっ。なんとしても我が主にお伝えせねばっ)

ジリジリとハジメから距離を取るアルヴ。

神どころか、森羅万象に対する冒瀆《ぼうとく》ともいうべき力を前に、その表情はかつてないほど引き攣《つ》っている。

(かくなる上はっ)

アルヴの視線がミュウへと向いた。

人質しかない。一瞬でも躊躇《ためら》わせることができれば、その隙にゲートから脱出できる。

「神に盾突く愚か者がっ」

罵倒と同時に最大火力を放つ。自分へのダメージも厭《いと》わない殲滅《せんめつ》級の雷撃が放たれた。

閃光《せんこう》が視界を塗り潰し、轟音《ごうおん》が鼓膜を麻痺《まひ》させる。

その隙に、アルヴはミュウを奪わんと手を向けて――

「あ？――ッ!?」

残りの腕と両足をも失った。人形の手足を捥《も》ぐよりも、よほど簡単に。

達磨《だるま》状態となって床に叩《たた》きつけられるアルヴ。

絶叫はもはや声にならない。痛みに対する耐性がなく、意図的な痛覚遮断も通じない。

肉体を削るように抹消される度に魂が悲鳴を上げる。

意識が明滅し、ともすれば発狂しそう。

アルヴは半ば恐慌をきたし、ニワトリの鳴き声みたいに引き攣った声音で訴えた。

「あ、あっ、ま、待てっ。待ってくれ！　の、望みを言えっ。私がどんな望みでも叶《かな》えてやる！　我が主に執り成してやってもいい！　私が説得すれば無下にはしないはずっ。世界だっ。世界だぞ！　お前にも、世界を思うままにできる権利が分け与えられるのだ！　だからっ！」

それは紛れもなく、神がする命乞いだった。

ならば、ゆらりゆらりと迫るハジメは、死神とでもいうべきか。

ハジメの目がアルヴを捉える。

そこに広がる虚無に、アルヴは〝死の気配〟を感じ取った。永遠の存在たる己が忘却していた根源的な恐怖、それが精神を蝕《むしば》んでいく。

頭の中が真っ白になって、縦に伸びる無数の鎖が球状の檻を形成し己を閉じ込めていく光景を見ても、間の抜けた顔で呆《ほう》けることしかできない。

瞬く間に完成した球状の檻の中で横たわるアルヴには神の威厳など欠片《かけら》もなく、さながら動物園で飼育される珍獣のよう。

けれど、そこはディストピアですらない。檻を形成する鎖が一斉にスライドし始めた。

まるで回転するボールのように。徐々に縮小しながら。

削り殺される……

凄惨な未来を想像したアルヴの精神はようやく現世に復帰し、同時に限界を迎えた。

「お前にっ、いえっ、貴方様《あなたさま》に従いますっ。私は役に立ちます！　ですからっ、どうか！」

もはや、神の矜持《きょうじ》どころか恥も外聞もなかった。

すると、アルヴの身に触れる寸前で鎖の檻の回転が、不意に弱まり収縮が止まった。

「生きたいか？」

「え、あ？」

人らしさの一切が排されたような声音がアルヴを蝕む。

絶望の中の一握りの希望は、それがただの虚構にすぎないと理解した途端、猛毒へと姿を変える。普段なら気が付けただろう単純明快にして自身が使い慣れているはずのそれに、しかし、アルヴは遮二無二に飛びついた。

「あ、ああ、生きたいっ。死にたくありませんっ」

「そうか……」

ハジメの、特に意味もなく足元の虫を踏み躙《にじ》るような目にもやはり気が付かず、生き延びた！　と喜色を浮かべるアルヴのなんと滑稽なことか。

その様子を見ていたティオ達は、いっそ哀れみすら覚えた。

誰でも分かることなのに。アルヴの生存可能性など塵芥《ちりあくた》ほどにも存在していないことなんて。

「じゃあ、死ね」

「え？　な、なぜっ⁉　ひっ、やめっ、ぎぃっ⁉　ァアアアアアアアアーーーーッ」

残酷なほどゆっくり収縮する鎖の檻が、アルヴを身の端から削り消していく。

玉座の間に、聞くに堪えない断末魔の絶叫が響き渡った。

目の前で行われる残虐極まりない処刑劇に、誰も何も言えない。

まともな死に方ではない。〝天龍〟に喰《く》われるほうが、まだ可愛《かわい》げがある。

そう思わざるを得ない凄惨な光景は、大抵の者が自己の精神への防衛行為として目を逸《そ》らしている間に、やがて終わりを告げた。

それが、この世から一柱の神が消え去った瞬間だった。

「ハジメくんっ」

「ご主人様よ！」

玉座の間を覆っていた大量の鎖も、アルヴを消滅させた鎖も、役目を終えたみたいに自壊して消えていく中、香織とティオの呼び声が空気を揺らした。

しかし、ハジメは一瞥《いちべつ》もくれない。まるで聞こえていないかのように視線を頭上へと転じ、穴の開いた天井の向こう側に見えるものにスッと目を細めた。

直後、数本の鎖だけを周囲に浮遊させて、ハジメは天を衝《つ》く勢いで飛び出していった。

意識にあるのは一点。

空に輝く白銀のゲート――【神門】のみ。

大鷲《おおわし》の魔物に騎乗してそこを目指す魔人達が視界に入る。残り五十人といない。殿《しんがり》を務める軍服姿の魔人族が半数、残りは子供や女性、老人を含む一般人と思《おぼ》しき者達だ。

「？　な、なんだっ」

「あれは……」

最初に、最後尾の兵士達が飛び上がってくる存在に気が付いた。赤黒い魔力光と、常軌を逸した気配にギョッとしている。

だが、それが〝魔人族ではない者の急迫〟と理解すると、迅速に魔法を放った。無詠唱に近い初級魔法による炎弾や氷槍《ひょうそう》、風刃《ふうじん》だ。

もちろん、そんなもので今のハジメを止められるはずもなく、存在否定の鎖を鞭《むち》のように振るうだけで全て消滅させてしまった。

「なんだと!?」

「こ、このっ、止まれ！」

数人の兵士が大鷲を操り、立ちはだかるように反転かつ滞空した。

ハジメは彼等を意識した様子もなく直進し、結果、その進路上にいた兵士三人は大鷲ごと四散することになった。

同胞が目の前で細切れにされるという信じ難い光景を目の当たりにして魔人達《たち》が唖然《あぜん》とする中、ハジメは彼等を置き去りにして【神門】へと突撃する。

しかし、

「っ、ぉおおおおおおおおおおおっ!!」

【神門】はハジメを拒むように波打つだけで【神域】への道を開かない。

どれだけ雄叫《おたけ》びを上げようとも、どれだけ魔力を込めようとも、何度拳を振るおうとも、ハジメを通すことはなかった。

鎖を集束させてランスチャージしてみるも、逆に【神門】自体が霧散してしまって意味を成さない。おそらく、エヒトに許された者だけが通れるように調整してあるのだろう。

「馬鹿めっ。神に選ばれし我ら魔人以外が、神域に迎えられるわけがないだろう！」

「大人しく神罰を受けろ！　異教徒めっ」

兵士のみならず、一般人らしき魔人族、それも女子供に至るまで、ハジメ目掛けて攻撃魔法を繰り出した。防御もせず直撃を許すハジメの背中がみるみるうちに傷ついていく。

それでもハジメの意識は【神門】以外には向かない。

「通せぇっ、ここを通せェエエえええーーっ!!」

どれだけ傷つこうとも、ひたすらに絶叫を上げながら狂ったように体当たりを続けるハジメに、魔人達が気圧《けお》されたように動きを止めた。

だが、それも、直後の出来事によって憤怒へと変わった。

【神門】が輝きを失い始めたのだ。

「貴様のせいで門がっ」

「い、急げっ。閉じる前に飛び込むんだ！」

魔人達が焦ったように【神門】へ殺到する。同時に、邪魔なハジメを排除しようと、より苛烈な攻撃を放った。

「ご主人様よ！　何をしておる！　死ぬ気かえっ!?」

間一髪。魔人達を追い抜き、ハジメと背中合わせになったティオが障壁と黒鱗《こくりん》で防壁となった。

その直後、遂《つい》に白銀の渦は虚空に溶け込むようにして消えてしまった。

呆然《ぼうぜん》としたのも束《つか》の間《ま》。魔人達の憤怒が肌を焼くようだ。上級クラスの魔法の詠唱が次々と響いてくる。

そんな状況の中で、しかしハジメはだらりと脱力したまま、【神門】のあった場所を虚無の眼差《まなざ》しで見つめるのみ。

「ええいっ、一度戻るぞっ」

ティオは、そんなハジメの有様に泣きそうな顔になりながらも、強引に肩に担ぐようにして一気に降下した。

ユエを大切に想《おも》う気持ちはティオとて同じ。だからこそハジメの心が分かる。痛いほどに。胸の奥を万力で締め付けられるみたいに。

けれど、今のハジメは満身創痍《まんしんそうい》というのも生温《なまぬる》い瀕死《ひんし》の状態だ。むしろ、まだ生きているのが不思議なほどである。

もはや一刻の猶予もない。最愛を求める衝動を理解してなお、ハジメの治療を最優先にしなければ本当に手遅れになる。だから、

「ご主人様よっ、どうか自分のことを考えておくれっ」

ハジメの意識が、追ってくる魔人達に向けられていることに歯噛《はが》みしながら、心からの説得を試みる。けれど返答はなく、とにもかくにもと香織《かおり》の治療を求めて玉座の間へ飛び込むティオ。

「ハジメくんっ。ティオ！」

香織が即座に出迎えた。

見れば、シアを筆頭に雫《しずく》や鈴《すず》、龍太郎《りゅうたろう》の負傷は癒されていて、レミアに抱き締められているミュウも傍《そば》にいる。愛子《あいこ》達も、階下から玉座の間に戻ってきていた。

ハジメを直《す》ぐに追いたい衝動を抑えて、香織は、まず重傷のシア達を癒していたのだ。あんな状態のハジメを一人で行かせるわけにはいかないから、シア達と戦える状態で後を追うために。結果的に追う必要はなくなったのだが。

着地と同時に膝を突くティオ。せめて一人だけでも傍《そば》にと、即座にハジメを追ったティオは重傷のままであり、竜人の身といえど既に限界だ。

「っ、妾《わらわ》はよい！　それよりご主人様をっ」

それでも、より危機的なのはハジメだと案じるティオだったが……

当のハジメは、ゆらりと立ったまま。その身からは未《いま》だに赤黒い魔力が迸《ほとばし》っている。

「ハジメくんっ、魔力を抑えて！　そのままじゃあ本当に死んじゃうよ！」

莫大《ばくだい》な魔力を要する概念魔法の創造と発動。とうに強制解除されていなければおかしい〝限界突破〟状態。

いくら体の傷を癒したところでハジメ自身が魔力の流出を止めなければ、魔力枯渇の果てに衰弱死してしまう。

けれど、やはりハジメは反応しない。その視線は頭上を捉えて離さない。

自分の言葉が届いていないと歯噛みしながらも、香織はとにかく再生魔法を行使しようとした。

と、そこへ陽《ひ》の光を遮る幾つもの影が……

「使徒様!?　まだ残っておられたのですね！」

「あぁ、良かった！　一時はどうなることかと！」

「なんだ？　人間に……亜人までがいる？　まぁ、いい。さぁ、使徒様、異教徒共を処分して、早く我等《ら》が神のもとへ向かいましょう！」

魔人族だった。二十人の兵士と三十人弱の老若男女が、大鷲の魔物と共に降りてきた。

「みんなに手は出させないよ！」

「皆さん！　私達の後ろに！」

「次から次へとっ」

不穏な発言と魔物の姿に、香織、シア、雫が身構える――が、その必要はなかった。

全ての大鷲の首が、ジャグリングされるボールのように宙を舞った。

わけも分からないまま絶命した大鷲から魔人達が次々と投げ出される。

兵士達は流石《さすが》に転倒することなく着地したが、直後、最初に不穏なことを口にした兵士が四分割にされて血の噴水を作り出した。

何が起きた!?　と口にする暇もない。二十人の兵士が瞬く間に割断されていく。

原因は当然、ハジメが振るう存在否定の鎖だ。

先程のように大量にあるわけではないから、使徒達のように完全消滅するまで振るわれることはないが、それが逆に、肉塊と血煙を撒《ま》き散らすという、出来の悪いB級スプラッタ映画みたいな光景を作り出している。

奈々《なな》や妙子《たえこ》を筆頭に、むしろ生徒達の方が蒼白《そうはく》になって悲鳴を上げ、中には嘔吐《おうと》している者もいる。

牙剝《む》く存在をようやく認識した魔人達が、ハジメに敵意の溢《あふ》れる目を向けて、

「「「「――ッ」」」」

一拍、誰も彼もが悲鳴を上げて後退《あとずさ》った。ハジメの目を見てしまったから。人が知るべきでないものを見てしまったと、本能が忌避したから。

「に、逃げろ！　城から出るんだ――」

最後の兵士の頭が、今、胴体と泣き別れた。

赤黒い魔力と、ヒュドラの如《ごと》くうねる鎖。すっと手を突き出し、指を差してくる悪鬼を前に魔人達は動けない。蛇に睨《にら》まれた蛙《かえる》の如く。

そうして、

——死ね
囁《ささや》くような小さな声。だが、彼等は確かに聞き取った。身も心も侵すような、死神の〝呪言〟を。

「し、使徒様！　どうかお助けをっ」

一目見て質が良いと分かる衣服を身に着けた、相応の地位にあることを窺わせる老人が、同じく上品な装いの老女を背に庇《かば》いながら、香織に必死の懇願をした。

「ハ、ハジメくんっ」

それで惨劇に麻痺《まひ》した意識を復活させた香織が、ハジメに制止の声をかけるが、

「いやぁあああああっ！」

その前に、老女の悲鳴が上がった。

老人の首が宙を舞っていた。そして、床に落ちる前に細切れとなって消滅する。

「ダ、ダメ！　ハジメくん！」

「ハジメさん！　この人達はもう敵じゃぁ——」

「あなた達！　早く降伏しなさい！　膝を突いて両手を上げるの！」

魔人族故に戦う力はあるが、彼等はあくまで一般市民。異教徒に対する侮蔑の感情や敵意はあっても、大鷲と兵士が全滅した瞬間から心はとっくに折れている。

故に、香織とシアが止めに入り、雫が助言する。敵でないことを明確に示せと。

その間に老女の悲鳴が消えた。その存在と共に。義憤に燃えた青年が反撃しようとして、彼もまた縦に割れて血の海を作る。

「こ、降伏する！」

子供を後ろに庇う父親が、自ら両膝をついて手を上げた。他の者達も釣られるようにして膝を折って降伏の意を示す。

神に対する狂信、強烈な選民思想。

それらが、眼前に立つ無慈悲と恐怖の具現に敗北を喫した瞬間だった。

だというのに……

ずるりと、生々しい音が鼓膜にこびりついた。一番端にいた厳格そうな初老の男の体が斜めにずれ落ちた音だった。その顔には、信じられない……といった驚愕《きようがく》と絶望の表情が張り付いている。

「!?　な、なぜ……」

誰かの疑問の声が上がると同時に、割断された男を呆然と見やる妻らしき女が、丁寧に割った卵の殻みたいに分かたれた。

降伏宣言などで、ハジメは止まらなかった。

当然ではあった。ハジメが現在発現している感情の極致――それは〝全ての存在を否定する〟のだ。

今のハジメにとって、少なくとも本人が意識するところでは、この世界のものは全て等しく価値がない。捕虜にする必要性など感じず、むしろ存在するだけで目障り。

ただ私刑とすることに、躊躇《ためら》いなど覚えるはずがなかったのだ。

魔人達の間に絶望が蔓延《はびこ》った。

香織達も、そして愛子達も、あまりに無慈悲な光景に絶句してしまう。言葉の届かぬ今のハジメ相手にどうすれば良いのか分からず、ただ焦燥だけを募らせる。

ハジメの視線が、降伏宣言した男を捉えた。否、その脇から、父親にしがみつきながら顔を覗《のぞ》かせている子供に向けられた。

それに気が付いた男は、咄嗟《とっさ》に振り返って少年を抱え込んだ。

シアが、香織が、雫が、ティオが、愛子が、リリアーナが、ようやく心の麻痺から抜け出し、強引にでもハジメを止めようとして――

その誰よりも早く、小さな影が走り抜けた。

「パパっ、ダメなの！　いつものパパに戻って！」

ミュウだった。

死を目前にした親子とハジメの間に割って入り、両手を広げて立ちはだかった。

震えている。目の端には涙が溜《た》まっている。

表情は強張《こわば》り、けれど、ハッとするほど力強い目で真っ直ぐにハジメを見つめている。

「……どけ」

冷えて固まったような声音だった。

今までただの一度だって向けられたことのないそれに、心を殴りつけられたような衝撃を覚える。悲しくて悲しくて、そのままへたり込みそうになる。

だけど、

「っ、どかないの！」

絶対に退かない。

だって、許せないから。魔人を私刑にしていることだけではない。

これ以上、大好きなパパが堕《お》ちるなんてこと、絶対に許容できないから。

こんなにも悲しいパパを放っておくなんて、できるはずがないから！

故に、ミュウはキッとハジメを睨み、口元に笑みを浮かべた。涙目と強張った表情のせいで、なんとも不格好な笑みだった。

けれど、笑う者などいるはずがなかった。それがいったい誰を真似《まね》た表情なのか、誰にだって分かったから。分からないはずがなかったから。

それは、絶体絶命を前にして、なお不撓《ふとう》不屈《ふくつ》を示す表情。

ミュウが心から慕い憧れた、大好きなパパにして無敵のヒーローが見せる不敵な笑み。

「ミュウのパパは、こんなにかっこ悪くないの！　すっごくかっこいいの！　もっと強い目をしているの！　だからっ」

誰もが、その気迫に息を呑《の》んでいた。

凜《りん》と心を言葉にして響かせる小さな女の子は、まるで物語の中の勇者のよう。

恐るべき怪物に挑む小さな小さな勇者の姿に、誰も彼も、魔人族すらも心を打たれたみたいにただ見つめている。

「ミュウは負けないっ。今のパパになら、ミュウは絶対に負けないの！」

取り返す。いつものハジメを。

このまま、あんな空っぽの目をしたまま、遠くへ行かせはしない。帰ってこられないような場所に行く前に、その手を摑《つか》み取る！

アルヴですら直視を忌避したハジメの虚無が渦巻く瞳を、決意の光で輝く瞳を以《もっ》て睨み返すミュウ。そうすれば、

「……っ」

反応があった。誰が何を言おうと届かなかったハジメが、ここに来て初めて表情を変化させた。僅かに顔をしかめたのだ。

それは、きっとハジメの敗北だったに違いない。だから、

「……三度は言わない。どけ――」

「ハジメくん」

香織達《たち》も、今のハジメを前に一歩を踏み出せた。

ハジメの肩を強く摑み、強制的に振り向かせた香織《かおり》は、笑っていない目のままにっこり笑い、

「ちょっと歯を食いしばってね？」

「——ッ」

渾身《こんしん》の一撃を以てハジメを殴り飛ばしたのだった。本気の想《おも》いを込めた拳の威力は凄《すさ》まじく、ハジメはもんどりうって倒れ込み、そして、起き上がらなかった。

肘をついて辛うじて上体を起こすが、そこまで。立ち上がる気力まで根こそぎ殴り飛ばされたかのようだ。

そんなハジメに、香織は怒りと悲しみを湛《たた》えた表情を向けた。

「いい加減、目を覚ましてよ。いつまでそんな無様を晒《さら》している気なの？」

「っ……」

「ミュウちゃんに——自分の娘に八つ当たりだなんて、最低に格好悪いよ。今のハジメくんを見たらユエはなんて言うかな？　あぁ、でも、ユエを諦めたハジメくんには関係ないかな？」

香織の矢のような言葉に、ハジメの目が見開かれた。その目は、ユエを諦めたという言葉に対する漠然とした反抗の光が宿っていた。

そんなハジメの内心を正確に読み取って、香織は更に言葉を紡ぐ。

「〝何もかも消えちまえ〟……聞こえていたよ。ユエのいない世界なんて、なんの価値も

ないと思ったのかな？　それって、もう二度とユエとは会えないことが前提だよね？　ユエを取り返すことを諦めちゃったってことだよね？」

「……」

正気を取り戻していくように、ハジメの瞳に光が戻り始めた。

魔人達を囲んでいた存在否定の鎖が、纏《まと》っている赤黒い光の強さを少しずつ減じていくと同時に、その色合いも少しずつ鮮やかさを取り戻していく。

香織はハジメの前にしゃがみ込んだ。決意の宿る眼差しと声音がハジメを突き刺す。

「私はユエを助けるよ。絶対に、何があっても取り戻す。ハジメくんはどうする？　戦う意志のない人達を一人一人処刑するなんて、そんな無駄な時間を過ごしていていいの？　本当に諦めたの？　諦められるの？」

「……そんなわけないだろう」

ようやく、ハジメから言葉が返ってきた。

香織が厳しい目を向けてくれている。その後ろから、ミュウも揺るぎない眼差《まなざ》しと意志を伝えてくれている。

それらは、汚泥に沈んだようだったハジメの精神に確かな波紋を打たせた。清らかな水で浄化されていくようで、理性が浮上してくる。

と、そこで頭部に衝撃が走った。肩越しに振り返って見れば、苦笑いを浮かべるシアが傍《そば》にいて拳骨《げんこつ》を落としていた。

「私達にならいくら格好悪いところくらい、いくらでも見せてくれていいんですけどね……ミュウちゃんの前でだけは、格好好いパパじゃないとダメじゃないですか。まして、あんなに悲しませて。お仕置きです！」

「……そうだな」

反論の余地もなく、ハジメは甘んじてお叱りを受けた。

存在否定の鎖が自壊していき、ハジメの体からも魔力の流出が止まる。

「取《と》り敢《あ》えず、妾《わらわ》からも仕置じゃ」

「これは私からね」

ティオと雫《しずく》からも拳骨を頂戴する。二人共、ハジメの様子にホッと胸を撫《な》で下ろしている。それを見て、そして改めて自分が発現した概念魔法を思い、ハジメはなんともバツの悪そうな顔になった。

「……悪い。取り返しのつかないことになるところだった」

「まぁ、ご主人様とて我を失うことはあろう。無意識であろうと、結局、妾達には傷一つつけておらんしな」

「……そう言えば、ティオったら私も含めて庇ってくれたけど……もしかして、自分がいれば南雲《なぐも》君の攻撃は来ないって確信していたのかしら？」

「……はて？　どうだったかのぅ」

とぼけるティオに、雫はジト目を送る。

実のところ、雫の推測通りである。ティオは信じていたのだ。たとえ理性を失おうと、ハジメが自分達を消し去るようなことをするわけがないと。

ただし、確信があったのはシア、香織、ミュウにレミア、そして自分という限られた者のみ。

ある程度の信頼と告白の実績がある雫や、同じく信頼する愛子《あいこ》辺りも大丈夫ではないかと思っていたが、鈴《すず》や龍太郎《りゅうたろう》、そしてリリアーナや優花《ゆうか》達クラスメイトのことは確信が持てなかった。

だから、優花達は階下へ避難させ、人質対策としてミュウとレミアは香織に守らせ、瀕《ひん》死《し》のシアと雫、そして鈴と龍太郎はティオ自身が防波堤となったのである。

実際、一番近くにいたミュウも、魔力の余波で転がったものの結果的にはアルヴとハジメの間という戦域から脱し、怪我《けが》らしい怪我もしていない。

雫とティオのやり取りから、なんとなくその辺りを察した鈴や愛子、そして優花達がそれぞれ微妙な表情になるものの、場の雰囲気は幾分か和らいだ。

香織が、両手でハジメの頬を挟んで自分の方へ顔を向けさせると、先程までとは打って変わって酷《ひど》く優しい表情で語りかけた。

「まだ何も終わってないよ。そうでしょう？」

「……ああ。その通りだ」

「ハジメくんは一人じゃない。私達がいるし、何よりユエだっている。たとえ体は離れてしまってても、心は寄り添ってる。きっと、ううん、絶対に、今だって戦ってるよ。ハジメくんの元へ戻るために。だって、ユエだもん。あんな奴《やつ》に負けたりしないよ」

「……そうだな。俺達を助けてくれたみたいに、きっとエヒトが後悔するくらい邪魔をしているだろうな」

「そうだよ。意地悪させたらユエの右に出る人はいないからね！」

「ユエが意地悪するのは香織だけだけどな」

軽口を叩《たた》き合い、お互いに小さく笑うと、ようやくハジメは力を抜いた。

そして、その場の全員に視線を巡らせて、

「すまなかった」

と、改めてそう口にして、最後に、じっと我慢するように様子を見ているミュウへと顔を向けた。

視線が絡み合い、ハジメは同じく謝罪を口にしようとして、しかし、相応《ふさわ》しい言葉は他にあると思い直す。

「ミュウ」

「パパ……」

一拍おいて、ハジメは万感の想いを込めるように、その言葉を贈った。

「ありがとな」

ミュウが知っている以上の、優しい微笑がそこにはあった。

小さな勇者が自分を父と慕ってくれることを、心から誇りに思う。

そんなハジメの気持ちを余すことなく受け取って、ミュウの目元の泉は遂《つい》に決壊した。

「パパぁーーっ!!」

堰《せき》を切ったように溢《あふ》れ出す涙、そして安堵《あんど》の気持ち。

全力で駆けるミュウは、そのままハジメの胸元にダイブし、

「ちょっ、待ってくれ、ミュウ――ゲハッ!?」

歓喜のロケットダイブは、今のハジメにとって神の攻撃より恐ろしい致命の一撃となった。抵抗もできず、そのまま背後に倒れて、ついでとばかりに後頭部も強打。

「あ、ダメだ……」

奈落の化け物を救ったのが小さな勇者なら、止《とど》めを刺すのも小さな勇者らしい。

――今のパパなら絶対に負けないの！

なるほど、流石《さすが》はハジメの娘。パパと同じく有言実行である。

本日最大のお仕置きを受けたハジメは、そのまま白目を剝《む》いて意識を失ったのだった。

その後、

「パパ？　パパぁーー!?　目を開けるの！　寝たら死ぬの！」

「ミュ、ミュウ！　それ以上ハジメさんを叩いちゃダメよ！」

と、小さな手で往復ビンタをされたり、

「ひぇっ、ハジメさんが息をしてませんっ」

「まずいのじゃ！　鼓動も弱くなって……あ？　止まりおった？」

「香織ぃっ、急いでぇ！　超急いでぇっ。早く再生魔法を！」

「任せてっ――〝絶象《ぜっしょう》〟！……………………あれ？　傷は治ったのに心拍が戻らない？　っ、死んでる!?　手遅れ!?」

「あわわっ、白崎《しらさき》さん落ち着いてぇっ！　誰か魂魄《こんぱく》魔法が使える方はいませんかぁっ」

「愛ちゃん先生が落ち着いて！　先生も使えるでしょ！」

「キ、キスしますか!?　私、知ってます！　姫は殿方のキスで目覚めるのです！　本に書いてありました！　なら逆もいけるかもしれません！　私っ、王女ですし！」

なんて、非常に危機的かつてんやわんやな騒動が起こるとは思いもせずに。

なお、魔人族の方はというと。

「あの……私達はどうすれば……」

逃げ出すのは後が怖い。留《とど》まっても恐ろしいが、小さな勇者はいる。

なので、取り敢えずそう尋ねてみたのだが……

当然、誰も応えてはくれず、ただ居心地悪そうに大人しくしているのだった。

第三章◆神よりタチの悪い煽動家

暗く冷たく、静寂に満ちた水底にたゆたうような感覚の中、耳がノイズを捉える。

「――パ――しな――パ」

「ハジ――っ」

「目を――、ハジメ――」

この世の終わりを目の前にしたような、切羽詰まった声音が水底に波紋を広げた。

応えなければ……と無意識のうちに思う。

感覚が鮮明になるにつれ、凄まじい倦怠感《けんたいかん》に苛《さいな》まれた。肉体は間違いなく覚醒を拒んでいて、放っておけばそのまま闇の中に引きずり込まれてしまいそう。

(……温かい、光?)

漠然と感じたのは、羽毛のように柔らかく優しい温かさ。そして、水面に映る太陽のような光。

それらを認識した途端に燃料でも投下されたかの如《ごと》く活力が生まれ、休めと命じてくる倦怠感を叩き伏せることに成功する。意識は急速に浮上し、そして――

「パパ!」

「ハジメさん！」

「ハジメくん！」

「ご主人様！」

「南雲君！」

目が覚めた。視界が、覗《のぞ》き込む美少女・美女・美幼女で埋め尽くされている。

ミュウ、シア、香織《かおり》、ティオ、雫の五人だ。誰も彼も目の端に涙を溜《た》めて、深い安堵を湛《たた》えた泣き笑いのような顔になっている。

どれだけ心配をかけたのか。気絶する前のお叱りを思い出し、ハジメはもう、嬉《うれ》しいやら申し訳ないやら、言葉を探して困った表情になってしまう。

「心配かけたな。俺の怪我は……ああ、あの温かい光は香織の再生魔法か。ありがとな」

「……一時は心臓まで止まっちゃって……ぐすっ、本当に、本当に良かった……」

「し、心臓止まったのか……そりゃますます感謝しないとな」

女の子座りとなって感極まったように泣き始めた香織を、隣の雫がすかさず肩を抱くようにして慰める。

「心臓が止まるというか、普通に死んでたのよ？　魂が体から離れていたらしくて、ティオが慌てて魂魄魔法を使ったんだけれど……」

雫が、何か酷く恐ろしい体験をしたみたいに青褪《あおざ》めた表情で口ごもる。

シアに支えられながら、ハジメは少し苦労して上体を起こした。視界が開けて、五人の

後ろに人垣ができていることにようやく気が付く。

鈴や龍太郎、愛子やリリアーナ、優花達《たち》クラスメイト、そしてレミアだ。全員が、心の底から安堵した表情をしている。

ハジメは、何か問題でもあったのか？　と少し目を眇《すが》めてティオを見た。

「ダメージが深すぎたせいか中々定着してくれんくてな……よもや手遅れではと、この五百年で一番焦ったのじゃ」

「マジかよ……」

どうやら、〝限界突破〟の強制発動状態がもたらした根本的疲弊は、魂魄レベルに及んでいたらしい。想像を絶する衰弱状態だったに違いない。あるいは、魂魄自体が〝死〟の状態にあったのか。

「先生殿に感謝じゃよ。妾が定着を図っている間、先生殿が魂を癒す魔法を併用してくれたのじゃ。香織と妾、そして先生殿。一人でも欠けていたらと思うと……」

そう言って、嫌な想像を追い出すように頭を振るティオ。ハジメは、そんなティオの手を感謝の気持ちを込めて握り締めた。

そして、立ったまま涙目でこちらを見ている愛子に視線を向ける。

「先生、でっかい借りができちまったな」

「借りだなんてっ。私はただ、南雲君を……生きていてくれるだけで本当に……」

「もうっ、南雲ったら！　こっちがどんな気持ちでいたと思ってんの！　借りとか、そういうことじゃないでしょ！　もうっ！」

両手で顔を覆い、いろんな感情が溢れ出したみたいに泣き出した愛子。

傍らの優花が涙目でハジメを睨《にら》む。やっぱり感情を持て余しているように。

奈々《なな》や妙子《たえこ》が、それぞれ二人を抱き締めながら、「南雲《なぐも》っち、デリカシー！」「空気読んで！」などと抗議してくる。

「まったくですよ！……ハジメさんに何かあったら、私、ユエさんになんて言えばいいんですか……」

「シア……」

ぽすぽすと、シアの拳がハジメの肩に当てられる。シアには似つかわしくない、なんとも弱々しい雰囲気だ。ウサミミもへにゃりと萎《しお》れてしまっている。

それだけ、ハジメの状態は危機的だったのだろう。

「どんな時でも必ず生き残る。何があっても最後にはどうにかする。私達にとって、南雲君はそういう人。その信頼を、もう捨てるようなことはしないでちょうだいね？」

ようやく少し落ち着いた香織の傍《そば》で、雫《しずく》が微笑を浮かべている。緊張が解けた柔らかい笑顔だったが、その手は未《いま》だ少し震えていた。

自分の命がシア達にとってどれほど重いのか改めて気づかされ、ハジメは内心で、我ながら情けねぇな……と、自嘲せずにはいられなかった。

奈落の底でユエが繋《つな》ぎとめてくれた人間性を忘却し、シア達が支えてくれている今の自分を捨てるなど、確かに信頼を裏切る行為だ。

ハジメは周囲を見回し、自分に向けられる様々な感情を乗せた眼差《まなざ》しを見つめ返した。

「……ほんと、心配かけて悪かった。改めて、ありがとな」

奈落の底から、ユエとたった二人で世界を敵に回す覚悟をして始まった旅。

いつの間にか、化け物じみた自分達を心から想《おも》ってくれている者達が、これほどまでに集っている。

もう、二度と敗北しない。敵だけではなく、誰よりも自分自身に。

そう心の中で誓いを立てて、ハジメは天を仰いだ。

最愛の吸血姫を想い、同時に決意を新たにする。

そんなハジメの表情は、見ているだけで自分まで切なくなるような、それでいて、なぜか心から安心してしまうような力強さがあって……

なんだか堪《たま》らなくなったシアや香織達が声をかけようとする。が、その前に、

「パパ、ごめんなさい……もう大丈夫？」

レミアに抱っこされたまま、ミュウがおずおずと尋ねた。どうやら、自分が抱き着いたせいでハジメが死にかけたと思っているようで随分と遠慮した様子だ。目が真っ赤になっているのは、きっと泣きじゃくったせいだろう。

「ミュウ、お前は何も悪くない。何一つ謝るようなことはないんだ。もう一度言うぞ？ありがとな、俺を止めてくれて。もう、俺よりミュウの方がずっと強いな」

　ハジメはミュウに手を差し出した。その表情は誰もが一瞬呼吸を忘れるほど優しくて、龍太郎《りゅうたろう》を筆頭に男子達は信じられないものを見たような、優花《ゆうか》達一部の女子は少し頬を染めて見惚《みと》れるような顔になっている。

　ミュウも、そのハジメの表情で本心だと理解したのだろう。レミアから離れ、

「えへへ。ミュウはパパの娘だから！　と～ぜんなの～！」

ぴょんっとハジメの膝の上に乗って、そのまま胸元に顔を埋《うず》めた。ぐりぐり、ぐりぐりと顔をこすりつけ、照れ隠しをしているような、あるいは歓喜しているような、にへら～とした笑みを浮かべる。

　ミュウのエメラルドグリーンのふわふわ髪を優しく撫《な》でるハジメ。慈しみ溢れた表情のままレミアに向けて口を開きかけ、しかしその前に、何を言うか察したレミアが機先を制した。

「謝らないでください、と言いましたよ？」

「っ、そうだったな……」

　巻き込んだことへの謝罪を言わせせない。それは許し難いということではない。ハジメに甘えるミュウを見る目――母としての目は誇りに満ちている。

　危険から遠ざけたいのは当然。けれど、こんな幸せそうな娘を見てしまえば、そしてあの凜《りん》とハジメの前に立ちはだかった姿を見てしまえば、二度と関わりたくないなんて思えない。ただ被害者のように思うことなんて、レミアにはできなかった。

そんな心情を察してか、ハジメは困ったように眉を八の字にして言葉を贈った。

「……こんなに優しくて強い子を、俺は他に知らない。神も怪物も、きっとこの子には敵《かな》わない。レミア、お前の娘は世界一だ」

「……ふふ、知ってます。かっこいいパパがいますから」

ハジメの言葉に、レミアは娘とそっくりの照れ隠しと歓喜の混じった笑顔を返した。

和やかな雰囲気が満ち満ちて、ようやく誰の心にも落ち着きが戻ってくる。

そうすれば、香織と雫は視線を交わして、一拍。

「んんっ、レミアさん。ちょっとハジメくんと距離が近くないかな？　かな？」

「そ、そうね。いつの間にか密着してるし……」

なんてことを言い出した。便乗するように愛子《あいこ》や優花まで口を挟み始める。

「う、なんですか、あの〝理想の家族〟みたいな雰囲気……」

「……なんで私達の方がいたたまれない空気にならないといけないのよ……」

ミュウを間に寄り添う三人は、なるほど、確かに家族そのもの。ハジメとレミアは、ごく自然に夫婦に見える。

「あらあら。そう見えるそうですよ、あ・な・た？」

「悪ノリするなよ……」

うふふ、と微笑《ほほえ》むレミアに、ティオやシア達の間に戦慄が走る。

「さ、流石《さすが》レミアじゃ。相変わらず、妾《わらわ》の竜眼を以《もっ》てしても本心が分からん。ある意味、最強の笑顔使いじゃな」

「こ、ここはやはり私が対抗すべきですよね！　恋人としてハジメさんを守らないと！　リリアーナさんみたいに、状況に便乗してキスしようとする不届き者もいますからね！」

「エッ!?　そんな風に思われていたのですか!?　違いますよ！　あれは救命措置のようなもので、決して〝今なら物語みたいな体験ができる！〟なんて思ってませんでしたよ！」

「語るに落ちてるぞ、姫さん。俺が生死の境を彷徨《さまよ》っている間に何しようとしてくれてんだ」

「まったく、リリィは恋愛小説脳なんだから。ハジメくん、大丈夫だよ。キスなら私がするからね！」

「何が大丈夫なのか欠片《かけら》も分からねぇよ」

治療なら任せて！　のノリでキスしようとする香織。シア達まで便乗し出し、にわかに騒がしくなる。

もっともそれは、あえて明るく振舞っているような、どこか無理をしているような、あるいは傷口に障らぬよう気遣っているような、そんなわざとらしい雰囲気が滲《にじ》んでいることにハジメは気が付いていた。

理由は一つしかない。

本来なら、この会話の中にいたはずの大切な仲間、親友、姉貴分、戦いの師匠、戦友、恋敵《ライバル》、憧れの人……誰もが無視できない存在感を放つハジメの最愛。

彼女がいない……

その事実に傷を負ったのはハジメだけではない。

こうして一度落ち着いてみれば、憤怒と決意の表層に寂寥《せきりょう》が浮かび上がる。

容易に彼女の名を口にできないくらい。道化じみた雰囲気で支え合おうとしてしまうくらい。そこまで親交の深くない者は、気遣いから咄嗟《とっさ》に合わせてくれたのだろう。

実際、突然始まったコントのようなやり取りに、重吾《じゅうご》や健太郎《けんたろう》など男子生徒や、奈々達女子生徒は少し戸惑っている様子だ。

と、そんな妙な空気の中、

「みゅ？　みんなでパパにチューするの？　ならミュウもするぅ〜!!」

「おぉうっ!?」

ちょうど腕を香織に抱えられていたところ。タコさん唇でがばちょっと襲ってきた（？）ミュウを止めることができず、ハジメは咄嗟に後ろに倒れ込みながら顔を逸《そ》らす。

唇と頬の間くらいの位置にむちゅ〜っときた。

一瞬の静寂と硬直の後、なんだか黄色い声や悲鳴じみた声、感心したような声があちこちから上がった

「ギリセーフ」

唇同士は回避した。幼子の、それも娘のファーストキスの相手になるというアブノーマルな事態だけは免れた。と、ミュウを引き離しながら主張するハジメ。

欧米なら、家庭によってはあり得るかもしれないが、純日本人なハジメ達にとっては看過できない事態だ。しっかり主張はしておきたい。が、

「ギリアウトだよ！」

「ギルティだわ！」

確かに、傍《はた》から見ると幼子に押し倒されて思いっきりキスされているハジメの図である。愛子とリリアーナが両手で顔を覆い、しかし、顔を真っ赤にしながら両手の隙間から覗《のぞ》き見るという定番をしている。リリアーナは恋愛経験もない十四歳の女の子なので分からないでもないが……見た目はともかく、愛子とリリアーナの年齢差は十一歳……

優花や奈々、妙子が、それでいいのか愛ちゃん先生、初心《うぶ》すぎるよ……みたいな表情で見ている。

「あらあらまあ、この子ったら大胆なんだから。うふふ」

「香織《かおり》も雫も大袈裟《おおげさ》じゃぞ。幼子のすることであろうが」

レミアがおかしそうに笑いながらミュウを引き取り、ティオが呆《あき》れ顔《がお》を見せる。

同じように、大半の生徒はパパ大好きっ子の微笑ましい行動と見ているようだ。

極一部、誰とは言わないが某護衛隊の男子メンバーが「ロリコン……」とか「まさか、リアル光源氏計画、か？」とか「南雲さん、マジパネェっす」とか呟《つぶや》いて、女子達から絶対零度の視線を受けている。

そのせいか、なんだか自分達が過剰反応したみたいで、香織と雫は赤面しながら小さく

なった。

だが、ミュウの行動は、ただのパパへの親愛の発露というだけではなかったらしい。

「むぅ～、どうして避けるの！　ユエお姉ちゃんの分まで、ミュウがパパを元気づけようとしたのに！」

「ミュウ……」

誰もが口に出すタイミングを計っていた彼女の名を、ミュウはあっさりと口にした。

口づけの真意に、シア達《たち》は揃《そろ》って意表を衝かれた様子を見せる。

「シアお姉ちゃん達も、みんな寂しそうなの。だから、ミュウがみんなにチューしてあげる。チューは、心を元気にするおまじないなの」

ユエお姉ちゃんが、そう言ってたの。と、目を細めて微笑むミュウ。優しさと懐の深さを窺わせる、そのどこか〝お姉さん〟っぽい雰囲気に、ハジメ達は既視感を覚えた。

（もしかして、ユエの真似《まね》、か？）

シア達へ目を向けると、なんだか眩《まぶ》しそうに目を細めている。どうやら感じたものは同じらしい。思い返せば、先程はハジメの真似をして勇気を振り絞っていた。

「子供は見て学ぶ、か……」

そう、きっとこれこそが、短くも濃密な時間の中でミュウが得たものなのだろう。

ミュウは、ハジメ達が思う以上に、〝心から慕い憧れるパパとお姉ちゃん達〟を見ていたのだ。その在り方を、その心を、その強さの源を。

「パパ、ユエお姉ちゃんが言ってたの」

「……何をだ？」

「パパと一緒なら世界最強！　でも、今はシアお姉ちゃん達がいるから……」

ミュウの視線がシア達を巡り、そして、

「――〝私達は無敵〟だって」

いつか、エリセンでユエがミュウにこっそり教えてくれた言葉の一つを、我が事のように胸を張って教えてくれた。

シアも香織もティオも、思わず天を仰いだ。溢《あふ》れ出しそうな感情を堪《こら》えるように。

「パパ、早くユエお姉ちゃんを連れて帰ってきてね？」

「ははっ、任せろ。もしかしたらヘマをしたって落ち込んでるかもしれない。そん時は、ユエにもチューをしてやってくれ」

「……んっ、なの！」

レミアに抱っこされながら、ミュウは両手万歳で応える。

ミュウの中で、ユエが戻ってくることは確定事項らしい。欠片の疑いもなく、ハジメ達が迎えに行けばそれで何も心配はいらない、全て上手《うま》くいくと無条件に信じている。

シア達は揃って、「あぁ……」と苦笑いをこぼした。

寂寥など感じている場合か。道化を演じてる暇がどこにある。

ハジメに説教じみたことをしておいて、自分達だって腑抜《ふぬ》けているではないか。

まったくもって情けない！　と、心の中で己を張り飛ばした。

「ミュウちゃんには敵いませんね」

「ふふ、そうだね。ミュウちゃんが最強かも」

「まったくじゃ。流石は小さな勇者様というべきかのぅ」

「なんだか将来が末恐ろしいわね」

ちょっぴり引き攣《つ》った表情でそう言った雫《しずく》に、同意しない者はいなかった。

なんとなく、成長したミュウを想像してしまう。

すなわち、普段は天真爛漫《てんしんらんまん》で優しさや気遣いを忘れず、しかし戦いとなれば大胆不敵に笑って挑み、ふとした時に凄《すさ》まじい色気を振りまく、レミアのような外見の美女……

なんたるハイブリッド。確かに末恐ろしい。

問題は、パパやお姉ちゃん達の影響を強く受けているミュウが、残りの一人からどの程度の影響を受けているか。

全員の視線が示し合わせたようにティオへと向いた。

「な、なんじゃ？　悲しい生き物を見るような目で見おって！　こ、興奮するじゃろ！」

全員の心が示し合わせたように一つになった。この希代の変態性だけは、間違っても習得しないでほしい、と。

ハジメは、あってはならない未来を脳内から追い出すように頭を振り、一転、雰囲気を冷然と引き締め目を鋭く細めた。

そして、おもむろに立ち上がると、少しの間、虚空に視線をやり……

「……やっぱりいけるな」

なんてことを呟いて、一呼吸。〝錬成〟を発動した。

紅よりなお鮮やかで色濃い真紅の光がスパークし、足元から床石を素材にした刀がせり出てくる。硬質な素材とはいえ、その刀は見る者を慄然とさせるほど鋭く、熟練の職人に研ぎ抜かれたような妖しい光沢を放っていた。

ほぼ魔力がない状態である。当然、神代魔法どころか、ただの魔法を付与するような余力もない。故に、それはただの石刀だ。

けれど、その石刀は、ただ存在を以て他者を威圧した。まるで、歴史に名だたる名刀のように。

少しの間、何かを確認するように石刀を観察していたハジメは納得の表情で頷《うなず》き、次いで、その視線をゆるりと転じた。

そう、息を殺すようにして、少し離れた場所で膝を突いている魔人達に。

緊張がさざ波のように広がった。

「ハジメくん……」

確認するように、真剣な声音で呼びかける香織に、ハジメは横目を向けた。

それから、レミアの腕の中からジッと自分を見つめるミュウに視線を巡らせると、肩を竦《すく》めながら小さな笑みを見せた。

言外の心配するなという言葉は、いつもの飄々《ひょうひょう》とした雰囲気が後押しする。瞳にも虚無的なものはなく、香織達はホッと息を吐《つ》いた。ミュウもにへらっと笑う。

それを確認して踵《きびす》を返したハジメは、誰もが見守る中、魔人達の眼前で仁王立ちした。

「さて、あまり期待はしてないが、知っていることを話してもらおうか」

「し、知っていること？　私達は何も……」

答えたのは、先程息子を庇《かば》っていた男だった。

「知らないなら知らないで構わないがな、虚言や黙秘はおすすめしない。もちろん、意地を張るのは個人の自由だが……代償は高くつくと思え。隣にいる者が大切なら素直になることだ」

石刀で肩をトントンしながらナチュラルに脅迫するハジメさん。

後ろから、浩介《こうすけ》の「チンピラみたいだ……」と呟く声と、健太郎の「おまっ、馬鹿！　代償が高くついたらどうすんだ！」と焦る声が聞こえてくるが無視する。

「こ、答えれば見逃してくれるのか？」

「あぁ？　交渉できる立場だと思ってんのか？　そんなもん、俺の気分次第に決まってんだろうが。精々、手揉《ても》みしながらにこやかな対応を心がけろよ。こちとら、フリードを筆頭に魔人共には散々殺意を向けられてんだ。今、生かされているだけでもむせび泣きながら感謝しろ」

背後から、真央《まお》の「さっきとあんまり変わってなくない？」という囁き声と、綾子《あやこ》の

「こらっ、真央！　にこやかな対応を心がけて！」という慌てた声が聞こえてきたがスルーだ。

ハジメは、黙り込んだ魔人族の生き残り達を睥睨《へいげい》する。

虚無的な瞳に感じた恐ろしさはない。けれど、だからこそより鮮明となった酷薄で暴力的な雰囲気は、さながら暴君のようで別ベクトルの怖気《おぞけ》を誘う。

「神域について知っていることを吐け。あと、香織……使徒に神門を開いてほしいというようなことを言っていたな？　使徒は個人で神門を開けるのか？」

男は、慎重に言葉を選ぶようにして切り出した。

「……神域については、我等《ら》魔人族の楽園ということしか聞いていない。そこに迎え入れられれば、我等はより優れた種族——神の眷属《けんぞく》になれるのだとか」

「で？」

「し、神門については分からない。ただ、使徒様ならどうにかできるのではと……」

「あぁ？　本当か？　誤魔化してんじゃねぇだろうな？　信仰と子供、庇えるのは二つに一つだぞ、こら」

男の前にしゃがみ込み、石刀でその頬をペチペチと叩《たた》くハジメさん。ずっと背中に抱き着いていた彼の息子が「ひぃっ」と悲鳴を漏らし、恐怖の眼差《まなざ》しをハジメに向ける。

背後から、良樹《よしき》の「どう見てもヤクザ……」という呟きと、信治《しんじ》の「むしろ、あいつの方が魔王っぽい」という怯《おび》えたような声が聞こえてきたので、後で半殺しにする。

だが、「パパ、格好好いの！」というミュウの呟きが聞こえて気分が良くなったので許そうと思う。優花《ゆうか》達が「えっ⁉　あれはいいの⁉」と驚愕《きょうがく》の声を上げているが、それはどうでもよい。

そんな微妙に騒がしいハジメの後ろを気にする余裕もなく、男は生死がかかった問答に滝のような冷や汗を流しながら必死に言葉を紡いだ。

「ほ、本当だ！　信じてくれ！　信仰を試されるような質問でもないのに嘘《うそ》など吐かない！　まして息子の命がかかっているんだぞ！　本当に、これだけしか知らないんだ！」

ハジメはチラリと肩越しにティオを見た。人を見る目はティオの方が優れている。その信頼に応えるように、ティオは確信に満ちた様子で嘘ではないと頷く。

「チッ、使えねぇ。他の奴《やつ》らはどうだ？」

「い、いや、それ以上のことは……」

「わ、私も……」

「ど、どうか、子供の命だけはっ」

再び立ち上がり、彼等の周囲をゆっくり歩く。今度は石刀の切っ先を床に当てて。

そうすれば、熱したナイフをバターに突き込んだみたいに刀身が埋まり、冗談みたいにスルスルと床に切れ込みが入っていく。

魔人達は口々に、顔面蒼白《そうはく》状態で命乞いの大合唱を奏で始めた。

後ろの方で、「どう見ても悪役は南雲《なぐも》っち」「……素敵」「エッ⁉　ちょっ、妙子《たえこ》⁉」なんて会話がなされている。尋問の雰囲気が壊れるのでやめてほしい。

ハジメは、たっぷりと魔人達を観察した後、溜息《ためいき》を吐いた。

「はぁ、しょうがないか。一般人じゃあなぁ」

一度頭を振って少しの落胆を振り払う。その様子に、もしや役立たずだと斬られるのでは⁉　と震える魔人達。

そんな彼等を中心にして真紅のスパークが迸《ほとばし》った。思わず逃げ出そうとする魔人達だったが、直後、足が動かないことに気が付く。見れば、全員の足の部分だけ隆起した床に呑《の》み込まれて固定されていた。

「取《と》り敢《あ》えず、そこで大人しくしとけ。下手なこと考えて面倒を掛けたら……分かるな？」

「あ、ああ……」

魔人族なら、魔法を使えば脱出できなくはない枷《かせ》だ。

けれど、彼等の表情を見れば、その気がないことは一目瞭然だった。命まで取られないようだと理解して、ただただ安堵《あんど》の吐息を漏らしている。

クラスメイト達も、眼前で子供が惨殺される光景を見ずに済んでホッと胸を撫《な》で下ろしていた。

魔人達を置いて戻ってきたハジメは、玉座の間の中央付近に移動した。

そして、ぞろぞろとついてきたクラスメイト達やシア達を背に、とんっと足を鳴らして円卓を三つ、三角形の頂点の配置で創り出した。一つの円卓につき十一人分の椅子がある大きな円卓だ。

「取り敢えず座ってくれ。今後の話をしよう」

言うや否や、ハジメはどすんっと勢いよく腰を落とした。

魂が死を自認するほどの疲弊から辛うじて復活した直後である。魔力もほぼ枯渇状態である以上、やはりちょっとした〝錬成〟でも疲れるのだろう。

それでも地べたではなく、しっかり会議の場にありそうな円卓と椅子を用意したのは、それだけ重要な話をするために違いない。

第一円卓に、シア、ティオ、香織《かおり》、雫、鈴《すず》と龍太郎《りゅうたろう》に愛子《あいこ》とリリアーナ。そしてミュウを抱っこしたレミアが座った。

優花がチラチラと第一円卓を見ていたが、愛ちゃん護衛隊とまとめて第二円卓に着く。同じく、第二円卓には永山《ながやま》パーティーの五人が着席した。

必然的に、第三円卓には良樹と信治及び王宮居残り組の生徒九名が、おずおずと着席した。

ハジメは、厳粛な眼差しを一同に巡らせ、口を開いた。

「まず、情報の整理だ。教会の崇《あが》める神――エヒトがユエの体を乗っ取った。だが、ユエの魂が主導権を取り返そうと妨害している。そのおかげで、完全掌握には最低でも三日はかかる」

淡々と語るハジメに、クラスメイト達《たち》が改めて痛ましそうな、いたたまれないような表情を晒《さら》す。

魔人族の王都侵攻後、ほんの一日程度のことではあるが、ハジメとユエの仲睦《むつ》まじさは誰もが目撃しているところ。エヒトが【神域】へと去った時の慟哭《どうこく》じみた絶叫も、一層、同情せずにはいられない。

「神域に乗り込まないといけませんね。問題は、あの神門です」

シアが説明を引き継いだ。その表情にも声音にも揺らぎはない。

ミュウが、そんなものは払拭してくれたから。それは、香織や雫、ティオも同じ。

「エヒトが許可した人しか通れないって考えていいんだよね？　何か手段を考えないと乗り込めないよ」

「そうね。それから、〝三日後〟というのは、世界滅亡のカウントダウンでもある。神の軍勢が神山《しんざん》に出現するわ……想像を絶する数の使徒が降臨するでしょうね」

「仮に〝決戦〟と呼称しようかの。エヒトの目的はこの世界の魔力を根こそぎ奪い、地球へ神域ごと転移することじゃ。それがなされれば、トータスは死の世界となる」

改めて整理された内容は、あまりに非現実的だった。

大半の生徒は、この期に及んでも何かの冗談では？　という思いが拭えない。

優花達護衛隊メンバーや永山パーティーのメンバーでさえ、ハジメ達の会話をただ黙って耳にすることしかできないのは、あるいは現実逃避だろうか。

そんな中、愛子が少し遠慮気味に手を上げた。

ハジメ達の視線が集中し小動物のように震え始めるが、そこは先生だ。一呼吸おいて気持ちを落ち着けると、ずっと確認したかったことを口にした。

「南雲君。最初にアルヴを撃った後、確か〝準備ができ次第、地球に帰還するぞ〟って言いましたよね？」

「相変わらず、よく覚えてるな」

苦笑するハジメにクラスメイト達が騒然とする。そうだ、確かにそう言ってた！　と。

「お、おいっ、南雲！　もしかして、帰る手段を手に入れたのか!?」

「だったら地球に逃げればいいじゃん！　なぁっ、直《す》ぐに帰れるのか!?」

第三円卓の椅子が音を立ててひっくり返る。勢いよく立ち上がったのは良樹と信治だった。居残り組の生徒達も、絶望の中で希望を見たような期待の眼差しを向けている。

もちろん、優花や浩介達も驚きの表情を向けていた。

そんな彼等の眼差しに対し、ハジメは面倒そうに手をひらひらさせる。

「確かに、俺は帰還の手段を手に入れたけどな、エヒトの野郎に宝物庫ごとやられちまった。だから、今は無理だ」

「なっ、嘘だろ!?」

「壊れたってことはアーティファクトか!?　ならまた創ればいいじゃん！」

良樹と信治が必死に言い募る。第三円卓の生徒達も口々に「もう帰りたいっ」「なんとかしてよ！」「お願いだから頑張って！」と勝手なことを叫び始める。

元より、心折れて王宮に引きこもっていた生徒達だ。一度は帰れたという事実を前に、もはや縋《すが》ることしかできないのだろう。

とはいえ、そんなことハジメには関係なく、話が進まなくなって次第に青筋が増えていく。石刀に手がかかった。峰打ちでもして黙らせる気かもしれない。世界一信用ならない峰打ちだが。

「皆さん静かに！　騒がないでください！　落ち着いて！」

嫌な予感を覚えてか、愛子が額にじっとりと汗を搔《か》きながら諫《いさ》める。

あまりに必死な愛子の様子と、その視線がいつ爆発するか分からない爆弾を見るような目でハジメをチラチラ見ていることに気が付いて、第三円卓の生徒達は次第に鎮まっていった。ちょっと青褪《あおざ》めながら。

そんな彼等に、愛子は嚙《か》んで含めるように語りかけた。

「いいですか、皆さん。気持ちは凄《すご》く分かります。先生も帰りたいですし、皆さんをお家《うち》に帰してあげたいです。けど、今はちゃんと南雲君の話を聞きましょう？　ここで騒いでも時間を失うだけです」

まだ納得はし難いものの、良樹も信治も渋々といった様子で席に着く。

生徒達が落ち着いたのを確認して、愛子は改めて尋ねた。

「私が聞きたかったのは、地球に帰れるくらいなら神域にも行けるのでは？　ということです。それはアーティファクトなんですよね？　もう一度創ることはできないんですか？」

「良い着眼点だな、先生。確かに、クリスタルキーなら神域にも行けるかもしれない。だが、生憎《あいにく》とそう簡単に創れるものじゃなくてな……ユエと協力しないと無理だ」

「ユエさんと……そうですか……」

無神経なことを聞いてしまった……みたいな顔をする愛子に、ハジメは気の使い過ぎだと笑う。そこへ、またしても信治が口を挟んだ。

「ほ、本当なのかよ……彼女を優先してるだけじゃないのか？」

「な、中野《なかの》君！」

直ぐに注意する愛子だが、第三円卓の生徒達は、みな疑心の目をハジメに向けていた。

溜息を一つ。ハジメは、恐怖と絶望で視野狭窄《きょうさく》に陥っている彼等に現実を突きつける。

「優先するに決まってんだろうが」

「なっ」

ざわつく場に、ハジメの冷めた声が響き渡る。

「なんでユエの奪還より自分達を優先してもらえるなんて思ったんだ？　いい加減、逃避はやめて現実を見ろ」

「げ、現実？」

「次の狙いは地球だっつってんだろうが。依《よ》り代《しろ》のユエを奪還して、丸裸のクソ神を殺す。それ以外に、俺達の未来はない！」

怒声が木霊し、第三円卓の生徒達のみならず、状況の最悪さに自然と俯《うつむ》いていた優花達まで、まるで頬を張り飛ばされたように体を震わせた。

中には、叱られた子供みたいに泣き始める女子生徒もいる。現実を叩《たた》き込まれ、もう嫌だと円卓に突っ伏したりする者も。

「ほれほれ、時間がない。話を続けようぞ。ご主人様よ、結局どうするのじゃ？」

重苦しい空気を吹き飛ばすように、パンパンッと柏手《かしわで》を打ったティオが話の軌道を戻してくれた。

ハジメは少し考える素振りを見せると、

「……存在否定の鎖を使った時、神門の一部が霧散した。つまり、絶対無敵の門じゃない。今の俺なら、一人で創る劣化版のクリスタルキーでも神門をこじ開けることができるかもしれない」

「ではでは、三日後の決戦の時に神門から突入ですね」

「アルヴが戻らないことを気にして、向こうから道を開いてくれたら楽なんだけどね？」

一応の方針ができて、少し表情を緩めた香織が冗談めかして言う。

と、その時。

「……それ以前に、勝てるのかな？」

今にも消え入りそうな声で呟《つぶや》いたのは鈴だ。

それで、そう言えばハジメが目覚めてから一度も口を開いていないと気が付く。あのクラスのムードメイカーが、だ。俯いたその表情には色濃い影が差している。

見れば隣の席の龍太郎も同じような重苦しい雰囲気だ。快活と豪快の権化みたいな脳筋男が、苦々しい表情で黙り込んでいる。

そんな二人に向けて、ハジメはあっさりと言ってのけた。

「勝つさ」

その軽さに、鈴は酷《ひど》く苛だったような表情になる。誰も見たことがない、鈴の皮肉ったような歪《ゆが》んだ表情が晒された。

「……手も足もでなかったのに？」

「ああ。それでも次は勝つ」

「っ、どうして……どうしてそう言い切れるの!?　言葉一つでなんでもできてっ、魔法なんか比べ物にならないくらい強力でっ、向こうには使徒の大軍勢もいて！……正真正銘の化け物なんだよ!?」

激高し、二房のお下げ髪を振り乱す鈴。

心が折れかけていると、誰の目にも分かった。

再会を願った恵里《えり》には全く相手にされず、頼みの従魔は屍獣《しじゅう》兵団《へいだん》に蹴散らされた。頑張ってきたつもりなのだ。恵里ともう一度話すのだと心に誓って、ハジメに何度も頭を下げて、ようやく一つの成果を摑《つか》み取って、なのに一つも通用しなかった。

何より、エヒトにかけられた幻術……

不可視の刃が体の中を撫《な》でる感触を、鈴は今でも鮮明に思い出せる。思い出せてしまう。

手足がずれ落ちて血飛沫《ちしぶき》が舞い、激痛に意識が明滅して、最後には視界が回って気が付けば達磨《だるま》となった自分の体を見ていた。

命が流れ落ちていく感覚。あり得ないほどリアルな〝死の感覚〟。

生きているのに死んでいるような、あの名状し難い恐ろしさは耐え難いものがあった。

もう一度やられるかもしれないと思っただけで、どうしようもなく体が震えて、呼吸すら上手《うま》くできなくなる。

そんな鈴にハジメは、やはりあっさりと返した。

「それがどうした？」

「ど、どうしたって、だからっ」

涙の浮かぶ目でキッとハジメを睨《にら》む鈴に、しかし、意外にもハジメの表情は真剣だった。

真剣に、鈴を真っ直ぐに見ている。

「相手が化け物。多勢に無勢。なるほど、厄介だな。だが忘れてないか？　俺は元々無能だった。そして、お前達にそう呼ばれていた時に奈落へ落ちて這《は》い上がって来たんだぞ？」

「あ……」

思わず呆《ほう》ける鈴。

同じく勝てるわけがないと思って絶望していた者達も顔を上げる。

「誰の助けもない、食料もない、周りは化け物で溢《あふ》れ返っている。おまけに魔法の才能もなけりゃあ初《しょ》っ端《ぱな》に左腕まで持っていかれた。けどな――」

──俺は生き残ったぞ
静かな声音なのに、その一言は玉座の間に凜《りん》と響いた。

気が付けば誰もが聞き入っていた。惹《ひ》きつけられたようにハジメを一心に見つめていた。

「同じことだ。相手が神だろうと、その軍勢だろうとな。俺は今、生きている。奴《やつ》は俺を殺し損ねたんだ。それも、自分の情報をたっぷりと与えてな」

ハジメの眼《め》がギラギラと凶悪に輝き出した。口の端が釣り上がり、獲物を狙う獣の如《ごと》く犬歯を剝《む》く。

静かなる殺意に、誰かの生唾を呑《の》み込む音が響いた。

「ユエは奪い返すし、奴は殺す。攻守どころの交代だ。俺が狩人《かりゅうど》で、奴が獲物だ。地の果てまでも追いかけて断末魔の悲鳴を上げさせてやる。自分が特別だと信じて疑わない自称神に、俺こそが化け物なのだと教えてやる」

まさに、不撓《ふとう》不屈《ふくつ》。

今更になって、クラスメイト達は理解した。

南雲《なぐも》ハジメは無能？　まさか。どうして気が付かなかったのか。

心の強さ。それこそが彼の神髄。誰よりも強い心が、不可能を可能に変えてきた。

なら、今回だって──

「谷口《たにぐち》、もう無理だってんなら、目を閉じて耳を塞いでいろ。俺が全部終わらせてやる」

それは鈴《すず》を気遣っての言葉ではない。逆だ。鈴を試す言葉だ。

碌《ろく》に言いたいことも言えないまま、相手にもされないまま、終わってしまってもいいのか、と。鈴がそれでいいというのなら、蹲《うずくま》っている間に全て——恵里を始末することを含めて終わらせてやると。

逆に言えば、鈴が立ち上がる限り恵里のことは任せるというのだろう。約束した通りに。

ハジメの視線は、更に龍太郎《りゅうたろう》や雫《しずく》にも向く。

言外の言葉を汲《く》み取れない二人ではない。光輝《こうき》に対する選択を、ハジメは迫っているのだ。

しばらくの間、無音の時間が流れた。

シア達《たち》も、愛子《あいこ》達も、固唾を呑んで見守っている。

最初に口を開いたのは鈴だった。先程までの暗く弱々しい雰囲気を吹き払って、決然とした表情でハジメを見返す。

「必要ないよ、南雲くん。恵里のことも光輝くんのことも鈴に任せて。神域でもどこでもカチ込んでやるんだから！」

いつものムードメーカーらしい雰囲気を放ちながらも雄々しく笑う鈴。

そんな彼女に触発されたように龍太郎が雄叫《おたけ》びを上げた。

「だぁあああっ！　よしっ、くよくよすんのは終わりだ！　南雲や鈴にばっか格好はつけさせねぇ！　光輝の馬鹿野郎は俺がぶん殴って正気に戻してやるぜ！」

胸の前で片手の掌《てのひら》に拳を打ち付け、同じく勇猛果敢な笑みを見せる。

そんな二人に悪戯《いたずら》っぽく口を端を吊り上げる雫。

「そうね。光輝の馬鹿にはキツい、それはもうキツ～いお仕置きが必要だし、恵里のあのニヤケ面は張り倒さないと気が済まないわ」

三者三様の意志を受けて、ハジメの頬が少し綻ぶ。

「いいだろう。神域突入にはお前達も参加しろ。中村《なかむら》と天之河《あまのがわ》は任せる。ただし、前にも言った通り――」

「大丈夫、半端はしないよ。……ありがとう、南雲くん」

「サンキュな、南雲」

落ち着いた雰囲気で礼を言う鈴と龍太郎に続き、雫も礼を口にした。ただし、なぜか頬を染めて照れ臭そうにしながら。

「私からもお礼を言うわ。ありがとう。でもね……その、光輝のことがなくても、私はついていくつもりだったわ。南雲君の行くところにならどこでも……ずっとね？」

「……そうか」

としか言えないハジメ。なぜここでアピールしてくる、とジト目になりそう。

香織《かおり》が「雫ちゃん、ちょっと頑張った！」みたいな顔をしている。なるほど、【氷雪洞窟】で宣言していた〝自分のために頑張る雫ちゃん〟を有言実行しているらしい。

クラスメイト達がざわめいた。

大多数の男子生徒は雫の心情を知らないので訝《いぶか》しんでいるが、重吾《じゅうご》や淳史《あつし》達、そして意外にも良樹《よしき》と信治《しんじ》などは勘づいたようで愕然《がくぜん》としている。

当然、女子は普通に察する。

優花《ゆうか》の視線が雫とハジメを高速で行き来し、愛子が寝耳に水みたいな顔で呆け、奈々《なな》と妙子《たえこ》が「雫っちも堕《お》ちたかぁっ」「ドン・ファンだよ。南雲君は現代のドン・ファンだよ！」と騒がしい。というか、女子全員が姦《かしま》しい。

だが、今は真剣な話し合いの最中だ。と言わんばかりにリリアーナが挙手をした。

「ちょっといいですか！　南雲さん！」

「声でけぇよ、姫さん。何をヒートアップしてんだ」

ハジメを取り巻く人間関係に置いていかれないように、なんて内心は流石《さすが》に空気を読んで言わない。だって、〝できる王女〟だもの。

「ごほんっ、えっとですね。今の話だと、決戦時にハジメさん達という最高戦力は神域に突入してしまうということですけれど、アルヴの言葉通りであるなら最初に襲われるのは王国になります」

「そうだな」

「大結界がそう長く持つとは思えません。ハジメさんには関係のないことだというのは重々承知していますが、何か、せめて何か、ハジメさん達がエヒトを打倒するまで時間を稼げるような助力をいただくことはできませんか？」

それは、祖国を想《おも》う王女として当然の懇願だった。

リリアーナが思いつくのは、王都を放棄して、この三日間で可能な限り逃げること。けれど、神の軍勢を相手に、ただの人間達が、それも何万人という人数が上手く逃げられるとは到底思えなかった。エヒト打倒までどれくらいかかるのかは分からないが、その間におびただしい数の人々が虐殺されることは火を見るよりも明らかである。

祈るように自分を見つめてくるリリアーナに、ハジメは話の軌道修正をしてくれた感謝を込めて答えた。

「俺からも、その話をしようと思っていたんだ」

「南雲さんから？　それはどういう……」

「俺はエヒトが気に食わない。だから、この先、何一つ奴の思い通りにはさせてやらない。この世界の住人がどうなろうと知ったことじゃないが……だからと言って、今際《いまわ》の際《きわ》に虐殺された人々を見て高笑いなんてされたら不愉快の極みだ。だから、奴のもの全て、その思惑も、根こそぎ全部ぶち壊してやる」

クックックッと実にあくどい顔で笑うハジメに、生徒の大半がドン引きしている。シアや香織のような上級者か、ティオのような廃センスな人でなければ、少々刺激の強すぎる笑顔なのだ。悪魔みたいで。

実際、リリアーナの表情は少し引き攣《つ》っている。

「え、えっと、つまり、侵攻してくる使徒の軍勢をどうにかできるということでしょうか？」

「草案はある。簡単に言えば、各国の軍を合わせた人類連合軍の創設と、俺のアーティファクトによる軍事力の超強化だ。三日しかないからシビアではあるが、その辺は、お前等《ら》も協力してくれるだろう？」

ハジメが第二円卓のメンバーに視線を巡らせば、優花達は揃《そろ》って強い頷《うなず》きを返してくる。意外なことに、第三円卓の生徒達の中にも力強い眼差《まなざ》しを返してくる者がいた。ハジメの闘志に触発されたのかもしれない。

「使徒の襲撃で混乱しているとは思いますが、幸いというべきか、私達をさらうことに目的を絞っていたようなので王都の兵士団や騎士団にはそれ程被害はないはずです」

頬に手を当て、リリアーナは考え込む。

「しかし、連合軍となると……三日以内に動員できる戦力には限りがあると思います。仮に人数を集められたとしても、それだけの数の、それも使徒に対抗できるほど強力なアーティファクトを用意することができるのですか？」

「ああ、できる」

断言が返ってきたことに、リリアーナは目を丸くした。

「王国と帝国、そして樹海にはゲートホールがある。姫さんを放り込んだ——んんっ、送り返したあれだ。そこから、改めて創る高速移動可能なアーティファクトで各地に散ってもらい、ゲートホールを設置していってもらう」

そうすれば、実質片道の移動だけで世界各地を繋《つな》ぐことができる、と具体案を出すハジメに、リリアーナは感心と安堵《あんど》、そしてゲートを通して王国の食堂に頭からの投擲《とうてき》帰還をさせられた時の憤怒を思い出して、なんだか酸っぱい顔になった。

「ゲート、とな？　ご主人様よ。アーティファクトは全て破壊されたのではないのかの？　ゲートホールが健在でも、キーがなくては意味がなかろう？」

「実は、いくつかの重要なものは、魔王城に来る前にシュネー雪原の境界で転送しておいたんだ。地中に」

「なんと！　では、ゲートキーも？」

「ああ。日本への一時避難は最初から考えてたからクリスタルキーは壊されちまったが……羅針盤とか攻略の証《あかし》とか幾つかの神水《しんすい》とか……もちろんゲートキーも埋まっているはずだ。あ、あと香織の元の体な。氷棺で保管してるやつ」

「ちょっと待って、ハジメくん！　それだと私の元の体、最初から置いていくつもりだったの!?　羅針盤も置いていくってことは……」

　羅針盤による地球の位置特定は、【氷雪洞窟】で済んでいる。だが、トータスの位置特定に使ったことはない。本当に戻れる算段があったのかと涙目になっている香織から、ハジメは微妙に目を逸《そ》らした。

「しょうがないだろ。一応、ビーコン代わりになりそうなものも一緒に転送したし、クリスタルキーがあれば戻ること自体は不可能じゃないだろうし」

「直《す》ぐに戻れなかった場合、氷が溶けて土葬になってたんじゃ……」

「再生魔法使えばいいだろ。実際、宝物庫に入れてたら消滅してたぞ」

「うぅ、そうだよね。ハジメくん、ナイス機転。ありがとぉ」

なんであれ、香織の元の体は酷《ひど》い目に遭わないといけない運命なのか。

早く取りに行きたそうにそわそわし始める香織をシアがなだめている間に、リリアーナは次の問題点を指摘する。

「なるほど、手段は理解しました……ですが、もう一つ大きな問題があります。果たして、三日後に世界が終わるかもしれないと告げられて、いったいどれだけの人が信じて集まってくれるでしょう？……まして、戦うのが使徒となれば、最悪、こちらが異端者として断罪される可能性も十分にあります」

「それに関しては再生魔法の利用を考えている」

「再生魔法……ですか？」

首を傾《かし》げるリリアーナ。対して、香織はハジメの言わんとしていることを察してポンと手を叩《たた》いた。

「過去の光景を再生するんだね？　メルジーネ海底遺跡で体験したあれみたいに」

「そうだ。ここであったことを再生して、その光景を映像記録用アーティファクトに保存する。それを各地の重鎮共に見せてやれ。今まで会って話をした奴《やつ》……ブルックのキャサリン、フューレンのイルワ、ホルアドのロア、アンカジのランズィ、フェアベルゲンのアルフレリック、帝国のガハルド。こいつらなら頭から疑ってはかからないだろうし、戦力も集めやすいだろう」

ここに、王国のリリアーナ王女と冒険者ギルドのギルドマスターが当然加わる。この世界でも力ある主要人物ばかりだ。

頭の中に浮かんだ錚々《そうそう》たるメンバーに、リリアーナは目眩《めまい》を覚えつつも思考を回した。

「総本山崩壊後の善神邪神のフェイクストーリー……帝国の信仰心は元より薄い……アンカジ領主《ゼンゲン公》は異端認定を受けたハジメさんを庇《かば》った実績あり……奴隷解放でフェアベルゲンからの信頼は厚く……後は冒険者ギルドの関係者……いける」

成功の可能性が見えた。確かに彼等ならば本気になってくれるだろう。

この世界の人々には興味がないと言いながら、ハジメが縁を繋いだ人々のなんと豪勢なことか。感心しつつも少し呆《あき》れてしまう。

「あとは……そうだな。ダメ押しとして先生に扇動でもやらせればいいだろう」

「エッ!?　わ、私ですか!?っていうか扇動!?」

いきなり話を振られた愛子が小動物に変化する。ぷるぷる、ぷるぷる。また私を祭り上げる気ですか？　崇《あが》め奉られちゃうんですか？　と涙目を向けてくるが無視する。

「――さぁ、立ち上《あ》がれ人々よ！　善なるエヒト様を封じ、偽使徒を操り、今、この世界を蹂躙《じゅうりん》せんとする悪しき偽エヒトの野望を打ち砕くのだ！　この神の御使《みつか》いにして現人神《あらひとがみ》たる〝豊穣《ほうじょう》の女神〟と共に！って感じでな。頑張れ」

「頑張れ、じゃないですよ！　なんですか、その演説！　よくそんな言葉がスラスラと出ますね！　これが日本だったら即刻家族面談ですよぉ！」

「細かいこと気にするなよ、先生。適当にばら撒《ま》いて来た種が芽吹きそうなんだ。なら水をやって成長させて、うまうまと刈り取ってやればいいじゃねぇか。作農師なんだし」

「誰が上手《うま》いこと言えと……」

愛子《あいこ》は思う。どうしてこの人の天職は〝煽動家《せんどうか》〟じゃないんだろう、と。

それはクラスメイト達《たち》も同じらしかった。

なんとなく、星を前に操り糸を垂らして、クツクツと嗤《わら》いながら香ばしいポーズを決めるハジメを幻視してしまい「あれ？　エヒトと変わらなくない？」と首を傾げている。

第三円卓の一部の女子生徒達が「ハジメ様……」とか呟《つぶや》いてぽ～っとしているが、一刻も早く正気に戻るべきだろう。

愛子は嘆息した。自分でも効果的だと思うし、やらねばならないというのも分かっているが、なんとなく釈然としない。

そんな愛子の様子に、ハジメは困った表情で言う。

「人類の総力戦となるべき戦いだ。戦力を集めても烏合《うごう》の衆じゃ意味がない。強力な旗頭が必要なんだよ。それには一国の王くらいじゃ格が足りない。できるのは、〝豊穣の女神〟だけなんだ。だからさ、頼むよ、愛子先生」

「……」

ハジメの言葉にビクンと震える愛子。先程から震えっぱなしだ。チワワより震えている。

そんな小動物先生は、何故《なぜ》かそわそわしながらハジメをチラ見し始めた。とても〝先生〟には見えない眼差しで。

「な、南雲《なぐも》君。今、私のこと、あ、愛子先生って呼びませんでした？」

「……何か問題が？」

「い、いえ。南雲君は、いつも〝先生〟とだけ呼ぶので……」

「そうだったか？」

なんて会話の後、愛子は何か悩み始めた。かと思えば何か思い出し、何か考え込み、雫《しずく》をチラ見し、そして、深呼吸。

一人百面相している愛子を皆が訝しんでいることに気が付きもせず、少し吹っ切れたような表情で、

「……その……もう一度、最後の言葉を言ってくれませんか？」

なんか要求してきた。頬を薔薇色《ばらいろ》に染めて、上目遣いでもじもじしていらっしゃる。

「……最後の方を？」

「はい。ただし、今度は〝先生〟を抜いて……」

なぜここで、あれほどこだわっていた生徒と先生の境界線を踏み越えようとするのか。と、表情筋が痙攣《けいれん》しそう。

ガタッと椅子が跳ねるような音が響いた。優花がガタガタしていた。

当然、クラスメイト達はざわつく。これでもかと。

「えっ、どういうこと!? いつそんなことに!?」とか「せ、先生まで？ 誰か嘘《うそ》だと言ってくれよ……」とか「ハジメ様……流石《さすが》ですっ」とか聞こえてくる。ついでに淳史《あつし》と昇《のぼる》と明人《あきと》が歯軋《はぎし》りしている。今にもハジメに飛び掛かりそう。

緊張しているのか、愛子に周囲の声は届いていないようだ。

どういう心境の変化なのかは分からないが、もしかすると、この決戦で死を覚悟しているのかもしれない。

教師故に、生徒の盾になることも躊躇《ためら》わないだろう愛子ならあり得ること。だからこそ、ハジメに対してだけは、死の危険性を前に一人の女性として踏み込もうと決心したのだとしたら……実に恐ろしい。文字通り、決死の覚悟である。重い。

とはいえ、決戦前に落ち込まれるとか、逆に暴走するとか、非常に困る。実にまずい。

何せこの小動物先生、空回りの達人である。選択肢はあるようでないのだ。

刺すような視線が集まる中、ハジメは嘆息しつつ要求を吞《の》んだ。

「……愛子、頼む」

「っ！ はい！ 任せてください！ もうバンバン扇動しちゃいますすよ！ 教師の本領発揮です！」

教師の本領が扇動とか……全国の先生方に謝罪してほしいところだ。この人の教師としてのアイデンティティは大丈夫なのだろうか？

そこはかとなく不安になりつつ、ハジメはめちゃくちゃ張り切っている愛子から視線を外した。

その耳に「きょ、教師と生徒とか……エ○ゲじゃねぇか！」とか「魔王だよ、あいつやっぱ魔王だよ！」とか「むしろカサノヴァだよ……あそこにいるのはカサノヴァだよ！目を合わせちゃダメ！　妊娠しちゃう！」とか聞こえてくる。

ちなみに、最後のは鈴《すず》だ。後でシメねばなるまい。

「ご、ごほんっ！　南雲さん！　私も頑張りますね！」

なんかリリアーナが強く自己主張してきた。その頬は真っ赤、アーモンド形の綺麗《きれい》な碧《へき》眼《がん》は何かを期待するようにキラキラ。

なぜここで張り合おうとするのか。と、遠い目になるハジメ。またゲートに放り込んで強制帰国させたい。

「……ああ、頑張ってくれ、姫さん」

「……頑張りますね！」

「ああ」

「頑張りますね！」

「……」

「が、頑張ります、ね、ぐすっ」

「…………………………頼んだ、リリアーナ」

「……リリィ」

「ですよ！」

「はい！　頼まれました！　王女の権力と人気をとくとご覧あれ！　民衆なんてイチコロですよ！」

なんだか王女として言っちゃいけないことを口にした気がするが、きっと気のせいだろう。民衆に愛されてやまない王女様が、内心では「民衆を操るなんてチョロイ！」などと思ってはいないはずだ。

クラスメイト達のざわつきは留《とど》まるところを知らない。人工呼吸の提案は、やっぱり下心満載だったんじゃねぇか！　という心の声が聞こえてきそう。

ついでに「うっ」と中身が出そうなうめき声まで聞こえてくる。見れば優花《ゆうか》が脇腹を押さえていた。

両サイドの奈々《なな》と妙子《たえこ》に肘打ちを食らったらしい。三人で「優花っちのヘタレ」「だ、だから！　そんなんじゃないって言ってるでしょ！」「はいはい。ツンデレも大概にね。チキン優花」なんて会話をしている。

最初の、シリアスで絶望の沼に沈んだような雰囲気はどこにいったのか。

今は一人として俯《うつむ》いている者はおらず、程度の差はあれど明るい表情を見せている。

「……いいか？　まとめるぞ」

なんとも微妙な表情になるハジメ。

それでも、この和んだ空気を許しているのはクラスメイト達の精神的負荷の軽減を狙ってのことだ。

世界滅亡の危機、それも故郷たる地球が次の標的。そんな現実、そうそう受け入れられるわけがなく、第三円卓の生徒達の態度こそが普通と言える。

とはいえ、突き離したり放置したりするのは悪手だろう。

絶望、悲観、自暴自棄。それらがまた、清水《しみず》や檜山《ひやま》のような裏切り者を出さないとも限らない以上、ある程度の配慮は必要だった。

ハジメが「まとめるぞ」と言った途端、雰囲気をきっちり切り替えた愛子とリリアーナを見れば、先の発言は本心ではあっても、空気の張り詰め具合を慮《おもんぱか》ってのことだったに違いない。

クラスメイト達も釣られるようにして、程よい緊張感を持つことができたようだ。

ハジメはそれを確認すると口を開いた。

「俺の最優先目標はユエを取り戻すことだ。そのために三日後の決戦の際に出現すると考えられる神門を通じて神域へ踏み込む。中村《なかむら》と天之河《あまのがわ》については谷口《たにぐち》達に任せる。残りは侵攻して来る使徒の迎撃だ」

一度言葉を切って、大枠を理解しているか確認する。相変わらず大半のクラスメイトに怯《おび》えが見えるが、聞く耳は持てるようになったようだ。

「今から三日後までの予定を伝える。まず俺だが、オルクスの最奥に向かうつもりだ。アーティファクトの大量生産をするのにオルクスの環境は最適だからな。これには助手として香織《かおり》、あとミュウとレミアにもついて来てもらいたい」

「うん、分かったよ、ハジメくん」

「はいなの！　お手伝いするの！」

「私にできることは、どんなことでも言ってください」

香織、ミュウ、レミアから心地よい返事が返ってくる。

ミュウとレミアを傍《そば》に置くのは、再び人質などにされないよう万が一に備えてというのもあるが、採取と錬成に集中するハジメの身の回りの世話をしてもらいたいというのもあるので建前というわけでもない。

「シア、お前はライセン大迷宮に行ってくれ」

「……なるほど。ミレディさんの協力を仰ぐんですね？」

「そうだ。あの時は強制排除されたからショートカットの方法が分からない。攻略の証《あかし》でブルック近郊の泉が反応しなければ、また中を通らなきゃならないが……」

「問題ありません。今度は半日でクリアして見せますよ。今の私なら、あの大迷宮は遊技場と変わりません」

「俺もそう思う。頼んだ」

「はいです！」

元気に頷《うなず》くシアに、ハジメは本当に頼りになるなぁと昔の残念ウサギを思い出し苦笑してしまう。直《す》ぐに切り替えて、今度はティオに呼びかけた。

「ティオ」

「うむ。心得ておる。里帰りせよと言うのじゃろ？」

「流石だ。――〝時が来た〟と、そう伝えてほしい」

「……そうか、そうじゃな。雌伏の時は今、終わったんじゃな……」

その胸に去来する想《おも》いは、どれほどのものなのだろう。

胸に手を当て感じ入るように瞑目《めいもく》するティオに、ハジメは驚くほど優しい表情を向けた。

「〝いつか新しい約束をしよう〟――そう言ったが、不要になっちまったか？」

「ふふ、馬鹿を言うでない。妾《わらわ》の大切な権利を、そう易々と手放すわけがなかろう？……せっかくじゃ、ご主人様よ、今、約束してたもう。――〝最高の未来〟を」

「含意が広すぎるだろ……まぁいい。約束しよう。俺達みなにとって〝最高の未来〟を摑《つか》み取ってみせる。だから、ティオ」

「うむ、任せよ！　ご主人様の行く道に、黒竜ティオ・クラルスの全てを捧《ささ》げようぞ！」

穏やかな微笑を交わし合う二人の雰囲気は、ユエ達とはまた異なったベクトルで他人には入り込めないものがあるようだった。

次にハジメが視線を向けたのは雫だ。

「八重樫《やえがし》は帝国に行ってくれ。王国へのゲートキーも複製して渡しておくから、ガハルドを説得して戦力を王国へ送ってほしい」

「それはいいけれど……どうして私なの？」

「八重樫はガハルドのお気に入りだからな。他の連中より話がスムーズに進むだろう。お前は交渉力もあるしな」

〝誓約の首輪〟による制限、奴隷解放。帝国の負担を考えれば、ハジメ達《たち》に思うところはあるだろう。万が一の時、戦闘能力の面でも安心して任せられるのは雫しかいない、ということを説明すると、雫は微妙に唇を尖《とが》らせた。

「一応、納得だけれど……私の気持ちを知っていて、言い寄る男のもとに送られるのは少しショックだわ。まぁ、そんなこと言っている場合じゃないからいいのだけれど」

「……悪いな。ガハルドが何かしようとしたら俺の名前を出せ。八重樫雫に言い寄ったら、南雲ハジメが黙っていないってな」

「っ……ふ、不意打ちは卑怯《ひきょう》だわ」

雫が僅かに頬を染めながら了解の意を伝える。

「先生とリリアーナは王都だ。戦力を集めて演説で士気を高めてくれ。使徒相手にも容赦なく戦えるように上手《うま》く扇動するんだ。それと、戦う場所は王都前の草原地帯になるだろう。背後にある神山《しんざん》から敵が来るのに、まさか王都内で戦うわけにはいかないからな」

「そうなると、王都の住民は避難させる必要がありますね。ゲートが使えるとはいえ、三日で全住民の避難……急ぐ必要がありそうです」

「どうせ帝国との間にゲートを開くんだ。戦力を移動させるのと入れ替わりで住民は帝都に送ってしまえばいいだろう。追加のゲートは随時送るから、加速度的に移動速度は上がるはずだ」

「でも、南雲《なぐも》君。空を飛ぶ使徒相手に平原での戦いは不利じゃありませんか？」

「軍を強化すると言っただろう、先生。それは個人兵装の強化だけじゃない。対軍用の拠点兵器の類も配備するという意味だ。対空兵器とかな。それと……野村《のむら》」

不意に名を呼ばれた健太郎《けんたろう》が、「ぉお!?」と奇怪な声を上げた。このタイミングで名指しされるとは夢にも思わなかったようだ。

「お前、土術師だったよな？」

「え？　あ、ああ。そうだけど……」

「なら、王都の職人と土属性魔法に適性がある奴等《やつら》をまとめて、平原に簡易なのでいいから要塞を作れ。一夜城ならぬ三日城……決戦の地における人類の拠点だ」

「た、大役じゃねぇか！　俺に建築の知識なんてないぞ!?」

「だから王都の職人を頼れと言ってるだろ。設計は彼等に任せ、最高位の土属性魔法使いとして出力で貢献しろ。後でお前専用のアーティファクトも送ってやるから、平原に戦いやすい場を作るんだ」

「……やるしかねぇもんな。分かったよ」

大役のプレッシャーに青褪《あおざ》めている健太郎を、重吾《じゅうご》達パーティーメンバーが励ましている中、ハジメの視線は優花へ。

「園部《そのべ》」

「ふひゃい!?」

奇怪な返事だった。優花も名指しされると思っていなかったようだ。座ったまま器用にもぴょんっと跳ねた。

「な、何よ！」

「なんでキレてんだよ」

恥ずかしかったから誤魔化してるだけだよ〜と、奈々から解説が入る。

「お前がこいつらのリーダーだ」

「は？　はぁ!?　なんで私!?　無理よ！」

泡を食ったように立ち上がった優花を、ハジメは仄《ほの》かな期待の宿った見通すような目で見つめた。

「俺の知る中で一番リーダーシップがあると思ったんだが……見込み違いか？」

そう言われると、優花としては複雑だ。見込まれて嬉《うれ》しい気持ちはある。

けれど、この状況下でのリーダーは……重い。

「優花っちに賛成！　さっきだって、優花っちが私達を引っ張ってくれたじゃん！」

「ちょっととっ、奈々！」

「あん？　どういうことだ？」

首を傾《かし》げるハジメに愛子《あいこ》が説明した。優花が指揮を執ったことで反撃のきっかけになった一連のことを。

ハジメは「なるほど」と頷いた。

「お前にも礼を言わないといけないようだな？」

「べ、別に……」

ハジメの表情がちょっと優しい。優花は全力で目を逸《そ》らした。が、その先でシア達まで改めて礼を口にするので、誤魔化しようもなく頬が赤く染まってしまう。

「やっぱり、お前以上の適任はいないと思う。あの極限の状況で起死回生の一手を考え、仲間を指揮するなんて他の誰にもできなかっただろう」

ハジメの言葉に誰もが深く頷いた。一人の例外もなく、優花を見る目には強い信頼と親愛が込められていた。

特に第三円卓の生徒達にとっては、王宮に留まっていた頃に一番気にかけてくれて、一番傍にいてくれた相手だ。いつでも、〝自分にできることを〟と王都中を走り回っていたことを誰もが知っている。生徒の多くにとっては、常に遠くにいる勇者よりも、既に優花こそがリーダーだった。

「どうやら、満場一致のようだな？」

「うっ……で、でも」

「戦時の連携や精神的ケア、他の部隊との打ち合わせ……いろいろあるが頼んだぞ」

「……」

自信なさげに立ち尽くす優花《ゆうか》を、奈々《なな》や妙子《たえこ》が「大丈夫だよ、優花っち！　護衛隊の人数が増えただけじゃん！」とか「私達が全力でサポートするから、ね？」と励ますが、責任の重さを理解している優花には即答できなくて……

「大丈夫だろ」

ハジメの、どこか懐かしむような、あるいは揶揄《からか》うような、そんな声音に優花は思わず俯けていた顔を上げた。

「お前は、根性があるからな」

「あ……」

【ウルの町】で贈られた言葉。覚えていてくれたのかと、優花は目を丸くして……

「っ、やればいいんでしょっ、やれば！　いいわよっ、やってやるわよ！　見てなさい、南雲！　目にもの見せてやるわ！」

「俺に見せてどうする。使徒に見せろよ」

なぜか顔を真っ赤にして、どすんっと椅子に座り込む優花。奈々と妙子がニヤニヤしながら肘で突きまくっている。

クラスメイト達の心は一つだった。もはや何も言うまい、と。代わりに、香織や雫《しずく》、そして愛子やリリアーナの視線が優花に突き刺さっている。

それらを尻目に、ハジメは他のクラスメイト達にも役割を指示していった。

役目があった方が余計なことを考えずに済むからだ。

実際、王宮に引きこもっていた第三円卓の生徒達であっても、そのスペックはこの世界

の人のそれを遥《はる》かに凌駕《りょうが》している。

能力自体は高いので適材適所で配置すれば、高い効果を得られるのは間違いないのだ。

最後に、ハジメは鈴《すず》と龍太郎《りゅうたろう》に言葉を向けた。

「谷口《たにぐち》、坂上《さかがみ》、お前等は樹海に行け。ハウリアとフェアベルゲンの連中に話を通して、戦える連中は王都に送るんだ。それが終わったら連絡してこい。オルクスに迎えてやる。タイムリミットまで奈落の魔物を従えて強化することに費やすといい。魔物にもアーティファクトを装備させてやるから、今度はあっさり負けることはないはずだ」

「了解だよ！」

「応よ！」

それからもう少し細かいことを話して、魔王城での話し合いは終わった。

そして、きっと人生で一番濃密となるであろう三日間を前に、ハジメは推し量るような眼差《まなざ》しを全員に巡らせた。

できることはやる。やらなきゃいけないから。クラスメイトの多くは、そう考えているのが分かる。上々ではあるだろう、最初に比べれば。

けれど、少し足りないとハジメは思った。負けない心ではない。勝つ心を。もっと天に向かって吼《ほ》えるような〝気概〟を、と。

故に一拍おいて、おもむろに語り出した。

「敵は神を名乗り、それに見合う強大さを誇る。軍勢は全てが一騎当千。常識外の魔物や死を恐れない強化された傀儡兵《くぐつへい》までいる」

静かな声音だ。けれど、そこに込められた迫力と感情を前にしては、誰も無視などできない。

「だが、それだけだ。奴等は無敵なんかじゃない。俺がそうしたように、神も使徒も殺せるんだ。人は、超常の存在を討てるんだよ」

語るハジメの姿は、隻腕隻眼で命でも吸い取られたかのような白髪だ。

それは、無能と言われた男が歩いてきた軌跡を示すもの。数多《あまた》の怪物共を屠《ほふ》り、己の糧として這《は》い上がってきた、その証《あかし》。

だから、自然と、納得できてしまう。

たとえ一度は敗北し、大切なものを奪われたのだとしても、目の前の傷だらけの男はその事実すら糧にして、どんな不可能事だって可能にしてしまうのだと。

言葉が紡がれるにつれて、次第に心が震えていく。熱が生まれていくのが分かる。

「顔も知らない誰かのためとか、まして世界のためなんて思う必要はない。俺が、俺の最愛を取り戻すために戦うように、ここにいる全員がそれぞれの理由で戦えばいい」

理由、どんな理由がある。自分はなんのために？

ただ死にたくないなんて、小さな理由しか……

「理由に大小なんてないんだ。重さなんてないんだ。家に帰りたいから。家族に会いたいから、友人のため、恋人のため、ただ生きるため、ただ気に食わないから……なんでもいいんだ」

すとんっと心の奥の穴に、何かがはまったような感覚。

スケールの大きすぎる事態を前に萎縮していた心が、解《ほぐ》れていく。

「生き残れ。理由のために戦い、生き残れッ!!」

ハジメの言葉が響き渡る。

炎のように熱く、されど水のように浸透し、大地のように力強く、けれど風のように包み込んでくる、そんな意志の力で満ちた言葉が。

「一生に一度、奮い立つべき時があるとするのなら、それは今、この時こそがそうだっ。今この時、魂を燃やせ！　一歩を踏み込め！　そして、全員で生き残れ！　それができたなら、ご褒美に故郷へのキップをプレゼントしてやる！」

早鐘を打つ鼓動が聞こえる。

拳は自然と握りしめられ、足は床を踏みしめ、腹には力が入る。

熱に浮かされたような者達の中で、ハジメは獰猛《どうもう》かつ不敵な笑みを浮かべて——一言。

「勝つぞ」

返って来たのは当然、無数の咆哮《ほうこう》だった。

第四章◆決戦前に

緑光石の淡い輝きに照らされる空間に、一人、佇《たたず》む人影があった。

背後には荘厳な両開きの扉。両側には規則正しく並んでいる柱の列。大きな空間で、どこか神殿のような厳かな空気が感じられた。

もっとも、部屋自体は、まるで戦場跡地の如《ごと》く随分とボロボロだ。

人影は、その奥の壁を静かに見つめていた。かつて、そこにあったものを幻視しているみたいに。

その背中に、ふと声がかけられた。少し躊躇《ちゅうちょ》しているような、おずおずとした声だ。

「……ハジメくん」

佇む人影――ハジメは、肩越しに少し振り返った。

「香織《かおり》。進捗はどうだ？」

「問題ないよ。むしろ、言われてた量よりかなり多く採取できたかな。羅針盤のおかげで、どの素材がどこに大量にあるか直《す》ぐに分かるから。魔物も問題なかったし」

「使徒ボディ様様だな」

魔王城での決起から、丸一日が経《た》っていた。

あの後、残された魔人達《たち》を魔王城の牢獄《ろうごく》――魔法が使えない特別製――に、同じく城内で見つけた飲食物と一緒に放り込んだハジメ達は、【シュネー雪原】の境界にて地中のアーティファクトや香織の元の体を無事に回収し、直ぐに【ハイリヒ王国】へと転移した。

そして、リリアーナが事情説明をしている間に、最高位魔力回復薬の服用及び医療院の者達から魔力譲渡を受けて回復。

更に、王宮が保有する素材を貰《もら》って初動に必要なアーティファクト各種を作製し、遠方に行く必要のある者達は早々に各地へ散っていった。

ハジメ達も〝オルクスの指輪〟を使って【ライセン大峡谷】から一気に最奥の隠れ家へ入り、ミュウとレミアを残して、今の今まで素材採集に集中していたというわけだ。

オスカーの工房に残っていた素材から、既に義手と宝物庫は復活している。

なので、奈落を熟知するハジメの〝錬成〟と、羅針盤を持つ香織の分解による素材スポット丸ごとくり抜き採集という荒業で、たった一日にもかかわらず採集量は数十トンレベルになっていたりする。

「流石《さすが》に神水《しんすい》を生み出すほどの神結晶《しんけつしょう》は見つからなかったけどね。オルクス近郊にあったのはビー玉サイズが少しだけ」

「まぁ、伝説の秘宝だからな。むしろ、奈落の一階層にあんなでけぇのがあった方がおかしいんだ。欠片《かけら》でも手に入れたなら万々歳だよ。ご苦労さん」

「役に立てたならよかったよ」

微笑《ほほえ》む香織から宝物庫を受け取るハジメ。そんなハジメの隣に並び立ち、香織は部屋の奥に鎮座している奇怪な瓦礫《がれき》を見つめた。

「……ここが、ユエと出会った場所なんだね」

そう、半ば溶けたように崩れた鉱物──かつてユエを封印していた立方体の残骸を。

頷《うなず》くハジメの瞳は、深い森の中にある泉の如く澄んでいた。

憤怒や憎悪といった負の感情が飽和した虚無的な瞳とは正反対の、ただただ静かに想《おも》い出《で》を愛慕するような眼差しだった。

「最初に見た時はホラーかと思ったよ。真っ暗な闇の中で、紅《あか》い瞳が金糸で出来た柳の奥から覗《のぞ》いている……そんな感じでさ。ユエが助けを求める声をかけて来た時も、俺、扉を閉めようとしたんだぞ？　こいつ、絶対ヤバイ奴《やつ》だって思ってさ」

「ふふ。確かに、こんな奈落の底にただの女の子がいるなんて思わないよね」

「だろ？　特に、あの時は生き残ること以外なんの興味も持てない心境だったからな。今、思い返しても、よく助けようとしたなぁって思うよ」

ハジメの想い出語りに、くすりと笑みを零《こぼ》す香織。

「それが今じゃ、我を失うくらい特別な女の子だもんね。人生、何がどうなるか分からないって、つくづく思うよ」

「全くだ」

言葉が途切れて、二人は示し合わせたみたいに瞑目《めいもく》した。

ハジメは最愛の恋人を想って、香織は恋敵《親友》を想って。

目を開けるタイミングも同じ。瞳に宿る決意の炎も同じだった。

「必ず、取り戻そうね」

「ああ。必ず取り戻す」

二人の心を示すように固く握り締められた拳が、こつりと打ち合わされた。

「ああ、でも……よく考えたんだがな？」

「うん？　どうしたの？」

ハジメが少し言い難《にく》そうにしていることに、香織は小首を傾《かし》げる。

「……香織には、地上に残ってほしいんだ」

「え……どうして……って、そっか。機能停止を心配してるんだね？」

一瞬ショックを受けて泣きそうになる香織だったが、直ぐ理由に思い当たった。

「ああ。一応、対策用のアーティファクトは用意するけどな、流石にエヒトを前にしてどれだけ効力を発揮するかは分からない。何せ大元は奴の制作だからな、その体」

「それは……そうだけど」

言っていることは分かるし、懸念はもっともだ。かと言って元の体に戻っては、そもそも【神域】での戦いについていけなくなる。

とはいえ、それは理屈だ。ハジメ達の戦場へ共に行けないなんて感情が納得しない。香織だって、今すぐにでもユエを取り戻しに行きたいのだ。

　自然、むくれたようなムスッとした顔になってしまう。

「そんな顔しないでくれ。ユエを取り戻しても他の連中が死に絶えていたら、俺はともかく香織達には堪え難いだろう？　オルクスの隠れ家に匿《かくま》うつもりではあるけど、ミュウとレミアも地上に残るんだ。一度、人質として有効だと証明しちまった以上、いざって時に守ってくれる奴が必要なんだよ」

「うぅ～」

　香織が唸《うな》る。唸るしかない。

　ハジメ達を除けば、使徒に正面から対抗できるのは同じ力を持つ香織だけ。

　偽使徒と認識されている軍勢が襲い来る戦場で、〝本当の使徒〟として前線に立てば、士気にも大いに良い影響を与える。

　何より、香織の本領は治癒だ。高い出力を持つ今、使徒の軍勢を相手にする人類軍にとって、その支えは切り札も同然だ。

　考えれば考えるほど、地上に残って愛子《あいこ》達と共に戦うことが最善だと分かる。

「……はぁ、しょうがないね。歯痒《はがゆ》いけど、足手まといにはなりたくないし、死んでほしくない人達もたくさんいるから……うん、分かったよ。ハジメくん達が帰ってくる場所は私が守る。ミュウちゃんにもレミアさんにも手出しはさせないよ」

「ああ、頼む。お前がいるなら後顧の憂いはない」

「うん、任されました」

困ったような表情ながら納得する香織。が、そこでふと何かを思い出したようで……

良い笑顔になった。

「任せてね！　愛ちゃん先生とリリィのこともね！　ね！」

「なぜ、二人を強調する……」

「あと優花《ゆうか》ちゃんもね！」

「園部《そのべ》は関係ないだろ」

「本気で言ってる？」

「……」

香織がユエ並みのジト目だ。ぶつぶつと、「他の女の子達も、ハジメくんを見る目が怪しいし……」などと呟《つぶや》いている。ハジメに聞こえるように。

「ハジメくんの女ったらし。私だって〝ただの大切〟止まりなのに次から次へと……うぅ、ユエに言いつけてやる。たっぷりジト目されるといいよ」

わざとらしくいじける香織に、ハジメは眉を八の字にしてポリポリと頬を掻《か》いた。

それは、香織の言動に呆《あき》れたからというわけではなく、その言葉の一部を否定する気持ちが自然と湧き上がったからだ。

ハジメは、目の前にある立方体の残骸――封印石の前にしゃがみ込み、手をかざしながら香織に語りかけた。

「……あの時の拳。中々効いたぞ。まさに目の覚める一撃だった」

「へ？……あっ、あれは、えっと、痛かった、よね？　割と本気でやっちゃったし……」

唐突な話題転換に戸惑う香織だったが、それが暴走したハジメを殴り飛ばした時のことだと気が付くと、途端にバツの悪そうな顔になる。

その視線の先で、鮮やかな真紅が迸《ほとばし》った。

封印石の残骸にハジメの魔力が浸透していく。かつてはあれほど苦労したというのに、まるで〝魔力に対する抵抗力が異常に高い〟という性質が消えてしまったようだ。

その封印石を掌《てのひら》サイズのブロックに〝錬成〟しながら、ハジメはチラチラと視線を寄越《よこ》してくる香織に肩を竦《すく》めた。

「そりゃもう芯まで響いたよ。最低に格好悪いって言葉も、こうグサリッときたな」

「あ～、うぅ～。え、えっとね……その……」

香織は、変な唸り声を上げてオロオロし出すが、次ぐ言葉に大きく目を見開いた。

「これが他の奴なら、そうはいかなかっただろうけどな」

「え？」

「香織と同じことをして、俺の深いところまで響かせることができるのは、まぁ、後はシアとティオくらいだって話だ」

「それって……」

「もう〝ただの大切〟とは言えないかもな」

「……ハジメくん」

この場所に来た目的。ユエとの想い出に浸る——だけではなく、〝封印石の回収〟を手早く進めながら、ハジメは立ち上がった。

香織の瞳に、まるで昔のハジメを彷彿《ほうふつ》とさせる顔が映り込んだ。優しさと穏やかさが同居した懐かしいそれを前に、香織の心臓がトクンと跳ねる。

「ありがとう、香織。想い続けてくれて。……奴と殺《や》り合う前に、それだけは言っておきたかった」

「……やめてよ。そんなの、なんだか遺言みたいで不吉だよ」

「ははっ、そうだな。悪い、柄じゃなかったか」

苦笑いを浮かべるハジメに、香織はふるふると首を振る。

「ううん、こっちこそありがとう。……嬉《うれ》しいよ、すごく」

報われたと思うには、きっと早すぎる。けれど、自分の想いが届いていて、それがハジメの力になったというのなら、これほど嬉しいことはない。

そう感じて、香織は自然と涙ぐんだ。でも、決戦を前に泣いてなんていられないから、誤魔化すように軽口を叩《たた》く。

「ふふふ、ユエが帰ってきたら言ってあげなきゃ。ハジメくんがデレたって。取《と》り敢《あ》えず、シアのポジションには手をかけたぞって」

「また意地悪されるぞ？　ユエは、なんだかんだで香織とじゃれるのが好きだからな」

「うっ、あれって絶対、私の反応を楽しんでるよね。思い出したら腹が立ってきたよ。ハジメくん達が向こうに乗り込んでいる間に、仕返しプランを考えておかないと」

「倍返しされて、八重樫《やえがし》に泣きつくオチが見えるようだ」

「もうっ、ハジメくんも楽しんでるでしょ！」

むきぃーっと歯を剝《む》く香織《かおり》に、クツクツと笑いながらハジメは肩を竦めた。

不意に言葉が途切れて、けれど決して居心地の悪さはなく、二人は穏やかな空気の中でユエを想った。

少しして「そう言えば……」と香織が疑問を口にした。

「王宮で錬成していた時から気になってたんだけど……ハジメくん、ずっと魔法陣なしで魔法を使ってないかな？」

スルーしていたが、ハジメは魔王城で服や靴などに仕込んでいた魔法陣を全て破壊されている。よく考えれば、存在否定の鎖も、魔人族を脅した石刀も、どうやって作ったというのか。

「ああ、これな。ユエと同じだ。イメージのみで魔法陣を構築する技能〝想像構成〟だ」

「え、いつの間にそんな……」

困惑する香織に、ハジメは王宮で新調したステータスプレートを投げ渡した。

あわあわとキャッチした香織は、そこに記載されている表記を見て目をぱちくりと瞬かせる。

「錬成の派生技能だ。あの極限の状況で錬成しようとしたのが功を奏したようでな、〝想像構成〟と合わせて二つ目覚めた。一応、最終派生らしい」

エヒトの〝神言〟とせめぎ合うほどに、極限の状況下での己の全てを懸けたような錬成魔法。なるほど、才能の壁を打ち破り錬成技能が高まったとしてもおかしくはない。

納得するものの、香織的にはそれ以上に気になる点が。

「えっと、ハジメくん。限界突破にも派生が出てるんだけど……〝真匠《しんしょう》〟？」

「ああ、簡単に言えば、才覚の限界突破といったところか」

スペックが何倍にも上昇したりするわけではない。

特殊な力を使えるようになるわけでもない。

ただ、才能的限界の上限が大幅に向上するというだけ。

されど、その上限値はもはや人の領域に非《あら》ず。

その技は絶技すら超越し、前人未到の神技、否、魔技の領域へ。

比類なき技巧者。至高無上への到達者。

故に、

——限界突破　特殊派生　真匠

生まれ持った才能は発現した時点で常時、元の限界を超えた状態となり、才能のない分野は発動状態で人並程度にはなれるという特殊派生だ。

正直なところ、普通は二度目の発動があるか怪しい微妙な派生である。

けれど、そのおかげで、

「確信がある。今の俺の錬成技術はオスカー・オルクスを超えていると」

　ユエの協力なくして、劣化版とはいえクリスタルキーを創造できると断言したのも、三日以内に兵器を量産できると言ってのけたのも、つまりそういうことだった。

　言ってみれば、自力で昇華したとでも言うべきか。

　本当の昇華魔法と合わせれば、今のハジメはまさに、錬成師の極致にいると言っても過言ではない状態だった。

「以前は、この封印石も碌《ろく》に錬成できなくてな。魔力を弾《はじ》く性質上、宝物庫に入れるのも困難だし、まぁ、ユエも口には出さなかったが見るのも嫌そうな感じだったから放置していたんだが……この通りだ」

「な、なるほど……ふふ、ハジメくんの言った〝奴《やつ》は俺を殺し損ねた〟って言葉、まさにって感じだね？」

「香織にも最高のアーティファクトを創ってやるからな、楽しみにしてろ」

「うんっ」

　なんて驚愕《きょうがく》の事実について話している間にも封印石は完璧に〝錬成〟され、余すことなく宝物庫へと収められた。

　これで素材採集は終わり。十二分に集まった。

　後は、ひたすらアーティファクト兵器を量産するだけである。が、踵《きびす》を返す前に、

「ん？　これは……」

封印石が置かれていた真下の床に何やら紋様が刻まれていることに気が付く。

「どうしたの、ハジメくん。……紋様？　これって確か氷雪洞窟の……ヴァンドゥル・シュネーの紋様じゃあ……」

見覚えのある紋様に、香織が不思議そうに首を傾《かし》げる。ハジメは無言で頷《うなず》くと宝物庫から【氷雪洞窟】攻略の証《あかし》である水滴型のペンダントを取り出した。

すると、

「っ、共鳴してるのか？」

耳鳴りのような音を立てて、ペンダントと床の紋様が震え出した。

ハジメの掌の上に置かれたペンダントは、そのまま床の紋様へと引き寄せられるようにずりずりと動き出す。薄暗くて分かりにくかったが、よく見れば紋様の中央には、ちょうどペンダントがはまりそうな小さな穴が空いていた。

「香織、一応、備えてくれ」

「う、うん。気を付けてね？」

香織が一歩下がり身構える。それを確認して、ハジメはペンダントをその窪《くぼ》みへとはめ込んだ。直後、紋様に光が奔《はし》ったかと思うと金属同士が擦れるような音が鳴り、紋様の縁に沿って床がせり出てきた。

直径三十センチ程の円柱形の石柱だ。それは、ハジメの腰くらいの高さまで上がってくると動きを止め、側面の一部をぱかりと開いた。

「……こんな仕掛けがあったなんてな。氷雪洞窟を攻略した奴だけが開けられるわけか」

「それ、なんだろうね。ユエを封印していたブロックの下にあったってことは、何かユエに関係しているものって気がするけど……」

石柱の中にはピンボールくらいの鉱石が収められていた。無色で透明度が高く、占い師が使うような小さめの水晶玉にも見える。

手に取ってマジマジと見つめたハジメは、一拍おいてその正体を看破した。

「……これ、オスカー達《たち》が使っていたのと同じタイプの映像記録用のアーティファクトみたいだな」

「それって……こんな場所に、そんなものを残す人なんて一人しか思いつかないよね」

「取り敢えず、起動させてみるか」

ハジメは、水晶玉に魔力を流し込んだ。

直後、緑光に照らされた封印の部屋が、宵闇色混じりの黄金の光で上塗りされた。

目を細めるハジメと香織の前で、映像記録を残した者の語りが始まる。

そこに込められていたものは……

深い深い愛と慈しみ。そして途轍《とてつ》もない覚悟と懺悔《ざんげ》に満ちたもの。そして、聞く者の魂をどうしようもなく震えさせるほど、温かく優しい、切なる願いだった。

夜月の光が収まり、十分程の映像記録がフッと消えた後には、表現の難しい、されど決して嫌なもののない余韻がハジメと香織の心を満たしていた。

香織の頰にはほろりと綺麗《きれい》な涙が流れている。

「……ユエに見せてあげなきゃ」

「そうだな。これは、ユエが見なきゃならないものだ。……香織、お前が預かっていてくれ。向こうじゃ何があるか分からないしな」

「……うん。大事に持っとくね」

ハジメの手から渡された美しい水晶を、香織は宝物を扱うようにそっと受け取る。

「さて、あまり時間もない。さっさと戻ってアーティファクトの量産開始だ」

「アーティファクト《伝説の魔法具》の量産……すごい言葉だね」

若干引き攣《つ》った笑みを浮かべる香織に肩を竦めて、ハジメは、もう一度、ユエとの始まりの場所に視線を巡らせた。

ほんの少しの瞑目《めいもく》。

踵を返して目を開き、振り返らずに部屋を出る。

その後を、香織がしずしずと付いて行く。

二人が外に出ると、封印の部屋は再び闇に閉ざされた。

しかしそこには、全てを吞《の》み込みそうな冷たい闇だけではなく、どこか包み込むような優しさも漂っているようだった。

最奥の隠れ家に戻ったハジメと香織。

石灰色の岩壁を掘って造られたオスカー邸に入るや否や、吹き抜けのエントランスの三階から顔を覗《のぞ》かせたミュウが、満開の花のような笑顔を見せてくれた。

「パパ！　香織お姉ちゃん！　お帰りなさいなの！」

ステテテーッとかわいらしい足音を立てて、ハジメの胸元へぴょんっとダイブ。

「ただいま、ミュウ」

「ミュウちゃん、ただいま」

二人して丸一日ノンストップで採集を続けていたものだから、ミュウとしても寂しかったのだろう。片腕抱っこするハジメの首筋に腕を回し、これでもかと抱きつく。

にへぇ～としている愛らしい姿を見れば、魔王城からこの方、二人して碌に休んでいなくとも疲れが吹き飛ぶような心持になる。

そこへ、一階の部屋の奥からパタパタと履物を鳴らす音が。フリフリの純白エプロンをフリフリさせ、手にはお玉を持つという、奥さん的完璧装備のレミアだった。

「あなた、香織さん、お帰りなさい。ご無事で何よりです」

「お、おう。ただいま」

「……〝あなた〟？　レミアさん、狙ってませんか？」

「ご飯にしますか？　お風呂にしますか？　それとも……母娘《おやこ》にしますか？」

「やっぱり狙ってやってる！　そんなお約束いりませんからねっ！っていうか、今、母娘って言いませんでした!?　自分の娘に何をさせる気ですかっ！」

「あらあら、香織さんったら。一家団欒《いっかだんらん》でもしますか？　という意味ですよ？　うふふ、何を想像されたのかしら？」

「っ!?　へ、変な想像なんてしてませんし！　してませんし！」

「あなた、それとも香織さんにしますか？」

「ふぇ!?　わ、私？って違います！　からかわないでください！」

香織がむきぃ！　と猫のように毛を逆立てても「あらあら、うふふ」と可愛《かわい》いものを見るような眼差《まなざ》しを向けるだけのレミア。

出迎えの目的は、ハジメというより香織のようだ。どうにも、ユエといいレミアといい、香織は年上の女性に可愛がられる質《たち》らしい。

ハジメは、香織の肩をポンポンと叩《たた》いてなだめた。

「それくらいにしてやってくれ、レミア。時間に追われているんでな、悪いが直《す》ぐに工房に入る。食事はそっちで取らせてもらうよ」

「……そうですか。休息を取られていないようですし、張り詰めすぎるのも良くないと思ったのですが……今は、無理を押し通さないといけない時なのですね」

どうやら、冗談まじりの出迎えは、死にかけたにもかかわらず全く休もうとしないハジメを慮《おもんぱか》ったもので、香織をからかったのは、どこかしんみりした様子を感じとったからだったらしい。

心配そうな表情だが、レミアも必要なことだと理解しているのだろう。

「では、直ぐに食事をお持ちしますね。あ、それと王女殿下から進捗について連絡がありました。思っていたより上手《うま》くいっているとのことですよ」

そう言って、ハジメが採集に集中している間の連絡係を務めていたレミアが報告するところによると……

既に、雫《しずく》はガハルドの説得に成功。

王国でも事態の周知に成功し、王妃が裏方に回る形でリリアーナが陣頭指揮を執って、帝国軍と王国民の入れ替え的移動を始めているという。

また、要塞建設も予定より進んでいるとのこと。初動の段階で、健太郎《けんたろう》を筆頭に王国の建築関係者へ専用アーティファクトを優先的に作製・配布したのが功を奏したのだろう。

宝物庫を総ざらいし、リリアーナや王宮関係者が悲鳴を上げるのも無視して、歴史ある国宝級アーティファクトすらただの素材に変えて創っただけのことはある。

また、フェアベルゲンからも連絡があり、鈴《すず》と龍太郎《りゅうたろう》もアルフレリック達長老衆の参戦意志を受け取ったようだ。ハウリアは……言うまでもない。

樹海からも準備ができ次第、ゲートによる移動を開始するという。

「そうか……確かに、予想外に順調のようだな」

「愛子《あいこ》さんの……〝豊穣《ほうじょう》の女神〟の演説が、かなり効果的だったようですよ。ゲートで移動して、帝国やフェアベルゲンでも行ったそうですから。あと、新教皇猊下《げいか》の〝聖戦の宣言〟というのも、かなり効果があったようです」

「確か、姫さん自身が辺境から引っ張り出した爺《じい》さんだったな。神の代弁者とも言える教会のトップの言葉だ。豊穣の女神の発言力も倍増しってわけか」

リリアーナの人を見る目、土壇場での行動力や指揮能力は目を見張るものがある。

流石《さすが》は王国が誇る才媛。元より祖国に身を捧《ささ》げる覚悟を持った王女様は、足りない部分を王妃や側近達が補うなら、この危急の時にあって誰よりも指揮者として相応《ふさわ》しいらしい。

「各地に散った奴等《やつら》からの連絡は？」

「それはまだのようです。ティオさんからも連絡はない、と」

「まぁ、仕方ないか。即席のアーティファクトじゃあ限界もあるしな」

現在、一部の生徒やシモン教皇直下の騎士団、王国の使節が各地に直接赴いている。

移動方法は〝スカイボード〟。読んで字の如《ごと》く、空を飛ぶサーフボードである。空間魔法の障壁展開で空気抵抗を抑え、重力魔法によって疑似飛行をするので、普通に飛んでも時速二百キロ、魔力次第では三百キロは出る。

もちろん、魔力消費が激しいので遠方であるほど休息は必要だろうが、そろそろ各地に到着してもおかしくはない。そして、一度到着してしまえば帰りはゲートで一瞬だ。

「諸々《もろもろ》了解した。慣れないことさせて悪いな」

「そんなこと……少しでもあなたの役に立てるなら、これほど嬉《うれ》しいことはありません。恩返しという意味でも、旦那様を支える妻としても」

「いや、妻じゃないからな？」

「あらあら」

「いや、あらあら、じゃなくてだな」

「うふふ」

「いや、うん、まぁ、いいや」

無敵のほんわか笑顔で全てを包み込んでしまいそうなレミアに、ハジメが折れる。

パパはお仕事だからね？　とミュウを預かる姿からは、ミュウを想《おも》って友好的に接しているようにも、それも含めてレミア自身満更でもないと思っているようにも見える。

（まぁ、なんであれ。ミュウと縁を切るでもない限り、家族ではあるけどな）

なんて内心で独《ひと》り言《ご》ち、ハジメは名残惜しそうなミュウの頭を一撫《ひとな》でして工房へと向かったのだった。

オスカー邸の工房は広い。ちょっとした運動場くらいある。〝錬成〟を補助する仕掛けも多数あり、まさに錬成師にとっては理想的な場所だ。

そこに、宝物庫から文字通り〝素材の山〟を放出する。

「さて、どこまで倍率を増やせるか。香織《かおり》、協力を頼むぞ」

「うん、任せて」

工房の中央に水晶素材の透明な円柱が〝錬成〟された。ハジメと香織はそれを挟んで対面する。

これから行うのは、時間的余裕がないという問題を、ある程度解消するための手立て。

このために、ハジメは再生魔法を最も得意とする香織を助手に選んだのだ。

「いくぞ？　合わせろ──〝錬成〟」

「──〝刹破〟！」

真紅のスパークが走る中に、白菫《しろすみれ》の輝きが交じっていく。

──再生魔法　刹破
一定空間において時間を引き延ばす魔法だ。〝時間への干渉〟という再生魔法の根幹により近い領域の魔法であるこれは、再生魔法の中でも奥義に分類されるだろう。

本来、人の身では行使し得ない超高難度魔法である。

〝真匠《しんしょう》〟を発動するハジメのみならず、使徒のスペックと最も再生魔法に習熟した香織。ある種の逸脱者である二人だからこそ、重ね掛けなどという荒業も可能なのだ。

桁外れに洗練された生成魔法が真紅と白菫の魔力を束ね、鮮やかに水晶柱へと付与していく。

やがて、ふわりふわりと舞っていた香織の長い銀髪が、徐々にその動きを緩やかなものに変えていく。心なしか、工房全体が色褪《いろあ》せたようにも見えた。

「っ──ハジメくん」

「ＯＫだ、香織。よくやった」

混じり合っていた二人の魔力が空気に溶け込むようにして霧散していった。

香織が膝に両手をつきながら肩で息をしている。僅かな時間で、相当な魔力を消費したようだ。

「はぁはぁ、ど、どうだった？」

「成功だ。引き延ばせる時間は……およそ十倍といったところか。俺一人なら二～三倍が限界だったろうな。助かったよ、これでかなり余裕ができた」

「はぁ～～、よかったぁ」

薄紅色の淡い光を放つ水晶柱を前に、ハジメは頬を綻ばせた。称賛混じりの言葉に、香織は安堵《あんど》と共に照れたような表情になる。

「せっかくだし名前つけるか……やっぱり〝精○と時の部屋〟とか？」

「……それはやめておいた方がいい気がするよ。単純に〝アワークリスタル〟とかでいいんじゃないかな？」

「……ロマンがねぇな」

「もうっ、そんなのどうでもいいじゃない。さ、早くお仕事お仕事！　私も追加で素材取ってくるから頑張って！」

「……分かったよ」

不満気な表情でアワークリスタルを起動させるハジメ。

途端、先程と同じく僅かに工房内が色褪せる。これで、工房内限定ではあるが時間が十倍に引き伸ばされた。工房内の一時間は、外ではたったの六分だ。

と、そこでミュウとレミアが工房に入ってきた。

「パパ～！　お料理持ってきたの～」

「あら？　なんだか変な感じが……」

食事を持ってきてくれたようだ。トレイの上にはサンドイッチの類がたくさん載っている。作業中でも片手間で食べられるように配慮してくれたのだろう。

工房内の色褪せた様子に困惑するレミアへ、ハジメは少し待っていてくれと制止し、香織共々入り口付近へと退避させた。

「さて……オスカー・オルクス。あんたを超えたこと、ここに証明してやるぞ」

挑戦者の顔で笑うハジメ。

生成魔法の授与、工房に残された多くのアーティファクトに研究資料。オスカーが時を超えてハジメにもたらした恩恵は計り知れない。錬成師としての師匠と言っても過言ではないだろう。

ならば、超えなければならない。

彼等が成し遂げられなかったことを成すというなら、超えなければならない！

「――〝錬成〟ッ」

真紅の奔流が工房内を駆け抜けた。

どこまでも透き通った鮮やかな紅《あか》が、工房そのものをレッドスピネルのように染め上げる。あちこちに刻まれたオスカーの魔法陣が輝き出し、それだけでは足りぬと新たなハジメの魔法陣が刻まれていく。天井、床、壁……最終的には全ての魔法陣を内包する立体的な巨大魔法陣が完成した。

直後、素材の山脈がうごめいた。

ハジメの〝鉱物分離〟が精錬を行い素材の高品質化を成し、〝生成魔法〟が各種の魔法を付与して、〝高速錬成〟が一連の過程を刻一刻と高速化していく。

神代魔法すら内包した破格の素材が量産された。かと思えば、それらが姿を消す。魔法陣の効果により転移し、定められた場所へ移動したのだ。

ハジメは、そこでようやく自らの手で〝錬成〟を始めた。

鎧《よろい》や兜《かぶと》、剣、槍《やり》、盾といった基本装備一式は瞬く間に、次いで、弾丸や兵器の類を各種一つずつ。

完成品の出来を確かめ、問題ないと見るや、それぞれ別の魔法陣の上に安置。

そうすれば驚いたことに、素材が魔法陣を介して自動で転移し補充され、別の魔法陣の上に〝複製錬成〟によって全く同じものが複製されていく。

加えて、出来上がったアーティファクトは別の魔法陣へ転送され、そこから床に開いたゲートに沈むようにして王国へと搬出されていく。

「ハ、ハジメくん。これって……」

真紅の光とスパークが踊り続ける光景に心を奪われたみたいに見惚《みと》れていた香織、ミュウ、レミアが、ようやくハジメへ意識を向けた。

「ああ。見ての通り、工房自体をアーティファクト化した。そうだな、もう工房というよりは――兵器工廠《こうしょう》、とでもいうべきか」

さながら現代地球の工場の如く。各種素材と元となる完成品さえあれば、ハジメという創造者がいる限り、魔法陣を連動させることで〝素材の精錬〟〝部品転送〟〝複製品の製造〟〝完成品の転送〟までほぼ自動で行われる。

なるほど、兵器の大量供給に関して、道理で自信があったわけだ。

オスカーの時代にはきっと、統一規格による大量生産なんて概念はなかっただろう。現代地球人たるハジメならではの、新たな錬成分野というべきか。

おまけに時間の流れが違うものだから、王国側では現在、専用ゲートから神話級アーティファクトが凄《すさ》まじい勢いで溢《あふ》れ出しているという状況で、リリアーナ達《たち》は盛大に表情を引き攣《つ》らせていたりする。

「取り敢えず、これで放っておいても基本装備は問題ないだろう。少し休憩だ。レミア、ミュウ、待たせたな。飯をもらえるか？」

「は、はいなの！」

「あらあら……なんだか言葉が見つかりませんね」

つい先程まで、真紅の魔力の奔流と魔法陣の輝きが作り出す幾何学的な光に包まれ、指揮者のように手を振るい、あらゆるものを生み出す――まさに物語の中の魔法使いのような雰囲気だったのに……

「マジで腹が減った……」と少し情けない表情でサンドイッチに手を伸ばす姿は、どこか年相応で、レミアはなんとも言葉にならない不可思議な気持ちになりながら、せっせとハジメの世話を焼き始めるのだった。

それから、一時間ほど後。

ハジメが丸一日ぶりの食事をしっかりと取り、〝錬成〟を続けながらも、それなりに休息できたと実感した頃合い。

「さて、本格的に先生達の専用アーティファクトや対軍兵器の製造を始めようと思う。香織、追加素材の採集は頼むな？」

「任せて。でも、ハジメくん、一段落したら一度きちんと休んでね？　せっかくアワークリスタルで時間的余裕ができたんだから」

「分かってるよ。それと、ミュウとレミアも引き続き連絡係を頼む。時間の流れが違うし、工房にいると外の様子に気が付けないからな。俺も集中しているし」

「はいなの！」

「承知しました。……次はいつお食事を用意しましょうか？」

「外の時間で二時間は後でいい」

「……ほぼ一日、作業をされるのですか？」

ハジメの言葉にレミアが心配そうになり、香織が笑っていない笑顔になる。

ふいっと目を逸《そ》らしつつ弁明するハジメ。

「新専用アーティファクトには習熟の時間が必要だろう？　こればっかりは早めに送ってやらないと宝の持ち腐れになっちまう」

などと説明されれば、なるほど、初動用のアーティファクトと同じくらい急務であることは分かる。

納得はしつつも、あくまで渋々かつ心配は消えないといった様子の香織とレミアに苦笑いを浮かべて、ハジメは唐突に〝錬成〟を行った。

「この隠れ家に敵が来ないとも限らない。操った人間を送り込むなんて可能性も、なきにしもあらずだ」

十中八九、ないとは思う。エヒトはもう遊戯の内容を決めている。彼《か》の者にとって、これは戦いではないのだ。今更、ハジメ達をピンポイントで襲撃するような斬首作戦など取るわけがない。

とはいえ、万が一には備えておくべきだろう。

故に、元より構想していた新戦力のプロトタイプを今、創造する。

思い描いたイメージを虚空に投影。それに、指揮者のように手を這《は》わせながら更にイメージを固め、素材の山にスパークを走らせていく。

素材の山がうごめいた。さながら、何かが卵から孵ろうとしているかのように。

真紅の光が素材の山の隙間から剣山のように放たれ、腕が飛び出してくる。

そうして、素材の山を崩すようにして姿を見せたのは……

　全長三メートルの硬質な金属製ボディに、八本の多脚。上半身にはさながら阿修羅《あしゅら》像の如《ごと》く六本の腕。背面や蜘蛛《くも》のような胴体部分には物々しい兵器の数々。

　胸の中央に埋め込まれた紅玉が光れば、ギンッと眼《め》も光を帯びる。

「ま、またとんでもないものを……」

「ふわぁ～～っ、かっこいいの！」

「え？　ミュウ、こ、これがかっこいいの？　ママはちょっと怖いのだけど……」

　少し引いている香織《かおり》とレミアを余所《よそ》に、ミュウのお目目はキラキラ。

　ハジメは、ミュウの反応に気分良さそうにニヤリと笑い、次いで、指輪を手渡した。

「このゴーレムは鉱物をベースに魔物の素材や魔石を融合させたもので、半分くらいは魔物だ。だから、基本はその感応石で動かすが、言葉で命じて動かすこともできる。その指輪を持っている者の命令を聞くようにしてあるから」

　言ってみれば、機械と生物を融合させた生体兵器のようなもの。

　明確な自我があるわけではないので、きちんとした命令がない限り、自分で判断して動くということはない。生成魔法と変成魔法の複合技である。

　なお、発想元はユエとの初の共同戦闘の敵――サソリモドキだ。

　あちらは魔物をベースに鉱物を融合させたものだった。創造者がハジメとは逆に変成魔法の方が得意だったからだろう。

「ミュウにくれるの？」

「おう。ミュウ専用機だ。ミュウだけのゴーレムってことだな」

「ミュウだけの……せんようき……むふぅっ!!」

どうやら、ミュウは〝ロマンが分かる子〟らしい。専用機というそこはかとなく心に響くワードにテンションが上がっている。

指輪には、以前ハウリアに創った装備と同じ、魔力貯蔵機能とギミックによる起動機能が付いている他、魂魄《こんぱく》認証機能もある。〝専用〟の文字通り、ミュウ以外には動かせない。

レミアが、なんだか子供が変な生物を拾ってきてしまったのだけど、元の場所に戻してきなさいと言いたくても言えない……みたいな顔になっている。

「さて、それじゃあミュウ。警備を頼むぞ！」

「りょ〜かいしましたぁ！　なの！」

ビシッと敬礼を交わし合う二人に、思わずぷっと噴き出してしまった香織とレミアへ、ハジメは笑いかけた。

「二人も頼むな？　ちょいと集中するから、緊急でない限り外の二時間後にまた会おう」

頷《うなず》く二人と、生体ゴーレムの肩に乗って意気揚々と出ていくミュウを、ハジメは笑顔で見送る。

そして――――スッと表情を消した。

否、消えたというべきか。

天を仰ぐ。寂寥《せきりょう》と憤怒がない交ぜになった形容し難い表情。

おもむろに取り出されたのは、小さな神結晶《しんけつしょう》の欠片《かけら》数個。それから、この場に出さずにいた自分の宝物庫に保管したままの鉱石を複数。

「ユエ……」

ただ一言。最愛の名を呼ぶ声には、筆舌に尽くし難い莫大《ばくだい》な感情が乗っていた。

直後、工房の中で真紅の魔力が疾風怒濤《しっぷうどとう》の如く荒れ狂った。


一時間後（工房外時間）。

「あ～～」

かつて、ユエに大人の階段を強制的に登らされた豪勢な風呂場で、ゾンビのような声を漏らすハジメの姿があった。

自分で言った〝二時間〟を前に、なぜ風呂でくつろいでいるのか。専用アーティファクトの類も、まだ創っていないというのに。

その理由は……

「パパ～」

いつもの可愛《かわい》らしい足音を立てながらすっぽんぽんで駆けて来るミュウに、ハジメは温和な笑みを浮かべる。ぴょんと飛び込んでくるので、慌てて立ち上がり受け止めた。

「こら。危ないだろ、ミュウ」

「えへへ～、ごめんなさ～い」

一応、軽く叱るものの、ミュウはハジメに抱きつくのに忙しくあまり反省した様子は見られない。しょうがない子だと目を細めながら、ハジメはミュウが熱がらないようにゆっくりと湯船に浸《つ》かり直した。

ミュウが「ふにゅ～」と声を漏らしながら気持ちよさそうに目をトロンとさせる。

その愛らしすぎる姿に、ハジメの父性がこれでもかと刺激された。

ミュウの綺麗《きれい》なエメラルドグリーンの髪を、ゆっくりと梳《す》くようにして撫《な》でてやれば、更に蕩《とろ》けてタレミュウが誕生する。が、一転。

「って違うの！　パパ！　メッ！」

「ああ、うん、悪かったよ。心配かけて」

「パパのごめんなさいは、ミュウ、もう信用しません！」

ぷんすこと憤りをあらわにするミュウ。ハジメの膝の上に座りながらも、ビシッとちっちゃな指を突きつけてくる。

実はハジメ、つい先ほど工房内で倒れているところをレミアに発見されたばかりだ。

しかも、床には血溜《だ》まりがあって、自傷っぽい傷もたくさんある状態で。

当然、レミアはサスペンスドラマにおける死体の第一発見者ばりに悲鳴を上げたし、駆けつけたミュウは大泣きした。

慌てて香織に連絡を取り、採集から急いで帰ってきた香織の再生魔法で事なきを得たが……

正直、魔王城で生死の境をさまよったレベルで不味《まず》い状態だった。

必死に、それはもう必死に回復を試みて、ようやくハジメが目を覚まして安堵《あんど》したのも束《つか》の間《ま》、そのハジメの第一声は、

――切り札は……よし、成功だな

である。必然、香織とレミア、ミュウまで盛大に説教したのは言うまでもない。

また自らを顧みない何かをしていたのだ。それは怒るというものである。

なのに、ハジメは「悪い悪い。もう大丈夫だから」と軽く返し、香織に魔力を分けてもらったのを良いことに、そのまま作業に入ろうとした。

もちろん、揃《そろ》って怒髪天を衝《つ》く勢いで爆発。

三人で組み付くようにして工房から引きずり出し、「取《と》り敢《あ》えず湯舟にでも浸かって、一度しっかり休みなさい！」と、この風呂場に放り込んだのである。

工房だと、きっとなんだかんだで休まないと思って。

「ミュウは〝かんし〟なの。お風呂場でお仕事はさせないの！」

「いや、流石《さすが》にそんな非効率的なことはしねぇよ」

本心からそう言うが、ミュウの目は大変疑わしそう。どうやらハジメパパは、娘の信用を割と本気で失ったようである。

「工房でもパパを見てるので」

「マジか……」

風呂の縁にもたれかかり、思わず天を仰ぐハジメ。

無茶をしたつもりはない。ただ、すべきことをしただけ。だがその結果、死にかけて救われていたのでは世話がないので反論できない。

けれど、止まるつもりもない。

なんだってするし、どんな手も打つ。僅かな妥協も許しはしない。

この最後の戦いに、南雲《なぐも》ハジメの全身全霊を費やす。

全ては、最愛を取り戻すために。

けれど、そんな心情をミュウに話して説得するというのはどうなのか……

なんて思っていると、なぜかミュウがじっとハジメを見つめていて、かと思えば一転、

「パパ、ユエお姉ちゃんが帰ってきたら、今度はみんなでお風呂に入るの！　お風呂で遊べるものをい～っぱい作ってほしいの！」

大袈裟《おおげさ》なくらい元気に、湯舟をパシャパシャしながらおねだりをしてきた。

「ミュウはなんにもできないけど……楽しいことをいっぱい考えることはできるの！　だから、ユエお姉ちゃんが帰ってきたら、たっくさん遊ぶの！」

「ミュウ……」

なぜ、突然そんなことを言い出したのか、分からないハジメではない。

何が心情を話すのはどうなのか……だ。こんな幼子に全部見通されているではないか。

自分は無力だと、役に立てないと言いながら、〝自分にできること〟を模索するミュウの、なんと強いことか。

何もできないなら、せめて、できる人達《たち》が元気でいられますようにと、まず自分が元気を振りまく。夢想を語り、未来で実現すると、実現してくれると欠片の淀《よど》みもない信頼を寄せる。

ニコニコと満面の笑みを見せるミュウに、ハジメは改めて「参った」と優しい笑みを浮かべずにはいられなかった。

「……そうだな。たくさん遊ぼう。ユエが大はしゃぎするくらい、楽しいことを考えておいてくれ。俺も、面白いおもちゃを考えておく」

「……んっ」

茶目っ気を出して、ユエを真似《まね》た返事をするミュウ。

それが可笑《おか》しくて、可愛らしくて、ハジメはミュウの頭をこれでもかと撫で撫でする。

少しだけ、理性で胸の奥に押し込んだ寂寥が和らいだ気がして、ハジメは今度こそ本当の意味で体から力を抜いたのだった。

と、そこへ、

「あらあら、随分と楽しそうですね？　私達もご一緒させてくださいな」

「ハ、ハジメくん。お、お邪魔します」

「まぁ、ミュウが来た時点で予想はしてた」

小さなタオルで申し訳程度に体を隠しただけのレミアと香織が、湯けむりの向こう側から姿を現した。二人して恥じらいに頬を染めている。

香織は使徒ボディであって自分の体ではないのだが、やはりそこは関係ないらしい。いそいそと隣に入ってくるが、その肢体は芸術的すぎて嫌らしい感じはしない。美術品を見ているような感覚だ。

むしろ、いろいろ不味いのはレミアの方だった。なんというか色気が凄《すご》い。豊満で艶《なま》めかしい肢体、湯舟に足の先を浸けるや否や「ん……」と喘《あえ》ぐような声を漏らす様は、いっそ蠱惑的《こわくてき》ですらあった。

これがハジメ以外の男なら、理性を全力でぶん投げていただろう。もちろん、そんな相手とレミアが入浴を共にすること自体、あり得ないわけではあるが。

「先に出るぞ？」

ユエがいない時に何してくれてんだとジト目になりつつ、まだ入って五分も経《た》っていないのに出ようとするハジメ。

それを、レミアが憂慮と慈愛の色が感じられる眼差《まなざ》しで制止する。

「ご迷惑なら直《す》ぐに出ます。けれど、休息を取るにしても、今は一人でいるべきではないと思うのです。一人になって落ち着くと、いろいろ思い出してしまうのではありませんか？　心の痛みは、意志や体の強さに関係ありませんから」

「……」

今まさに、寂寥を覚えてミュウに励まされたところ。そもそも、一人になった途端、ユエを想《おも》って無茶をし倒れたところだ。やはり反論の余地がない。

「こういう時は誰かといるべきだよ。私の時は雫《しずく》ちゃんがいてくれたし……ユエの代わりにはなれないけれど、少しでも支えになりたい。それができないと、ユエが帰って来たとき馬鹿にされちゃうよ」

くすりと笑いながら、柔和な表情でただ傍《そば》にいると伝える香織《かおり》。

経験からくる言葉は重い。ハジメがいなくなった日々の中で、それでも折れずにいられたのは親友《雫》がずっと傍で寄り添っていてくれたからだ。だから、〝自分も〟と、そんな想いが自然と伝わる。

ハジメには、そんな二人の、否、ミュウも含めて三人の心遣いを無下にすることはできなかった。自嘲か、彼女達の強さにか、自然と苦笑いが浮かぶ。

「……ありがとな。しゃんとしねぇと俺の方こそあいつに馬鹿にされちまうな」

「ユエに限って、それはないと思うけどなぁ」

「うふふ。ユエさんは、ハジメさんに夢中ですものね」

三人でハジメにべったりのユエを思い出し、くすくすと笑い合う。

「んみゅ……」

「お？　ミュウがおネムだ」

ハジメの胸元に身を預けていたミュウの目蓋が、今にも落ちそうになっていた。無理もない。ミュウとて怒濤《どとう》の展開から一睡もしていないのだ。むしろ、今までよく持った方である。

「寝入っちまう前に、体を洗ってさっさと出ようか」

入浴時間はそれほどでもないのに、ハジメの体は軽かった。改めて一度、アワークリスタルの中で仮眠を取る必要はあるだろうが、ミュウ達のおかげで心のリフレッシュはできたようである。

レミアがにこやかに頷《うなず》き、そしてふと気が付く。香織が何やらそわそわしていることに。洗い場とハジメを交互に忙《せわ》しなく見ている。レミアさん、ピンッと来た。

「ではハジメさん、ミュウをお願いしますね？　私はハジメさんの前をお流ししますから」

「いや、背中なんて別に……今、前って言わなかったか？」

微妙に定番の言葉と違うことに気が付いて半眼になるハジメに、レミアがほわほわな笑顔で小首を傾《かし》げる。

「はい、きっと背中は香織さんが流したいだろうと思ったので。ね？　香織さん？」

「ちょっ、レミアさん!?　何を言い出すの!?　ま、前って、そんな……ダ、ダメだよ！」

「あらあら、では、香織さんが前をお願いしますね？」

「わ、私!?　私が、ハジメくんの前を、前を……」

香織の視線が、ミュウの陰になって見えないハジメの一部に吸い寄せられる。そして、爆発でもしたように顔を真っ赤に染め上げた。

「アホかお前等《ら》。させるわけないだろうが」

「けれどハジメさん、今回も香織さんのおかげで助かったのですよ？　採集も本当に一生懸命にされていて……少しは報いてあげてほしいと思ってしまうのです」

「レミアさん……私のことを想って……」

「まぁ、それを言われると弱いんだが……だからって前を洗わせることが報いることって、俺はどこのティオだよ。じゃなくて変態だよ」

「十分なご褒美になると思いますが……」

レミアが香織を見る。香織は全力で視線を逸《そ》らしていた。

ご褒美になるらしい。とても雄弁な態度だった。

「香織、お前……変わっちまったな」

「やめてっ、悲しい目で私を見ないで！」

ぶくぶくと湯舟に顔を埋《うず》める香織。ハジメは呆《あき》れた眼差しを向けつつ、ミュウを抱っこしてさっさと洗い場へ退散した。その背後で、

「香織さん、ミュウから聞いていますよ。香織お姉ちゃんは突撃系乙女なのって」

「ミュウちゃんが!?」

「今、ハジメさんの前に突撃しなくていつするのですか？」

「そ、それは……いやいやっ、今である必要性は皆無ですよね!?」

「分かりました。では、こうしましょう。三人で前を」

「一緒なら怖くない……って違います！　というか今、三人て！　ミュウちゃんに何をさせる気ですか!?　レミアさんのえっち！」

「あらあら、うふふ」

「またそうやって笑顔で誤魔化す！　レミアさんの悪いところです！」

ハジメは思った。香織……不憫《ふびん》な、と。何が残念かと言えば、香織の雰囲気が揶揄《からか》われて怒りながらもどこか楽しげな点。

まったくもって、ユエに悪戯《いたずら》やら意地悪やらされている時と同じ雰囲気である。

召喚される前では考えられない。すっかりユエに調教されてしまっている……とは、きっと言ってはいけないのだろう。香織の寂寥《せきりょう》も紛れてはいるのだろうが……

「ユエが戻ってきたら……香織の不憫度は二倍、か」

「んみゅ～？」

寝ぼけ眼なミュウの髪を丁寧に洗いつつ、お前のママ、年下弄《いじ》って楽しそうだぞ……と内心で呟《つぶや》き、ハジメはなんとも言えない表情になるのだった。


それから更に一日が経った頃。

「ハジメさん！　ただいまですぅ！」

ズバンッと工房の扉を叩き壊すような勢いで、シアが飛び込んできた。

ハジメのお使いで、かつて攻略した【ライセン大迷宮】の主――ミレディ・ライセンに会いに行っていたのだが、ぴょんぴょん元気に跳ねている様子を見るに、どうやら無事に役目を果たしたようである。

シアは、ハジメに義手が戻っているのを目にして盛大にウサミミをパタパタ！　と、言葉より分かりやすい歓喜を示した。

そんなシアに、ハジメも頬を緩める。

「お帰り、シア。上手《うま》くミレディと再会できたようだな？」

「はいです！　どうやら私より前に使徒の訪問を受けてたみたいなんですけど……」

「は？　マジか。大丈夫だったのか？」

「はい。普通にスクラップにしてましたよ。最奥の部屋も自分も無傷のまま。あの人、試練とか抜きに殺意ありありで戦ったら、とんでもないですよ」

「……流石《さすが》は解放者ってことか」

「ですね。ただ、生憎《あいにく》とミレディさんは、あの領域からそう簡単には出られないらしく、直接連れてくることはできませんでした。けど、決戦の時にはゴーレム騎士団を連れて出陣してくれるそうです」

そう言うシアの目は、どこか遠い。

ミレディとのやり取りを思い出しているのだろうが、あのウザさを具現化したような解放者を相手に、しんみりするようなことがあるだろうか？　とハジメは首を傾げる。

それに気が付いたシアは微苦笑を浮かべた。

「宿願が叶《かな》うかもしれないわけですから。嬉《うれ》しそうというか……すみません。決戦を伝えた時のあの人の雰囲気は、私の言葉ではちょっと表現しきれないです」

「……そうか。いや、きっと誰もできないだろうな」

ミレディ・ライセン。解放者のリーダー。

仲間は既に旅立って、ただ一人、ゴーレムに魂を移して存在し続けた。何千年も、あるいは何万年も、深い深い地の底で。

笑っても泣いても、この決戦が彼女の終着点。

その想いを、現代の人間が言葉にすることなど、きっと不可能に違いない。

「まぁ、直ぐにめちゃくちゃウザったくなったんですけどね！」

――分かるぅ分かるぅ！　この天才美少女魔法使いなミレディちゃんの力を借りにきたんだよね？　困るわぁ、何千年経っても皆に頼られて、ミレディさん困っちゃうわぁ！　でもいいよ！　助けてあ・げ・るぅ！　ほらほら感謝して！　ミレディちゃん大好き！っ て声高に叫んで！　ほらほらぁっ
頭の中に、鮮明にリピートされるミレディちゃんの声。

「でも大丈夫です。かかと落としで叩《たた》き伏せた後に『お願いします、ミレディさんに協力させてくだしぃ』って言わせましたからね！」

「そ、そうか」

「はい！　取《と》り敢《あ》えず、決戦の日まで力を温存するそうなので、代わりに使えそうなものをぶん取ってきました！」

背負った荷物袋をバンバンッと叩き、実に良い笑顔を見せる若干黒いシア。

きっと、以前ハジメがそうしたように強盗紛《まが》いのやり方で出させたに違いない。

天才美少女魔法使いミレディちゃんの泣き崩れている光景が幻視できる。

「ハジメさんの方はどうですか？　レミアさんに聞きましたが、工房内は時間の流れが違ってて、もう十日くらい作業しているそうですね？」

荷物を取り出しながら、シアは今この瞬間も量産されては転送されていくアーティファクトの数々を見やり、感嘆にウサミミをみょんみょんさせた。

「ちゃんと仮眠も飯も取ってるし体調は良い。アーティファクト配備も順調だ。それより貰《もら》ってきたものってのは？」

「まずこれです」

工房の片隅にある椅子に腰掛け居住まいを正したシアが、白いビー玉のようなものをテーブルの上に置いた。

「対神言用アーティファクト〝はぁ？　ちょっと何言ってんのか分からないんですけどぉ？〟です」

「ちょっと何言ってんのか分からないんだが」

正確には分かりたくない、だ。ミレディはネーミングセンスもウザったいらしい。エヒト限定かもしれないが。

もっとも、流石はオスカー製というべきか。能力は本物だった。

ちょっと嫌そうな顔で受け取りつつも解析したハジメが、思わず感嘆の声を上げる。

「へぇ、なるほどな。ノイズ発生器みたいなもんか」

シアがウサ？　とウサミミを傾げる。

「そもそも神言ってのは魂魄《こんぱく》魔法の奥義みたいなもんなんだ。魂に直接術者の意志を刷り込んで、無意識レベルで従わせる魔法――言い換えれば、即効性のある強力無比な暗示だ。詠唱に名を入れていたのは、命令者の存在を認識させた方が効果的だからだろう」

「なるほど……だから、名前が長くなった途端に威力も増したんですね」

「いわゆる〝真名〟って奴《やつ》だろうな。で、この……この……くそっ、ウザってぇ名前つけやがって！　呼び難《にく》いだろうがっ」

「もう、勝手に名前つけちゃいましょうよ」

現場にいなくてもウザさを撒《ま》き散らすミレディちゃん、大変ウザい。

「んんっ。取り合えず〝魂殻《こんかく》〟と呼ぶが、これは魂に直接意思を伝える〝心導〟の魔法をぶつけることで、神言が魂に届く前に掻《か》き乱す効果があるんだよ」

「ああ、それで結果的にただの雑音になるからノイズ発生器なわけですか」

「おう。アーティファクト自体を奪われるって点も既に対応済みだからな。これでエヒト対策はより完璧に近づいたよ。お手柄だな、シア」

「えへへ～、お役に立てたならよかったです」

ハジメの嬉しそうな笑顔に、シアもまた嬉しそうにウサミミをパタパタさせる。

お手柄なのは、〝魂殻〟を譲ってくれたミレディなのだが、なんとなく奴に感謝するのは癪《しゃく》なのでシアを褒めるハジメ。シアも同じ気持ちなので、素直に喜ぶ。

「あと、これもです」

「短剣か？　随分と力を感じるな。いったい……マジか」

続いて荷物袋から取り出されたのは、黒塗りの鞘《さや》に納められた刃渡り二十センチ程の短剣だった。抜剣すれば透き通った蒼穹《そうきゅう》色の剣身が目に飛び込んでくる。まるで蒼玉石《ブルーサファイア》を彷彿《ほうふつ》とさせる美しい短剣だった。

だが、間違っても聖剣の類でないことは、猛獣が咆哮《ほうこう》を上げているかのような、いっそ狂的ですらある重苦しいオーラから明らかだった。

間違いなく、それは概念魔法が放つプレッシャー。

「〝神越の短剣〟と言うそうです。込められているのは概念――〝神殺し〟」

「リューティリスが口にしていた解放者が創ったっていう三つの概念魔法の一つか。ミレディの奴が持っていたとはな。チッ、さっさと渡しておけばいいものを」

「私がそう言ったら――『え～？　神殺しなんて面倒なことしないんじゃなかったのぉ？　そんな人に渡せるわけないでしょう？　ほらほら、欲しいなら頭を下げて！　地面に手と額をつけて、前はミレディちゃんのお部屋を爆破してすみませんでした！　許してください！って謝って！　そしたら考えてあげないこともないけど？　ププッ』と笑われまして……」

「そうか……」

「はい。でも大丈夫です。ハジメさん直伝ラリアットで地に沈めた後、前に爆破した場所をもう一度粉砕してやりました。奴め、修繕ついでに防御力を上げたようですが、ククッ、私の拳の前には紙屑《かみくず》も同然でしたよ。最後は半泣きになって謝ってきましたからね！　こう、両手と額を地面につけてね！　大変良い光景でした、クックックック」

「そ、そうか……」

シアがやっぱり黒い。黒シア降臨だ。

ハジメは思った。金輪際、ミレディにシアを近づけてはいけない、と。天真爛漫《てんしんらんまん》ウサギが泣く子も黙るヤクザウサギみたいなあくどい顔をしているのは、あんまり見たくない。

「ちなみに、〝界越の矢〟という神域への道を開くアーティファクトもあったそうなんですけど、先の解放者達《たち》の敗戦時に失われてしまったようです」

一応、劣化版ならいくつかあるらしく、そのうちの一本も貰ってきたようだ。

もちろん、それだけで【神域】への道を開くほどの力はないが、劣化版クリスタルキー以外にも、もう一手欲しいと考えていたハジメからすれば実に嬉しいプレゼントだった。

「あ、それとですね、これは注意事項なんですが……ミレディさん達はエヒトと戦う前に民衆に追われてしまったので、〝神殺し〟にどこまで効果があるかは分からないそうです。ただ、その短剣はユエさんの魂を傷つけることだけはないので、上手く使えとのことでした」

「そいつはいいな。俺が用意した切り札もあるが、手札は多いに越したことはない。この短剣がユエに作用しないなら文句なんかないさ」

そう言ってハジメが短剣を鞘に納めていると、不意にシアが、〝憧れた伝説の竜人がド変態だった〟と嫌な現実を突きつけられた以前のユエみたいな表情を浮かべた。

「なんでも、その〝神殺し〟の概念、中々切り札ができないことに業を煮やした解放者さん達が、全員でやけ酒しまくった果てにできたものらしいですよ？　なんかベロベロに酔った状態でエヒトに対する罵詈《ばり》雑言《ぞうごん》大会をしていたら、よく朝、目が覚めた時にできちゃってたとか」

「なんだ、その一夜の過ちみたいな裏話」

「建前とか理性とか使命とか、そういう雑念（？）が一切含まれていない、〝エヒト死ねクソ野郎〟って気持ちだけでできているから他には影響がないそうです」

「すっげぇ信憑性《しんぴょうせい》だな。まぁ、気持ちは分かるけど。ミレディは果てしなくウザいが、ユエを取り戻したら礼の一つでも言わなきゃな」

「ですねぇ。実際その時が来たらアイアンクローしない自信がないですが」

二人して、〝テヘペロ♪〟しているミレディを思い浮かべて苦笑い。

報告も終わり、ハジメは満足そうに譲渡品を宝物庫にしまいつつ、入れ替わりで別の宝物庫を召喚した。

「ほれ、お前の宝物庫だ。新装備が多々入ってるから、しっかり確認しておいてくれ。相棒も新調しといたぞ」

「やっふぅーーっ。待ち焦がれてましたぁっ」

ウサミミをピーンッと立てて、シアは即座に召喚した。

新生の相棒――〝ヴィレドリュッケン〟を。

「はうぅうう～、これですぅ～。やっぱり、この固くて冷たい感触がないとダメですぅ。これで敵をグシャッとするのが堪《たま》らないんですよねぇ～」

「怖ぇよ」

戦槌《せんつい》に頬擦りするシアは、ちょっと美少女がしてはいけない系のニマニマ顔だ。

と、その時、

「あ～！　シアお姉ちゃんが帰ってきてるの！　お帰りなさい！」

ミュウが工房の入り口から顔を覗《のぞ》かせた。シアも嬉しそうに振り返り、

「ミュウちゃん！　ただいま……です？」

固まった。ガションガションッと足音を立てる異様なゴーレムと、その肩に腰掛けているミュウを見て。

「えっと、ミュウちゃん、そのゴーレムらしき怪物はいったい……」

「パパに貰ったの！　この子が〝べるちゃん〟で、こっちが〝さーちゃん〟。それから〝あーちゃん〟に〝るーちゃん〟、〝まーちゃん〟と〝れびちゃん〟と〝ばるちゃん〟なの！」

「なんかいっぱいいますぅ!?」

一体だけかと思ったら、ぞろぞろぞろうぞうぞと工房に入ってくる生体ゴーレム集団に、シアがちょっと身構える。それくらい、こうなんだかウサミミにぞわっとくる存在感が放たれていたのだ。

「ミュウとレミアの護衛用に一体だけ創ったんだが、予想外に性能が良くてな。いや、本当に予想外というか、理解不能というか……」

「それなんか不味《まず》くないですか!?」

なお、正式名称は順に〝べるふぇごーる〟〝さたん〟〝あすもでうす〟〝るしふぁー〟〝まもん〟〝れゔぃあたん〟〝ばあるぜぶぶ〟らしい。いずれも、特に悩むこともなくミュウが速攻で名付けた。四歳の女の子のネーミングセンスではないし、某大悪魔達の名と被《かぶ》っているのは偶然だと思いたいが……

「ミュウ、なんでそんな名前を付けたのか、もう一度聞いてもいいか？」

「みゅ？　おかしなパパなの。べるちゃんはべるちゃんだし、さーちゃんはさーちゃんなの。他の皆もそうなの。それ以上でもそれ以下でもないの」

「あ、はい」

「やっぱり不味くないですか!?」

名前の由来が分からない！　ミュウはなぜそんな名前を付けたのか。一度、ミュウがおかしなものに憑《つ》かれていないか真剣に調べるべきかもしれないのだが……

「みんな〜、シアお姉ちゃんにご挨拶して！　なの！」

「ひぃっ」

シアから悲鳴が上がる。

生体ゴーレム達がそれぞれ、キレッキレの香ばしいポーズを取ったがために。背後に噴き上がる七色の煙幕が幻視できるし、「大☆罪☆戦☆隊☆デモンレンジャーッ!!」という威勢のよい掛け声が幻聴のように響いている……気がしないでもない。

「ハジメさんハジメさん、あの完璧なポージングはなんですか？　ミュウちゃんが指示したようには見えませんでしたし、何かの機能ですか？」

「困ったことに、あんな機能を付けた覚えはない。あと、ミュウの技量で七体全部に違うポーズを同時に取らせるとか無理だと思う」

「絶対に不味いですよ！　あのゴーレム！」

指を差して、確信と共に訴えるシア。ウサミミの毛がぞわぞわしていらっしゃる。

「まぁ、俺もそう思ったんだけどな？　どこかで失敗して、魔物の面が強くでちゃってんのかと思って」

けどな？　見てくれよ……と、ハジメが視線で促す。見れば、

「みんな良い子なの！　とってもかっこよかったの！」

と、手放しで称賛するミュウを前に、生体ゴーレム達は明らかに照れていた。従順なワンコみたいに、尻尾をぶんぶんと振っている光景が重なって見える。

「ミュウにめちゃくちゃ懐いているし、不具合がないどころか、むしろ想定よりずっと性能もいいんだよ。廃棄するのもどうかな、と」

「エヒト側のやばいのが憑依《ひょうい》してる可能性もあるんじゃありません？」

「そう思って、目の前で散々にエヒトを罵倒してみた。あと、魔王城の映像使って、踏み絵ならぬ踏み映像もしてみた」

結果、罵倒には特に反応せず、踏み映像の中のエヒトやアルヴを踏ませてみたら、もうめっちゃくちゃに踏みまくった。映像の奥にミュウが見えたせいだろうか？　それはもうハジメが引くくらい踏んでいた。

エヒトはユエに憑依した状態なので、傍《はた》から見るとユエを親の仇《かたき》みたいに踏まれている光景であるから、もの凄《すご》く微妙な顔になってしまった。

「ああ～、それなら少なくともエヒト側の存在じゃありませんね。絶対に」

「奴の臣下なら映像でも踏めるわけないからな。まぁ、おそらくだが従魔としての面が強く出ているんだろう」

なお、そう思って次の生体ゴーレムを創ってみたら、また同じ感じになり、「あれ？　おかしいな……」とまた一体創ってはやっぱりおかしくて……

というのを七体まで続けた結果がこれである。一応、八体目からは想定通りの生体ゴーレムになったのだが、なんだか釈然としないハジメだった。

「あ、そうだったの、パパ！　香織《かおり》お姉ちゃん達が帰ったのって伝えに来たんだった！」

「お、そうか、ありがとよ」

「みゅ！　でもね、なんだか様子が少しおかしかったの。特に鈴《すず》お姉ちゃんが」

実は、鈴と龍太郎《りゅうたろう》は【フェアベルゲン】での役目を果たし、半日ほど前にここへ到着していた。

現在は、香織の素材採集の傍らで護衛をされながら、奈落の魔物を従えたり、戦闘経験を積んだりと変成魔法の習熟に勤《いそ》しんでいるところだった。

様子がおかしいということは、もしかすると奈落の魔物が強すぎて、従魔を思うように増やせなかったのかもしれない。

そんなことをシアに説明しながらオスカー邸を出て、迷宮へと続く隠れ家自体の門の所へ向かう。すると、

「シア！　お帰りなさい！　その様子だと、いろいろ成果があったみたいだね？」

「香織さん、ただいまです！」

半開き状態の門の付近にいた香織が喜色を浮かべて駆け寄ってきた。

鈴と龍太郎はその場を動かず手を振っている。なぜか、近づいてこない。というより、門から離れたくない……というようにも見える。

「鈴さん達はお疲れ様です。父様達――ハウリア族やフェアベルゲンの人達はどうでしたか？」

仕方なくハジメ達の方から近づいていくと、微妙に鈴の目が泳いでいて、龍太郎が「覚悟決めろよ」みたいな呆《あき》れ顔《がお》を見せているのが分かった。

「ええっと、問題なかったよ、シアシア。フェアベルゲンの人達は元々信仰とは無縁だし、世界の命運が懸かってるって理解すれば行動は早かったよ」

「だな。戦いに不安はあるみたいだったけどよ、もれなく南雲《なぐも》のアーティファクトが付いてくるって言えば気勢を上げてたぜ。ハウリア族は……まぁ、問題なかった、ぞ？」

「……何故《なぜ》、疑問形なんですか？」

シアが胡乱《うろん》な眼差《まなざ》しを龍太郎に向ける。その眼差しに「うっ」と怯《ひる》んだ様子を見せた龍太郎は、しばらく視線を彷徨《さまよ》わせた後、あまり思い出したくなさそうに口を開いた。

「いや、本当に問題はなかったんだよ。ただ……その……いきなり号泣し始めたからドン引きしただけで……」

「はい？　号泣？　父様が、ですか？」

「ううん、シアシア。ハウリア族全員だよ。その後はシュプレヒコールの嵐だったよ。『ボス万歳！』とか『ようやく、お側《そば》で戦うことが！』とか『殺せ！　殺せ！　殺せ！』とか連呼してた。声量だけで樹海の濃霧が少し吹き飛んだんだ。普通に怖かったよ」

「……」

「ハー○マン軍曹方式はやべぇって心底理解したぜ。眼《め》なんか全員血走っててな、殺気がすげぇんだ。木の上にいた猿みたいな生き物がポトリと落ちて……見たら白目剝《む》いて死んでやがった。殺気だけで心臓止まったんだろうな、あれ」

「……なんか、うちの家族がすみません」

鈴と龍太郎は、説明しながらも顔を青褪《あおざ》めさせガクブルと震えている。余程、常軌を逸した恐ろしい光景だったのだろう。

正直な話、二人にはエヒトを信仰する狂信者と、ハジメを敬愛するハウリア族が同じに見えて仕方なかった。内心、「やっぱり魔王……いや、むしろ魔神？」と思ったのは内緒だ。

もっとも、無理からぬことではあるのだ。

ハウリア族にとって、ハジメの戦場に参戦することは最高の誉れ。ましてて、それが敬愛するボスからの〝力を貸せ〟という要請に基づくものとあれば、それだけで昇天してもおかしくない狂喜乱舞の事態なのだ。

「今頃、ヒャッハーしてるんでしょうね。……他国の方に迷惑をかけていなければいいんですが……」

「そうなったら、アルフレリック長老の胃に穴が開くんじゃないか？」

「あ、シアシア、南雲くん。アルフレリックさん、既に大量の胃薬飲んでたよ」

「「……」」

シアのウサミミはペタリと折りたたまれた。ハジメは全力で明後日《あさって》の方向へ視線を逸《そ》らした。きっと、アルフレリックの胃痛は、孫娘の奇行も原因に含まれているに違いない。何せ、シアに構ってもらえない鬱憤を父親のカムで晴らそうと、日々ハウリア族の里へ飛び込んでいるというのだから、彼の心労は推して知るべし。

その原因の大本が自分達《たち》であると自覚しているハジメとシアは、一瞬の目配せの後、阿《あ》吽《うん》の呼吸で話題の転換を図った。

「それで、谷口《たにぐち》！　良い魔物は従えられたか！」

「ミュウちゃんが言ってましたよ！　なんだか様子がおかしいって！」

「うっ」

バツが悪そうに言葉に詰まり、今度は鈴の方が視線を逸らした。

仕方なく、龍太郎の方にも視線で問うと、

「俺は全くダメだった！　従魔とか俺には向いてねぇわ！」

参った参った！　と快活に笑う龍太郎。

取《と》り敢《あ》えず、ハジメは新ドンナーのゴム弾で龍太郎の額を吹っ飛ばした。額を押さえながら床をのたうち回る龍太郎に、ハジメの冷たい視線が突き刺さる。

そこへ慌てたように香織がストップをかけた。

「ま、待って、待って！　成果がなかったわけじゃないんだよ！　鈴ちゃんはちゃんと従魔を確保できたし、龍太郎くんも別の方向で変成魔法を使えるようになったの！」

「ふん？　そうなのか？　なら堂々と報告すればいいじゃねぇか」

躊躇《ためら》いのない発砲に冷や汗を噴き出している鈴が、視線を受けてビクッとなる。

「う、うん。一応ね、かなりの戦力を集められたと思うよ？　思うんだけど……」

「？　何が問題なんだ？」

「え～と、取り敢えず、強力な酸を吐く大きな――ムカデ」

「あぁ、あれか。上層にも似たのがいるんだが、〝体節を外して飛ばす能力〟に〝体節から酸を飛ばす能力〟が付加されてんだよな。ちょっとビビったのを覚えてるよ」

「う、うん。それから、爆発する針を銃弾みたいに連射する大きな――ハチ」

「あれかぁ。針っていうより小型のミサイルだよな。迎撃した瞬間、爆炎に呑《の》み込まれて驚いたのを覚えてるよ」

「あと、モグラみたいに地面の中を泳ぐ――アリ」

「まぁ、奇襲力あるよな」

「腕が六本あって鎌鼬《かまいたち》を飛ばす――カマキリ」

「……他は？」

「……蜘蛛とか蝶《ちょう》とか」

「……なんで虫ばっかかなんだ？」

見事なラインナップに、ハジメが奇妙なものを見るような目で鈴を見た。

途端、両手で顔を覆って、わっと泣き出す鈴。

「知らないよっ。変成魔法の通用する魔物が、なんでか虫系ばっかりなんだもん！　樹海の時はもふもふだってちゃんとできたのにっ。オルクスおかしいよ！」

どうやら本意ではないらしい。苦肉の策としてたくさんの虫を従えてきたようだ。崩れ落ちながらさめざめと泣く鈴の姿は中々に哀れを誘う。

確かに、絵面的にはドン引きの光景だろう。

しかし、奈落の、それも下層の魔物なので、地上の魔物と比べれば遥《はる》かに強力ではある。使徒はともかく、フリードの時間をかけて進化させた魔物達や恵里《えり》の屍獣《しじゅうへい》兵を相手にするくらいなら十分に頼もしい戦力となるに違いない。

「まぁ、ほら、向こうも嫌悪感で隙を晒《さら》してくれるかもしれないし、な？」

珍しくも、本当に珍しくもハジメがフォローを入れた。

その事実がかえって鈴の心のやわっこい部分を傷つける。無意味に、床に〝のの字〟を書き始めてしまう。

「敵にドン引きされながら戦えと？　鈴の相手は恵里だよ？　対話がしたいのに、まずドン引きさせるの？　ぐすっ、きっと虫女とか思われるんだ……うわっ、キモッとか言われちゃうんだ……」

「で、でもでも、鈴ちゃん！　ほら、あの子がいるじゃない！　もふもふだよ！」

あまりに哀れだったせいか香織が必死に励まそうとするが、どうやら不都合なワードが混じっていたらしい。ガバッと起き上がった鈴は大慌て。

「ちょっ、カオリン！　それは内緒だって！」

「あ？　内緒？　おい、谷口、どういうことだ？」

「ひぃっ」

一瞬、戦々恐々とした様子で自分をチラ見したことを見逃さなかったハジメが、胡乱な眼差しで問いただす。なぜか、鈴は半開きの門までズザザッと後退《あとずさ》った。そのまま、何かを庇《かば》うように門を背にする。

ハジメの目がスッと細められた。その視線が、言葉より雄弁に「ガタガタ騒いでないで、キリキリ吐けや、おら」と訴えていた。

うっと声を詰まらせて視線を回遊魚より激しく泳がせる鈴と、どうしたものかと困った表情になる香織。と、その時、

「みゅ？　なぁに、べるちゃん。え？　門の向こうに何かいるの？　強い子？」

なんかミュウがしゃべり出した。〝べるちゃん〟と。

「馬鹿な……」

と思う。だけでなく声に出てしまった。ハジメは咳払《せきばら》いを一つしてミュウに尋ねた。

「？　ミュウ、その……なんだ。べるちゃんはしゃべらないと思うんだが……」

「？　しゃべらないなんておかしいの。みんな普通におしゃべりするし、自分で動くの。パパ、いったいどうしたの？」

「あれ？　俺がおかしいのか？　な、なぁ、シア、香織。谷口か坂上《さかがみ》でもいい。俺って疲

れてるように見えるか？」

　全員が一斉に首を振った。こめかみをぐりぐりせずにはいられないハジメさん。

「ちなみに、今はなんて言ってる？」

「ええっと、さーちゃんが『奴《やつ》め、心地好い覇気を飛ばしおる』って。それからあーちゃんが『強者《つわもの》と見れば挑戦を望む。その心意気は大変結構。しかし、場を弁《わきま》えないのは愚かの一言です。姫の御前での不敬、代償は高くつくと知りなさい！』って言ってるの」

「なげぇなっ」

「あ、あと、るーちゃんがパパに『細けぇことは気にせず、ラブ&ピースッスよ、マスター』って言ってるの」

「チャラいな！」

　どうしよう。本格的に〝中身〟が分からない。錬成過程で間違って魂魄《こんぱく》魔法でも付与してしまったのだろうか？　それで浮遊霊の類でも入ってしまったとか？　いや、まさかそんな失敗するわけが……

　あまりに多いツッコミどころと、ミュウの「パパはいったい何がそんなに疑問なんだろう？」と言わんばかりの不思議そうな眼差しに、ハジメは遂《つい》に頭を抱えた。

　ただ、波乱万丈の人生を僅か四歳で送っているミュウは悪意に敏感で、にもかかわらず彼等《ら》を忌避していない点、やはり悪いものではないのだろうが……

　ミュウのことを姫とか呼んでるっぽいし……

とハジメが悩んでいる間に、

「パパ！　ウサギさんがいるの！」

いつの間にか、ひょっこり門外を覗《のぞ》き込んでいたミュウが喜色を浮かべて振り返った。

両手を頭の上にやってぴょんぴょんとウサギアピールをしている。

「うん？　確かにウサギならここにいるが」

シアを見れば、シアも自前のウサミミと両手でぴょんぴょん！

「違うの！　白くてもふもふしたウサギさんなの！」

「まぁ、分かってるよ。そこに何かいんのは」

溜息《ためいき》を一つ。ハジメは、いい加減に観念しろと鈴《すず》を睨《にら》んだ。

いやいやっとお下げを揺らす鈴を見て、代わりに香織《かおり》が何やら弁明を始めた。

「あ、あのね、ハジメくん。あの子は、その……悪い子じゃないっていうか、ちょっと特殊な子なの。ハジメくんに憧れているっていうか……」

「は？　俺に憧れている？」

諦めたらそこでもふもふが逝っちゃう！　と鈴も必死に追加のアピール。

「そう！　そうなんだよ！　ある意味、南雲くんが原因でもあるわけだから、見た瞬間に撃ち殺すとかだけはやめてね！　絶対だよ！　鈴の変成魔法を受け入れてくれた唯一のもふもふなんだから！　本当にお願い！」

「なんだってんだ……」

わけが分からん、とハジメは困惑するしかない。

龍太郎《りゅうたろう》が苦笑いを浮かべながら扉の向こうに手招きした。

すると、確かにウサギさんが現れた。

長いウサミミに赤黒い――否、紅色に近い瞳。白い体毛に入った幾本もの紅色の筋。他の魔物のように脈打ったりはせず、白に映える模様のようになっていた。

そして、何より特徴的なのが、普通のウサギではあり得ないほど発達した後ろ脚。

多少変わっていても、ハジメにとっては見覚えのありすぎる姿。

「きゅ！」

加えて、聞くだけなら可愛《かわい》らしい鳴き声が更にハジメの記憶を刺激する。

そう、ハジメの前に現れたのは、かつてハジメの左腕を粉砕し嬲《なぶ》るように追い詰めた、あの〝蹴りウサギ〟だった。もちろん、同種族というだけで違う個体だが。

鈴が必死に隠そうとしていたのは、ハジメが問答無用で風穴を開けるかもしれないと思ったからだろう。

「別に、こいつが従魔だってんなら、今更、感情任せに引き金引いたりはしないぞ」

「ほ、本当？　南雲《なぐも》くん。この子、飼ってもいい？」

「なんだ、その子犬拾ってきた子供みたいな言い様は……っていうかそれ以前に、こいつ一番上の階層の魔物だぞ？　まさか、弱いと分かっていてウサギ欲しさに上階まで……いや、それはないか。時間的に」

では、どうやって遭遇した？　と疑問が湧き上がって視線で説明を求めるハジメだったが、鈴から答えが返る前に、蹴りウサギの方が先に行動を起こした。

工房に入ってから、ハジメを一心不乱に見つめ続け、なぜかぷるぷると震えていたのだが、突然、がばちょっといった感じでハジメに飛びついたのだ。

ハジメはなんなくウサミミをキャッチして宙吊《ちゅうづ》り捕獲した。

眼前に吊り上げると、蹴りウサギは何かを訴えるように、

「きゅ！　もきゅ！　うきゅ～」

と鳴き声を上げ始めた。どうやら襲いかかってきたわけではないらしい。

なんだこいつは、と胡乱《うろん》な眼差《まなざ》しを向けるハジメに鈴が通訳を買って出た。

変成魔法で従えた魔物は、その主との間で、ある程度の意思疎通が可能になる。

もちろん、魔物側のスペックに比例して意思疎通の度合いも変わり、よほど長く従えるか鍛えるかしないと、普通は感覚的なものにしかならない。

ならない……はずなのだが。

「えっとね、『王様、王様、お会いできてめっちゃ嬉《うれ》しいわ！　この度、もっと強うなれるて聞いて、ご同輩の従僕やらせてもらうことになりました。よろしゅうお願いします。あ、あとできれば、王様から名前を賜りたいんやけど……アカンやろか？』って、何その目！　本当だよ！　本当にそう言ってるんだから！」

「……仮にそう言ってるとしても、関西弁にする必要はないだろう？」

「だって関西弁で聞こえるんだから仕方ないでしょ！」

何ふざけてんだ？　と言わんばかりのハジメの冷たい視線に、鈴は顔を真っ赤にして反論した。

全員が蹴りウサギを見る。確かに、そんな感じのことを言っていそうな眼差しをハジメに向けていた。こう、つぶらな瞳がうるうると懇願するように潤んでいるのだ。

「取り敢《とあ》えず、時間がおしい。工房に入れ」

決戦を前に、どうしてこうイレギュラーなことが頻発するのだろう。

全て悪くはない方向ではあるのだが……

ハジメはなんとも悩ましい表情で工房へ移動したのだった。


工房にて、アワークリスタルを起動しテーブルにつく。

お茶を入れてくれたレミアが食事の準備に戻り、ミュウもお手伝いで出ていった後、鈴達《たち》は喉を潤し一呼吸おいてから、おもむろに語り始めた。

曰《いわ》く、こういうことらしい。

もふもふの魔物を一体も従えられず、虫にうぞうぞと囲まれ〝虫の女王《インセクト・クイーン》〟みたいな感じになってテンションダダ下がりだった鈴は、見目麗しい蝶々《ちょうちょう》タイプの魔物を大量に捕まえることで心の慰めとし、それで帰路につこうとしたらしい。

するとその時、上階との階段にて、警戒心たっぷりに物陰から物陰へと移動する動きが妙に人間臭い〝ウサギ〟を発見したのだという。

そもそもの話、魔物は生まれた階層から出ることはない。

なので、階層の階段を下りてきた時点で、明らかに異常事態だった。

当然、護衛の香織は身構えた。

しかし、ここでまたも予想外。なんと、当のウサギは鈴達に気が付くや否や、一見して分かるほどに歓喜したのだ。

ぴょんぴょんとダンスでも踊るみたいに飛び跳ね、ウサミミもみょんみょん！　それはまるで、幾日も深い森の中を彷徨《さまよ》い続け、ようやく人里を見つけた迷子の如《ごと》く。

挙句の果てには、困惑する香織達の方へそろそろと近寄ってきた。相手を刺激しないよう気を遣っているみたいにゆっくりと。

そして、少し進んでは、大丈夫？　もう少し近づいてもいい？　と、つぶらな瞳で確認してくるウサギに、取り敢えず、鈴がノックアウトされた。

鈴の荒《すさ》んだ心に、もふもふの白ウサギ――それもなんだか仕草がとても愛らしく、敵意を感じないどころか友好的に思える――は、強力過ぎたのだ。

一応、まだ警戒心を持っていた香織の制止も無視してウサギの前に躍り出ると、頭を下げて手を差し出し、

「第一印象から決めてました！　鈴のウサギになってください！」

などと告白の如き申し出をしたのである。ちなみに、鈴のウサギに対する本当の第一印象は、〝関わっちゃいけない系のウサギだ！〟である。

そんな鈴の申し出に、ウサギは面食らったように仰《の》け反《ぞ》った。そして困惑したように首を傾《かし》げた。ますます人間臭い魔物だった。

一方、テンパっていた鈴は、この千載一遇のチャンスを逃してなるものか！　とアイドルの熱烈なファン《ストーカー》の如く目を血走らせ、鼻息も荒くセールストークを開始した。

「衣食住保証。一日三食、否、四食昼寝付き、週休二日制。有給あり！　その他、自由時間についても応相談！　しかも！　今ならなんと鈴の変成魔法でスペックも急上昇！　これであなたも昨日までの自分とおさらばです！　さぁ、この機会に、素敵な職場で愉快な仲間に囲まれつつステータスアップしてみませんか!?」

香織と龍太郎は思った。それはないだろ……と。

そもそも言葉自体通じるはずがないのだが、肩越しに振り返った鈴の「通訳はよっ！」と訴えるギロンッとした目を見てしまえば拒否の選択肢などなく、香織は魂魄魔法〝心導〟を発動した。もちろん、ダメもとで。

すると、これまた驚いたことに、このウサギさん、自我を確立しているどころか知能指数が魔物の常識を踏み潰す勢いで高く、普通に理解してしまったのだ。

しかも、〝スペック急上昇〟や〝ステータスアップ〟とウサミミにするや否や、目の色を変えるほど興味津々な様子まで見せた。

結果、進化できると分かったウサギは、そっとウサミミを差し出し、鈴の一応の従魔となることを了承したのである。

こうして雇用契約（？）みたいな感じで仲間となったウサギは、鈴とも意思疎通が可能となり、そこで、詳しく事情を聞いてみたところ……

どうやら、このウサギ、確かに奈落一階層の〝蹴りウサギ〟なのだが、武者修行しながら階層を下げ、自力で八十階層に辿《たど》り着くほどに強くなったというのだ。

そして、そのあり得ない現象の原因はハジメにあった。正確にはハジメが垂れ流してきた〝神水《しんすい》〟だ。

そう、この蹴りウサギ、ハジメが一階層を出ていった後、拠点にしていた洞窟の岩の窪《くぼ》みに溜《た》まっていた神水を飲んだのである。

活力が湧き、魔力は充溢《じゅういつ》し、思考はクリアになった。

まるで甘露である。蹴りウサギは更に神水を求めて彷徨った。

溢《あふ》れる高揚感のまま、遭遇する魔物を蹴散らして……

そして、調子に乗りすぎて爪熊《つめぐま》とばったり遭遇。

実はこの蹴りウサギ、ハジメと爪熊の死闘を見ていたため、爪熊は死んだとすっかり油断していたらしい。迷宮の魔物が再発生するなんて意識したこともなかった故に。

そこからは死闘である。

普通なら本能的に格の違いを感じ萎縮するか背を見せて逃げるという隙を晒《さら》して瞬殺さ

れるのがオチなのだが、神水の影響で多少とはいえ思考力を持った蹴りウサギは、「勝つ以外に生き残る道はない！」と理解できたため、半ばヤケクソで戦いを挑んだのである。

結果――生き残った。

死線を越えた先で一秒一秒を己の糧とし、何度地を舐《な》めても立ち上がり、思考を回して活路を探り、遂《つい》には固有魔法《こゆうまほう》からの派生に目覚め、見事、爪熊を打倒したのである。

己が倒した階層主《前王》を見て、蹴りウサギは身を震わせた。そして、理解したのである。

鍛えれば、生き物は強くなれるのだと。

そこから、蹴りウサギの強者《つわもの》になるための旅が始まった。

目標は、自分にきっかけを与えてくれたハジメ《新たな王》のもとへ行くこと。追いついた後、ここまで強くなったのだと見せて、一言礼を言うのだ。

その後は……より広い世界を見てみたい！　そこで数々の強者達と戦い、己を高めるのである！

そんな、どこぞの主人公のような数奇な運命を摑《つか》んだ蹴りウサギは、当時、宝物庫なんて便利道具は持っておらず、可能な限りストックしていた分以外は仕方なく垂れ流しにしていたハジメの神水が、偶然にも地面の窪みで僅かに溜まっているのを見つけては、それを飲んで回復と強化を図りつつ、技に磨きをかけて、遂に成人並みの思考力と八十階層に自力で降りてくるほどの実力を身につけた、というわけなのである。

「……なんだ、そのラノベみたいな展開は」

「きゅう！」

全ての事情を聞いたハジメの第一声がそれだった。なんだか映画を一本見た後のような疲労感がある。

「あはは、すごいよね。帰ってくるまでに戦ってもらったんだけど、変成魔法で少し強化されたおかげもあって、九十階層クラスでも一対一なら負けなしだったよ」

「俺じゃあ目で追い切れなかったぜ。多分だけどよ、雫《しずく》と動きが似てたから〝重縮地〟と〝無拍子〟も使えるんじゃねぇかな？　蹴りだけで衝撃波も飛ばしてたし」

「……そうか」

もはや、ツッコミを入れる気力を失ったハジメの姿が、そこにあった。

鈴《すず》が誤魔化し笑いみたいな表情になりながら、おずおずとお願いをする。

「えっと、そういうわけで、南雲くんさえよければ名前を付けてあげてほしいんだけど……鈴じゃなくて、南雲くんがいいって言うから」

「……まぁ、強力な魔物を仲間にできたならそれで良しとしよう。なんだか、エヒト達とやり合っていた時より疲れる展開が多い気がするけどな……にしても名前か……」

ハジメが、ぴょんとテーブルの上に乗って自分の前にやって来た蹴りウサギと目を合わせた。蹴りウサギは、期待の目でじっとハジメを見上げている。

見つめ合う一人と一匹……

「……ミッ〇ィー」

「却下で」

香織《かおり》に速攻で却下された。その目が、世界的なマスコットキャラに謝れと訴えている。

当然だ。ミッ〇ィーは凶暴な熊を蹴り殺したりはしない。

ハジメは気を取り直し、ならばこれでどうだと候補を挙げていく。

「……ピーターラビ――」

「ダメ」

「……うど〇げ」

「分からないけどダメな気がする。っていうか真面目に！」

香織の叱責が飛んだ。至って真面目に考えたので「酷《ひど》い……」と不満に思いつつ、段々と面倒になってきたハジメは投げやり気味に言った。

「あぁ、もう。なら因幡《イナバ》とかでいいじゃねぇか。見た目ウサギなんだし」

「えぇ～、単純過ぎないかな？　もうちょっと、こう可愛《かわい》い感じに……」

「鈴も、他の魔物があれだからウサギさんは可愛い名前の方が……」

「イナバ？　イナバとウサギになんの関係があんだ？」

香織と鈴には不評らしい。昔話もほとんど知らない龍太郎《りゅうたろう》の疑問は、全員でスルー。

取り敢えず、名付けられる本人的には……

「きゅきゅう♪」

イナバの響きに何か感じるものがあったのか。ぴょんぴょんと飛び跳ねて歓喜の舞いを踊り、そのまま、紅色に近い瞳をキラキラさせてハジメに飛び付いた。

「気に入ったみたいだぞ？」

「えぇ～……まぁ、本人が気に入ったなら仕方ないけど……」

「うぅ、イナバちゃん……慣れれば案外、可愛い？」

「なぁ、だからイナバとウサギになんの関係があんだよ。なぁってば」

香織に続き雇用主の鈴も渋々な様子だが、一応の納得を見せる。龍太郎が鈴の袖を引っ張っているが、鈴ちゃんは見向きもしない。教養不足な脳筋の疑問に、いちいち答えてられるか……と思っているかはさておき。

話は終わったと見て、シアがイナバへとにこやかな笑顔を向けた。

同じウサミミ同士、興味が湧いたのだろう。ハジメに思うところがないならば、なでなでしてあげたいと手を伸ばす。

「イナバちゃん、良かったですね。ウサミミを持つ者同士、仲良く――」

「きゅっ」

バチコンッと音が響いた。誰もが目を丸くする。叩《たた》き落とされたシアの手を見て。

ビシッと固まるシア。

そんなシアのウサミミに、イナバはチラリと視線を向けると、「ふっ」と鼻で笑った。

シアの額にビキッと青筋が浮かぶ！　シアの張り付けたような笑顔と笑っていない目が鈴に向いた。

「ひっ、シ、シアシア、落ち着いて！」

「私は落ち着いてます。で？　この生意気な子はなんと言っているんですか？」

「え、えっと、その……」

「鈴さん？」

「ひぃ！　あ、あのね、『あんさん如きウサミミが王様の傍《そば》に侍《はべ》るたぁ、片腹痛いでぇ？ウサミミ洗って出直してきぃ！』って違うよっ、鈴じゃないよ！」

王様のウサギは一人で十分。そんな言外の意志がヒシヒシと伝わる、イナバの挑発的で挑戦的な眼差《まなざ》しがシアを捉える！

シアもまた椅子をガタッとさせて立ち上がり、腕を組んで仁王立ち。圧倒的見下しの眼光をイナバへ叩きつける！

「……いい度胸です。どちらがハジメさんのウサギに相応《ふさわ》しいか、その身を以《もっ》て教えて差し上げますぅ！」

「きゅう!!」

シアの強化された拳がハジメの鼻先を掠《かす》めた。ジリッと焦げ臭い匂いが鼻腔《びこう》をつく。

一方、攻撃を受けたイナバは華麗にジャンプして避けると、固有魔法〝空力《くうりき》〟を発動して空中反転し、強烈な踵落《かかと》としをシアに放った。

シアが両手をクロスして防御する。凄《すさ》まじい衝撃波が迸《ほとばし》り、鈴が「ふひゃ!?」と椅子から転がり落ち、龍太郎が「あっつぁ!?　お茶あっつぁ!?」とひっくり返ったお茶を顔面に浴びて転がり回る。

その間にも空中バク転でハジメの頭上に下がったイナバを、シアの美脚が追撃した。ハジメの眼前で豪快に足が開かれ、下着丸出しのまま蹴りが薙《な》ぎ払われる。

それを、イナバもまた豪脚を以て迎撃。ハジメの頭上で衝撃波が発生し、ハジメの髪がこれでもかと荒ぶる。

シアとイナバはそのまま、工房の外へ移動しながら激しい応酬を繰り広げた。

「ちょっと二人とも！　落ち着いてーーっ」

「ウサギにとって序列は大事！　ハジメさん専用ウサギは私ですぅ！」

「きゅきゅう！」

「序列って、それ犬とかじゃないかな!?　かな!?」

工房の外から連続した衝撃音と、後を追った香織のツッコミが響いてくる。

ついでに、「あらあら、ウサさん同士仲良しですね～」とか「ウサちゃん凄《すご》いの！　え？　さーちゃんも戦ってみたいの？　ミュウの許可？　うんっ、いいの！　やっちゃえ、さーちゃん！」なんて声も聞こえてくる。

騒音に、爆発音と激発音と粉砕音が加わった。

ボッサボッサの髪と焦げた鼻先をそのままに半眼になっていたハジメは、

「おい、谷口《たにぐち》。従魔用のアーティファクトだ。ゲート召喚と違って速攻で呼び出せるようにしといたぞ。それと坂上《さかがみ》、お前はどうすんだ？　変成魔法の使い方がどうとか言ってたが……」

　そう言って、何事もなかったみたいにアーティファクトをテーブルに出していった。

　魔物の一時保管と効率的運搬を実現する宝物庫型アーティファクト〝魔宝珠《モンスター○ール》〟、それを収めるガンベルトみたいなホルダーに、普通の宝物庫。鈴専用アーティファクト〝双鉄扇〟、龍太郎専用の籠手《こて》や脚甲などなど。

　テーブルの下から這《は》い上がるようにして顔を見せた二人は、

「な、なんてスルー力なの……」

「でなきゃ精神が疲れるんだろ。心中察するぜ」

　片や戦慄の、片や同情の眼差しを向けつつ、ありがたく新アーティファクトの数々を受け取り椅子に座り直した。

　そして、龍太郎の報告――流石《さすが》は脳筋と呆《あき》れるしかない変成魔法の使い方、というか相性の良さに呆れつつも了解し、ハジメは、鈴も含め更なる戦力の底上げを図るため追加のアーティファクトを創造していったのだった。


　深夜の一歩手前といった時間帯。

　あの魔王城での戦いがあった日から、後一時間ほどで〝三日目〟となる。

　ここまでアワークリスタルの領域内で、シア、香織、鈴や龍太郎は新技や新アーティファクトの習熟に励み、自他共に納得できるだけの手応えを得ることができた。

香織、鈴、龍太郎の三人は一足先に地上へ出ており、ハジメとシアは工房内で出発前の最終確認をしているところだ。

「いよいよ、明日ですね……」

「そうだな。明日のいつかは分からないけどな」

正確に言うなら、エヒトが去った時点から〝三日後〟には未《いま》だ十二時間は残っている。もしかすると四日目に突入する直前という可能性もあるが、逆に言えば、日付が変わった直後に大侵攻が起きる可能性もなくはない。

「ハジメさん」

「うん？」

「〝仮に、私に何かあったとしても必ずハジメやシアがどうにかしてくれる。心配することなんて何もなかった〟……そう言ってました」

「……ユエか」

「はいです。私は、当たり前だと答えました」

宝物庫の指輪をキュッと指にはめ、装備を整えながら滔々《とうとう》と語るシア。

「三日……これは、私達《たち》がユエさんを取り戻すための時間ではありますが……同時に、ユエさんの抵抗が尽きる時間でもあります」

「……そうだな」

そう、エヒトが依《よ》り代《しろ》を完全掌握する時間であり、それはユエが抵抗できない状態に追い込まれるタイムリミットでもある。

誰も口にしなかったが、その時、ユエの魂魄《こんぱく》の状態がどうなっているのか……

少なくとも楽観視できない状態だというのは確かだろう。

「それでも、私は信じています。ユエさんは無事であると。必ず、私達を信じて待ってくれていると」

「当然だ。ユエだぞ？　まして、シアに弱気を叩き直されたばかりだ。自称神如《ごと》きの魂なんかに、あいつの魂が負けるかよ。妨害ができなくなっても、虎視《こし》眈々《たんたん》とチャンスの到来を待っているさ」

「ふふ、そうですね。……でも、敵が強大であることには変わりません。それこそ死線を越える覚悟が必要でしょう」

「……何が言いたい？」

シアは、そこでくるりと振り返り、真《ま》っ直《す》ぐにハジメを見た。その瞳に燃え盛る炎は、親友を奪われた怒りと敵に対する殺意、そして必ず取り戻すという決意が溢《あふ》れ返るほどに宿っていた。

思わず、ハジメが息を呑《の》むほどの意志を示すシアは、決意を言葉にして響かせた。

「私は無茶をします。無理を押し通します。ユエさんを助けられないくらいなら玉砕する覚悟です。敵を一人でも道連れにして。私の生死はユエさんと共にありたいと思います」

「……なるほど。それで？」

「止めないでください。そして、どうかハジメさんも共に」

それは、場合によっては共に死んでくれという言葉だ。

ユエだけが死んで、自分達だけ生き残るのは嫌だという我《わ》が儘《まま》だ。

その我が儘にハジメも付き合ってくれという、どうしようもない言葉だ。

もし、シアが物語のヒロインならば、大失格のセリフである。

だが、そんな非常識で重々しい言葉を贈られたハジメは、

「今更、何を言ってんだ。当たり前だろう？　共に生きるか、共に死ぬか。二つに一つだ。

シア、お前を逃がす気はないからな。直前になってビビるなよ？」

挑発的な笑みを浮かべながら、もっと酷い我が儘で返した。

シアにとっては期待通りの言葉。自然と、ウサミミはわさわさ揺れて、口元には「くふふっ」と堪《こら》え切れなかったような笑みが浮かぶ。

「はいです。一応、言葉にしておきたかっただけですよ。土壇場で『シア！　お前だけでも生きろ！』なんてバッキャローなセリフを吐かれたら萎えますからね」

「まぁ、クラスの奴等《やつら》曰《いわ》く、俺は魔王より魔王らしいからな。所謂《いわゆる》〝魔王からは逃げられない〟ってやつだ」

どうやら、ハジメが籠っている間に地上では〝ハジメ魔王説〟が広がっているらしい。

〝魔人族の王〟という意味ではなく、理不尽と破壊と悪辣の権化――すなわち〝悪魔の

王〟という意味で浸透しているという。

もちろん、流布の犯人はクラスメイト達以外にあり得ない。

「まぁ、玉砕なんてことはねぇよ。欲しいものは全部手に入れるし、邪魔なものは全て破壊してやる」

「あはは、流石ハジメさんです。セリフが完全に悪役まっしぐらです！　魔王とは言い得て妙ですねぇ～」

ひとしきり笑ったシアは、ヴィレドリュッケンを一薙ぎ。豪快に突風を吹かせて肩に担ぎ、意気揚々とハジメに言い放った。

「さっさとユエさんを取り戻して……念願の三人エッチしましょうね！」

「……いろいろ台無しだ、この発情ウサギめ」

楽しみですぅ～と鼻歌を歌いながら工房から出て行くシアの後を、ハジメは呆れの表情を浮かべて追ったのだった。隠しようのない愛《いと》しさと信頼を滲《にじ》ませながら。

オスカー邸のエントランスには、既に生体ゴーレム達を従えるミュウとレミアが待っていた。

これより、ミュウとレミアは、世界の命運が決まるまでここから出ない。

代わりに、生体ゴーレム達が地上へ出ることになっている。

実は、ミュウもレミアも要塞内での雑用くらいならできる、ついていきたいと、しばらく前から訴えていた。自分達だけ安全圏にいること、何よりユエを取り戻す戦いで何もできないというのは、些《いささ》か以上に二人を悩ませていたらしい。

ハジメはそれを認めなかった。誰になんと言われようと、己の我が儘と自覚しながら、断固として譲らなかった。

だが、基本的に娘にはダダ甘なパパである。レミアにまで落ち込んだようにしょんぼりされては、多少の妥協はしたくなる。

結果、生体ゴーレム達には視覚や聴覚の共有機能の他、遠隔操作機能が付けられ、ミュウとレミアは隠れ家から操作する形で貢献することになった。

とはいえ、直接会うことができるのは全てが終わった後なわけで。

「パパ……」

トテトテとハジメの足元にやってきて、じっと見上げてくるミュウ。

ハジメは片膝をつき、ミュウと目線の高さを合わせた。

やわらかな静寂が漂う中、父娘《おやこ》は少しの間、見つめ合った。

そして、一言。

「行ってくる」

「はいなの！」

互いに多くは語らない。もはや、二人の間に言葉はいらなかったから。

「ハジメさん、シアさん。どうかお気を付けて。皆さんでの帰りをお待ちしています」

「おっふ。レミアさんの〝見送る奥さん感〟が凄いですぅ。ちょっとドキドキしちゃいましたよ」

「シア、お前って奴は……」

「あらあら、うふふ。では、絶対に〝お帰りなさい〟と言わせてくださいね？」

「おう」

「はいです！」

最後に四人全員でハグをする。

そうして、ミュウとレミアの見送りを受けながら、ハジメとシアは遂《つい》に【オルクス大迷宮】の最深部から出陣したのだった。


ゲートを通り抜けた先で、ハジメ達を出迎えたのは雫《しずく》だった。

「ようやく来たわね。各国の重鎮がお待ちかねよ。ついて来て」

それだけ言ってくるりと踵《きびす》を返した雫は、どことなく機嫌が悪そうに見える。ハジメとシアは顔を見合わせて少し首を傾《かし》げつつも後を追った。

深夜の時間帯だが、地上は今とても明るい。

見上げれば、夜空を背景に星にしては強すぎる光が無数に見える。

夜通しの作業、決戦時が夜である場合、それらに備えてハジメが支給したアーティファクトだ。今、【ハイリヒ王国】前の平原はライトアップされたスタジアム並みに煌々《こうこう》とした光に満たされていた。

遠くに見える王都や【神山《しんざん》】が、普段とは異なり外部からの光に照らされて陰影を晒《さら》す光景は、何とも不思議な感慨を覚えさせる。

「香織《かおり》達はどうした？」

「クラスの皆と一緒よ。鈴《すず》や龍太郎《りゅうたろう》もね。アワークリスタルを先に送ってくれたでしょ？　あれでギリギリまでアーティファクトの習熟に努めるそうよ」

周囲は忙《せわ》しなく動き回る兵士や騎士、職人や裏方の人達で実に騒がしい。

立派な塹壕《ざんごう》や防護壁、大型兵器が設置された幾つもの巨大な高射砲塔が目に付くが、中でもひと際意識を惹くのはやはり、そびえ立つ砦《とりで》だろう。

赤レンガのような色合いの砦は、奈落製の鉱物を送ったこともあってか、武骨ながら確かな威容を感じさせた。とても、一日や二日でできるとは思えない完成度である。

「おお？　南雲《なぐも》！　やっと出てきたか！」

不意に声をかけられて足を止めると、ちょうど砦から出てきた健太郎《けんたろう》が駆け寄ってくる姿が見えた。後ろには綾子《あやこ》と、

「ぬぉおおおおっ、我等が南雲師匠ではありませんかぁっ！」

見覚えのある者達が続いている。爆音のような声が轟《とどろ》き、周囲の兵士達が驚きから咄嗟《とっさ》に剣を抜いて身構え、隣にいた綾子はふっと白目を剥《む》いて倒れ込み、三半規管をやられたみたいにふらついている健太郎が慌てて支えている。

「ウォルペン、だったか？　王国筆頭錬成師の……」

「おぉっ、覚えていてくださいましたかっ。我が師よ！」

「いや、お前の師になった覚えは――」

ない、という言葉は、シュシュシュッと一瞬で集まってきた王国錬成師達の〝師匠シュプレヒコール〟でかき消された。

かつて、王都にて本気で逃げるハジメを普通に追い詰めた熱きパトスの持ち主達は、世界の危機にあっても変わらないらしい。むしろ、ハジメから支給されたアーティファクトにより、彼等の敬愛は既に崇拝の域に達していそうである。なんか全員ハァハァしてるし。

取り合えず〝纏雷《てんらい》〟で全員をアババさせて包囲から脱出したハジメは、ちょっと引き攣《つ》っている健太郎と綾子に声をかけた。

「野村《のむら》。よくやったな。見事な砦じゃねぇか」

「お、おう、俺は職人さん達の指示通りに魔法を使っただけなんだけどな。まぁ、自分でもびっくりするくらい土属性魔法の扱いが上がったよ」

「私も、野村君の回復担当なんだけど、前の香織ちゃん並みに回復魔法が使えてびっくりしたよ」

健太郎と綾子が、それぞれ専用アーティファクトである金属製の短杖《たんじょう》を手に、はにかむような笑みを見せる。

「南雲の方は……って、聞くまでもないな」

健太郎の視線が生体ゴーレム達《たち》を捉えてまたも引き攣った。サッとポージングを取った彼等に、綾子がまたも白目を剝いて倒れそうになる。

気が付けば、周囲がかなり騒がしくなっていた。ウォルペンの爆音声と生体ゴーレムの存在感で、兵士や騎士達が注目している。

誰も彼も「あの人が……」と畏敬の念がこもった眼差《まなざ》しをハジメへと向けていた。

すると、

「野村君、綾子、話はまた後でね。リリィ達が軍議の場で待ってるから」

「お、おう。そうだったな、悪い」

「う、うん……大胆だね……」

雫が、不意に抱き着くようにしてハジメの腕を取り、にっこり笑顔を振りまいた。ハジメの腕が完全に谷間に埋《うず》まっている。それくらいの密着だった。

健太郎が気まずそうに視線を逸《そ》らし、綾子が赤面しているのを尻目に、雫は周囲へ見せつけるようにしてハジメを引っ張っていく。

兵士達、特に帝国兵と思《おぼ》しき者達から悲鳴じみた声が上がるが、雫は真っ赤になりつつも実に満足そうである。

「……八重樫《やえがし》、何かあったか？」

「まさか、雫さんが覚醒した!?」

シアの戯言《ざれごと》はさておき、恋愛に関しては大和撫子《なでしこ》を地でいく雫を思えば、なんとも

〝らしくない〟行動ではある。

「雫よ。今更感はあるけれど名前で呼んでちょうだい。私もハジメって呼ぶから」

「はぁ？」

困惑するハジメに、雫は少し疲れたように溜息《ためいき》を吐《つ》いた。

「皇帝陛下が鬱陶しいのよ。何かと理由を付けては私を傍《そば》におこうとするし、口説いてくるし……そのくせ建前は一々的を射ているうえに、やることは完璧にこなしているから文句も言いづらいし」

どうやら、ガハルドにちょっかいをかけられて辟易《へきえき》していたらしい。

「そういう時は俺の名前を出していいって言っただろう？」

「言ったわよ。私が、す、好きなのは、ハ、ハジメだって」

「テレテレじゃねぇか。で？　それでも絡んできたなら連絡すれば良かったろ」

そこで、雫は不機嫌そうな表情から一転、困ったような表情になった。

「……これくらいのことで面倒はかけたくなかったのよ。ハ、ハジメは、連合軍の勝利の鍵なんだから。エヒトに勝つためにも対策に集中してほしかったし」

「そういう気遣いはしなくていいんだよ。ゲート開いて銃弾しこたまぶち込んだら終わりなんだから」

「ふふ、そうするだろうなって思ったから遠慮したのよ。ゴム弾でも、この状況で一国のリーダーに攻撃するのは、ね？　だから代わりに、今、こうして甘えさせてもらってるの。

会議室には皇帝陛下もいるから見せつけるって意味もあるけれどね」

「なるほど。帝国兵に見せつけてんのもその一環か」

「ええ。そういうわけだから、シアも少しだけ許してね？」

「そう言われては割り込めませんねぇ。ふふ、いいですよ～。私は義手の方で我慢しておきます！」

ハジメの義手がシアの谷間にもにゅ～と埋もれた。

傍《はた》から見ると、軍事施設で〝両手に花〟の状態で闊歩《かっぽ》するふざけた野郎の図なのだが……追随する生体ゴーレムの迫力が男達を黙らせる。

畏怖と嫉妬を浴びながら悠然と歩き去っていくハジメを見て、残された健太郎と綾子は顔を見合わせると、

「やっぱ魔王だな」

「うん、魔王だね」

と、しみじみとした様子で共感したのだった。


ハジメ達が会議室に入った途端、一気に場がざわめいた。

入り口で一度立ち止まり、ぐるりと視線を巡らせる。

まず目についたのは巨大な円卓だ。中央には【神山】と要塞が対面する形の立体的な地

図があって、人員や物資の配備状況を示した駒が幾つも置かれている。

その円卓に、この世界においてトップクラスの要人達が、後ろに側近を従えながら座っていた。

まず入り口正面の一番奥。

――豊穣《ほうじょう》の女神　畑山愛子《はたやまあいこ》

――側近　園部優花《そのべゆうか》

その左右に。

――ハイリヒ王国国王代理　リリアーナ・S・B・ハイリヒ

――側近　王国騎士団団長　クゼリー・レイル

――聖教《せいきょう》教会教皇　シモン・L・G・リベラール

――側近　助祭　シビル・L・G・リベラール

――側近　神殿騎士団団長　デビッド・ザーラー

リリアーナから時計回りに。

――アンカジ公国公　ランズィ・F・ゼンゲン

――ヘルシャー帝国皇帝　ガハルド・D・ヘルシャー

――フェアベルゲン長老　アルフレリック・ハイピスト

――ハウリア族族長　カム・ハウリア

――側近　アルテナ・ハイピスト

――冒険者ギルド・ギルドマスター　バルス・ラプタ
――側近　秘書長　キャサリン・ウォーカー
――側近　金ランク冒険者代表　クリスタベル
――中立商業都市フューレン代表　グレイル・クデタ
――側近　ウィル・クデタ
――同都市冒険者ギルド支部長　イルワ・チャング
その他、各国軍の将校や最高位貴族などが列席している。
彼等《ら》は、ハジメが入って来た途端「やっと来たか！」といった表情になり、次いで、雫とシアをべったりと張り付かせていることに表情をこれでもかと引き攣らせた。
時間に遅れたわけではないが、世界の重鎮達を待たせておいて悪びれもせず女を侍《はべ》らせたままとか、どんな神経してんだ……という感じだろう。
愛子とリリアーナはガタッと立ち上がり、優花の口元はキューッと引き絞られる。
「南雲君！　先生はそういうのダメだと思います！　女の子を両手になんて……ハレンチです！　先生はそんなの許しませんからね！」
「そ、そうですよ！　なんですかなんですか！　見せつけているのですか!?　王女なのに雑な扱いしかしてもらえない私はどうすればいいですか!?」
「……南雲のばぁか、ばぁ～か」
「なんじゃなんじゃ、あの小僧が愛子殿と優花嬢ちゃんが言っておった奴《やつ》か。なんとうらやまけしからん。あんな立派なおっぱいを独占しおって――ぐへぇぁっ!?」

「お祖父様《じいさま》！　教皇の自覚を！　家族として恥ずかしいでしょう！」

シモン教皇が何か言っていたが、孫娘のシビル助祭から後頭部への殴打を受けてテーブルに突っ伏した。顔を真っ赤にした優花まで回り込んでベチベチと叩《たた》いている。

「やっぱりてめぇはとことん気に食わねぇっ、南雲ハジメ！　これ見よがしに雫《しずく》を侍らしやがって、俺への当てつけか!?　ァァ!?」

「流石《さすが》ですっ、ボス！　最愛の女性をさらわれてなお、新しい女を侍らせて余裕の態度とはっ！　決戦前の景気づけに酒池肉林ですか――へぼぁ!?」

最後、ガハルド皇帝とカムが飛び入り参加した。カムだけ方向性が違ったので、取《と》り敢《あ》えずゴム弾で撃っておく。

というか、なぜカムがここに参加しているのか……

帝国の奴隷制度崩壊事件は既に各国周知のことであろうが、もしかすると、それが原因で、他国や冒険者ギルドまで既にこの首狩りヒャッハー一族を重鎮として受け止めざるを得ないのかもしれない。あるいは、特一級危険生物種として目が離せないだけか。

それはそれとして、雫が照れたように楚々《そそ》とハジメから離れた。が、その指先はハジメの袖を摘《つ》まんだまま。ガハルドの額にビキビキと青筋が浮かぶ。

シアは既に離れていた。床をのたうち回る父親を見て、両手で顔を覆って羞恥に震えていたから、というのもあるが……

最終的な原因は、なぜかアルフレリックではなくカムの側近として控えていたアルテナだろう。

シアを見るや否や鼻息が荒くなり、瞳は熱っぽく、「は、初めての親友との感動の再会ですわっ」と夢遊病者のように寄って来たので、シアは速攻で逃げ出したのである。

「ああっ、シア！　どこへゆくの!?　お待ちになってぇっ」

アルテナさん、シタタタタッと気持ち悪いくらいの速度でシアを追いかけていく。

円卓の向こうのアルフレリックお祖父さんがカムや孫娘を横目に見て、懐から流れるように薬を取り出し服用した。きっと胃薬に違いない。

ハジメは用意されていた愛子の隣の席へ雫を連れて移動しながらガハルドを指さした。

「雫が腕を組んだのはガハルドが原因だ。つまり、全部ガハルドが悪い」

「て、てめぇ、相変わらずなんて面の皮の厚さだ……」

「こんな時にあんたが雫にちょっかいかけるからだろ。いい加減に諦めるか、今ここで漢女《おとめ》になるか選べよ」

「あらあらん♡　ハジメきゅんたら、また同胞を増やしてくれるのん？　もうっ、私への贈り物を欠かさないなんてぇ！　愛してるわん！」

魔法少女のようなヒラヒラの格好をした筋肉の権化――クリスタベルが、イヤンイヤンと身をくねらせながらハジメに流し目を送る。

ハジメはマーライオンになりかけた。雫が献身的に背中をさすり、どうにか席につく。

同時に、存在自体が冒瀆《ぼうとく》的な怪物の仲間入りを示唆されて、ガハルドがスッと着席した。無言でテーブルを見つめている。決してクリスタベルと視線を合わせようとはしない。豪放磊落《らいらく》な皇帝陛下の姿は、そこにはなかった。

ハジメと同じく、男としての本能が身を潜ませたのだろう。

「いや、待てよ？　なんで服屋の怪物がここにいる」

世界の命運が決まる決戦前の軍議の場であるのに、既にグダグダ。

真面目な方々が頭を抱えるか、なんとも微妙な表情になる中、苦笑いを浮かべているギルドマスター・バルスが答えてくれた。

「クリスタベルは、既に引退してはいるが元金ランクの冒険者だ。そして、引退してなお、冒険者最強なのだよ」

だから、冒険者戦力の代表としてこの場にいるという話を聞いて、ハジメはバッとキャサリンを見た。

相変わらずふくよかなおばちゃんだが、ハジメ達は知っている。彼女が元ゴージャス系美女で、イルワ達を育成したギルドの伝説的な秘書長であることを。ここにいるのも、その辣腕を頼られて一時復帰したからに違いない。

「あははっ、嘘《うそ》じゃないさ。クリスタベルは今でも冒険者最強だよ。あたしが引退する時に、良い機会だって自分も引退して一緒にブルックに引っ越したのさ。長年、田舎で服屋をするのが夢だったたって言っててね」

「ハートはいつだってか弱い乙女なのよん！　ハジメきゅん！」

バチコンッと、正気度を削る恐ろしいウインク再び。

ハジメがマーライオンになりかける。

「愛ちゃん先生！　ハジメが過呼吸になりかけてるわ！　魂魄《こんぱく》魔法をお願いします！」

「た、大変！　暗き魂に輝きを！　おぞましき悪夢に清き光を！――〝鎮魂〟！」

エヒトの呪縛を打ち破った時より詠唱が長い気がしたが、ハジメはどうにか持ち直した。

「あ～、そろそろ良いかね？　話を進めた方がいいと思うんだが」

軍議の場の立て直しを、ランズィが引き攣《つ》り顔で試みてくれた。

それでようやく、雰囲気が改まる。

もっとも、元よりこの場は顔合わせ程度の意味合いしかない。

なぜなら、ハジメは【神域】に乗り込む筆頭であり、地上戦には直接関与しないからだ。

そもそもの話、人間族は元より魔人族という共通の外敵を持つ同志であり、国家間の利益的争いはあれど有事における軍事的行動指針は条約として定まっている。

それは冒険者ギルドや教会戦力も同じで、国軍との連携に関して定められた協定書や法典が存在しているのだ。

問題は、歴史上初となる亜人族の戦士団との連携であるが……

こちらも既に話はついている。

被差別種族であり、鎖国状態でもあった彼等と人間の国軍が、この短期間で連携するのは無理がある。指揮系統を一本化することは悪手でしかないだろう。

なので、彼等は長老衆の指揮のもと、遊撃的に動くことが決まったそうだ。

また、優花率いる地球組も遊撃部隊だ。ここには愛子も含まれる。愛子の魂魄魔法を遊ばせておく理由はないし、旗頭であっても実際の作戦指揮など経験も知識もない愛子にはできないからだ。

配備されたアーティファクト兵器、銃火器類の扱いも、今のところ問題はない。

むしろ、神代魔法級アーティファクトである鎧《よろい》や剣などの基本装備の方が、扱いに手こずる者が多いという。

それもそのはずだ。兵器とは、そもそも〝誰でも使えて〟〝誰が使っても規定通りの効果を発揮する〟ものだ。命中率や装塡速度などで個人差はあるだろうが、基本的なことさえ教われば〝扱えない〟なんてことはまずあり得ず、それこそが最大の強み。

実演映像を再生できるアーティファクトの教本（巨大ホログラムで多人数が一気に見られる）も、ハジメがあらかじめ送っていたのでなおさら。

今も、あちこちから銃声や砲火が響いており、中々統制も取れているように思える。

そんなわけでハジメがここに呼ばれたのは、あくまで人類の命運を握る男の顔を決戦前にもう一度見ておきたい、言葉を交わしておきたいという、それだけのことなのだ。

今まで出会ってきた者達《たち》が、〝あの時の少年〟を興味深い目で見つめている中、ハジメは目を眇《すが》めた。

「それにしても……姫さんが総司令官なのか。意外だな……」

そう、ランズィの説明で聞いたこの点だけ、ハジメ的に「マジか」と思わなくもない。

この場には、軍事国家の皇帝もいれば、他にも優秀な将校はたくさんいるのだから。

「うっ、それはまぁ……私も、てっきりガハルド陛下がなされるものだとばかり思ってました。――あと〝姫さん〟じゃなくて〝リリィ〟」

「俺しかできる奴がいねぇならやるけどな？　今回は王女が適任だ。何より、こんな一生に一度の大戦《おおいくさ》で、前線に立たずして何が軍事国家の王だって話だろ？」

「いや、普通は王が前に出ちゃダメだろ。……でもまぁ、確かに連合軍の士気という観点から見るなら姫さんが適任か……」

「分かってるじゃねぇか」

リリアーナが小声で「姫さんじゃなくて、リリィ……」と呟《つぶや》いているのを無視して、ガハルドがニヤリと笑う。

つまり、こういうことだ。

今回の戦争は、小ぎれいな作戦、相手の動きを見ての細やかな戦術が通用するのは、きっと最初のうちだけ。

間違いなく、絶望的な乱戦となる。相手は、あの〝神の使徒《美しき怪物》〟なのだから。

なればこそ、リリアーナなのだ。

経験等足りない部分があるのは百も承知。けれど、王国の才媛は軍事学においてもきちんと知識を修めている。あとは優秀な参謀達がサポートすればよく、最も大事なのは絶望的な戦いの中で人類側戦力の心が折れないよう支えること。

その点、リリアーナ以上の人材はいない。

かつて、王国の危機にあって単身で助けを呼びに出奔し、邪神の暗躍を暴いて国民に真実（実際はフェイクストーリーだが）を伝え、人類滅亡の瀬戸際においても諦めず、〝豊穣の女神〟と共に世界を駆ける、まだ十四歳の若き王女。

そんな彼女が呼びかけるのだ。

民に逃げてくれと。自分は逃げないのに。

兵士や騎士達へ、共に戦ってほしいと。たとえ一人でも、私は戦うと決意を滲《にじ》ませて。

そして、次期国王たる弟《ランデル》の命は自分のそれより重いのだと、死を覚悟した慈愛の表情で未来を託し、また避難した王国民を想《おも》って国母たる母ルルアリアにまで退避を願った。

元より王国の才媛として絶大な人気を誇っていた彼女だ。

その小さな背中に未来を背負って、王国の代表として戦場に赴くなど……

民、号泣。兵士達、熱狂である。

なるほど、確かに、絶望的な戦場でもリリアーナの鼓舞が響けば、少なくとも王国兵達は「死んでも俺達の姫様を守れぇっ」と、死兵と化して奮戦してくれそうである。

「集団心理って怖いですよね。でも一番怖いのは、号泣する民の皆さんや熱狂する兵士さん達を前に、顔を逸《そ》らしてニヤリッと笑ったリリアーナさんだと思います」

愛子《あいこ》が遠い目をして言った。

慈愛と勇気溢《あふ》れる王女様の「フフッ、計画通り！」と笑う黒い部分なんて見たくなかった……と。リリアーナの後ろに控えるクゼリー団長が凄《すご》く悲しい目で同意している。

「なっ、愛子さんだってノリノリで煽動《せんどう》してたじゃありませんか！　私の影響力なんて所詮は王国民くらいです。帝国やフェアベルゲンの人達を狂戦士化させた人に言われたくないです！　愛子さんコワイ！」

「ち、違います！　あれは南雲《なぐも》君の〝なれるっ、扇動家！　ケースバイケースで覚える素敵セリフ集〟の通りにしただけで！」

なぜか、カムがハジメにサムズアップしてきた。同時に、アルフレリックやガハルドから「やっぱり黒幕だったか……」みたいな目が向けられる。

ちなみに、愛子はハジメの指示なく、演説に合わせてこっそり魂魄魔法を使っていたりする。所謂《いわゆる》、意識誘導だ。

結果、邪神死すべし！　慈悲はない！　のシュプレヒコールが起こり、同時に、人類の味方である現人神《あらひとがみ》愛子には崇拝の念がびっしびっし集まった。

それはもう、新たな宗教が誕生した瞬間ではないかと思うほど。

魔法で民を誘導するなんて愛子さんコワイ！

魔法もなしに民を煽動するなんて、リリアーナさんコワイ！

コワイ！　コワイ！

なんて、低レベルな口喧嘩《くちげんか》をしている二人を見て、

「いや、王女も女神も普通に怖ぇよ。皇帝の座に就いてから一番引いたぜ」

「まったくだ。人間とは、やはり恐ろしい……」

ガハルドとアルフレリック、長年の深い溝が嘘みたいに共感し合っている。

なお、洗脳ではないので、ふと我に返って戦場から逃げ出すということはない。

女神、王女、教皇猊下《げいか》の聖戦宣言、そして各国トップ陣の追認。

これらは確実に人々へ危機意識を抱かせ、義憤と連帯感を与えている。〝命令だから〟やるのではない。〝自分も何かしなければ！〟という一人一人の想いがあるからこそ、この短期間で、後の歴史家達が目を剝《む》くだろうと確信できるほどの連合軍が結成できたのである。

それが分かるから、ハジメは、地上の戦いも一方的に蹂躙《じゅうりん》されるなんてことはないだろうと確信し、満足そうに頷《うなず》いた。

そして、未《いま》だにコワイコワイ！　と言い合っている愛子とリリアーナに、呆《あき》れつつも労《ねぎら》いの言葉の一つでもかけようかと、取《と》り敢《あ》えず制止を試みる。

「おい、先生、姫さん。それくらいに――」

「〝先生〟ではなく、〝愛子〟で大丈夫です」

「〝姫さん〟でなく、〝リリィ〟で問題ありませんよ」

「仲良しか」

死ぬかもしれないという覚悟があるせいか、愛子もリリアーナも嫌にグイグイくる。

「普段、自分を抑えている人ほど吹っ切れた時は凄いわね」

雫《しずく》の苦笑い気味の小声に、ハジメはジト目を送った。ブーメランだと気が付いた雫が赤面し、羞恥心からポニーテールを顔に巻いてポニテガードを発動する。

と、そこで、途中から穏やかな表情でハジメ達を眺めていたシモン教皇が口を開いた。

「お歴々よ。我等《ら》が救世主殿の見極めは、こんなところで良いのではないかな？」

「元々〝見極める〟などと不遜な考えはございませんよ、猊下」

ランズィが苦笑いを浮かべながら首を振る。

「我が公国の英雄が、遂《つい》には世界の英雄となる……私のあの時の判断は間違いではなかったと、改めて、この目で確かめたくなった。それだけです」

公国軍を率いて自ら戦うのだろう。息子のビィズがこの場にいないのは自分が死んだ後を考えてのことに違いない。ハジメが創った防具に身を固めたランズィは、しかし、その物々しい装いに反して、穏やかな表情だ。

「南雲殿、我等公国軍は救世のために集ったわけではない」

「……どういうことだ？」

「聞いたぞ、貴殿は邪神のなす全てを潰したいのだと。ならば、我等が駆けつける理由はそれしかない。任されよ。邪神の思い通りに蹂躙などされてやるものか。戦い、生き残って、高笑いをしてやろう……それが、貴殿に対するせめてもの恩返しだろう？」

「ははっ、とんでもない理由だな」

ニヤリと笑うランズィの粋な言葉に、ハジメは驚きつつも満更でもなさそうな表情を見せた。

そんなハジメを見て、キャサリンが感慨深そうに頬杖《ほおづえ》をついた。

「初めてうちのギルドに来た時から、何か大きな事をやらかすだろうとは思っていたけど……まさか、世界の命運を握る者とはね？　ギルド登録をしたのが自分だなんて、末代までの誉れになりそうだよ」

「あの時は世話になったよ。あんたの紹介状のおかげで、フューレン支部長にもスムーズに話を通せた」

イルワが深く椅子に腰かけ嘆息する。

「何か世界がひっくり返るような秘密を抱えているだろうことは予想していた。しかし、まさか滅亡の危機とは……裏組織の壊滅以降、君達を〝イルワ支部長の懐刀〟なんて呼ぶ者もいたが、その肩書はもう私の羞恥心を煽《あお》るだけだね」

「だが、イルワ。君の見る目は確かだったろう？　南雲殿を指名してくれたから、倅《せがれ》は命を繋《つな》ぐことができた」

そう言って穏やかに微笑《ほほえ》むグレイル・クデタ伯爵は、ハジメに畏《かしこ》まった目を向けた。

「南雲殿。いつか、〝助けを求めた時に便宜の一つでも〟とのことだったね？　フューレンの代表を勝ち取ってきた。全面的支援を約束するよ。もっとも、君に必要な〝便宜〟と言えるかは、自分でも怪しいと思っているのだがね」

「いや、アンカジの領主と同じだ。地上戦の支えになるなら、それで十分だ」

本来、王国の貴族である彼にフューレンの代表を務める権利はない。だが、クデタ伯爵家は元より王国とフューレンを繋ぐ窓口でもある。戦時において物資支援の指揮を執るに不足はなく、何よりハジメと面識がある点からフューレン側も彼に代表を任せているのだ。

神の領域に踏み込むというハジメに、恩義から最高位の支援物資を用意したのだが、必要なさそうで眉が少し八の字になっている。

そのグレイルの後ろからウィルが一歩前に出てきた。

「お久しぶりです、ハジメ殿」

「ウィル、久しぶりだな。いいのか、ここに来て。他は万が一に備えて、次代を担う子を避難させているが……」

「自分は三男ですから問題ありません。それに、自分から志願したのです。少しでも、未来のために戦う方々の役に立ちたくて」

「相変わらずお人好《ひとよ》しなことだな」

肩を竦《すく》めるハジメに、しかし、ウィルは「いいえ」と静かに首を振った。そして、

「あの日、生き残った意味はこの日のためでは？　そう思ったから志願したのです」

そんなことを言った。

ハジメは思い出す。洞窟の中で震えていたウィルを。一人だけ生き残ってしまったと、

そのことを喜んでしまっていると泣いていた。

そんなウィルに、ハジメは衝動的に言ったのだ。

「足掻《あが》いて足掻いて生き続けろ。そうすれば、今日生き残った意味があったって、そう思える日が来る」

会議室に響いたウィルの言葉に、誰もが思わずハジメを見た。

「ですよね？　ハジメ殿」

「……そうだな。今日も生き残って、未来でそう思えよ、ウィル」

「当然です。――ママを置いて死ぬわけにはいきませんからね！」

「マザコンも相変わらずか」

「我が息子ながらお恥ずかしい。妻《サリア》が魅力的すぎて困ったものだよ」

「似た者親子じゃねぇか」

軍議の場に笑い声が広がった。そして、その明るい雰囲気のまま、シモン教皇の先の問いに応えるようにして、

「しくじんなよ、南雲ハジメ。地上の敵は、俺達《たち》帝国が叩《たた》き潰しておいてやるからよ」

「我等の命運、預けよう。よろしく頼む、南雲ハジメ」

「地上は任せたまえ。邪神の好きにはさせん」

「お前もまた金ランクの冒険者だ。ギルドの歴史に偉大な一ページを刻んでくれ」

「教会が示す教義、神の教え。ここらで一新せんとのぅ？　〝反逆の子〟よ」

「ボス、未来永劫《みらいえいごう》語られるだろうこの大戦。戦場は異なれど共に戦えること、光栄に思います。暴れてやりましょう！」

ガハルド、アルフレリック、ランズィ、バルス、シモン、そしてカムの言葉が木霊した。意気軒昂《いきけんこう》な彼等に触発されて、他の者達も昂然《こうぜん》と戦意荒ぶる声を張り上げる。

そんな熱気渦巻く軍議の場が、直後、重厚な存在感に包まれた。威圧の類ではない。まるで戦神あるいは鬼神の降臨を前にしたような凄みを感じさせる気配。

「奴《やつ》は、俺の逆鱗《げきりん》に触れたから死ぬ。結果、世界はまた明日を迎えることができる。今回のこれは、ただそれだけの話だ」

静かなのに、ひりつくような声音だった。痺《しび》れるような雰囲気と共に軍議の場が静まる中、ハジメの目に研ぎ澄まされた名刀の刃の如《ごと》き光が浮かぶ。

「邪神？　神の軍勢？　ハッ、あほらしい。奴は神を気取ってるだけの俗物だ。気負う必要なんて欠片《かけら》もない」

自然と、心を滾《たぎ》らせてくれる言霊。決死の覚悟の上に、無類の闘志が宿るよう。

「人は強い」

これは確かに、人類の総力戦。神話の一ページを飾る聖戦。死闘に死闘を重ねるような歴史上類を見ない大決戦。

けれど、

「奴に人は滅ぼせない」

そう、確信している。この世の理《ことわり》と同じ、揺らがぬ事実だと言わんばかりに。

だから、自然と信じてしまう。命運を背負う男の言葉を、心から。

「教えてやれよ！　人の怖さを！　しぶとさを！　連中の尽《ことごと》くを叩き伏せて言ってやれ！

――人間を舐《な》めるなっ!!……てな？」

世界の重鎮達が気を呑《の》まれるほどの覇気を見せておきながら、最後は楽しそうにすら感じる笑みを浮かべるハジメ。

熱はそのままに、ハッと我に返ったこの場の者達は、少し顔を見合わせ……一拍。

自然と、全員がハジメと同じような笑みを浮かべたのだった。

そうして、世界を背負う者達から余計な気負いが晴れて、軍議もお開きになろうかというその時。

「で、伝令！」

一人の兵士が慌てて駆け込んできた。思わず「遂に大侵攻が始まったか!?」と身構えた面々だったが……

「ひ、広場の転移陣から多数の竜が出現！　助力に来た竜人族とのことです！」

兵士が伝えたのは吉報だった。よく見れば、兵士の目は期待と畏怖が交じり合ったような色合いを見せている。

「ハジメ」

「ああ、帰って来たな」

雫の呼びかけに、ハジメは口の端を吊《つ》り上げて席を立った。

最後の頼れる仲間を、出迎えるために。


外に出ると、空を飛ぶ無数の影が見えた。

人工の光で逆光となり判然としないが、それが竜であることは分かる。

要塞の陣地を抜けて正面の平原に出ると、シアと香織《かおり》を筆頭にクラスメイト達の姿が視界に入った。

どうやら訓練を切り上げてシア達も出迎えに来たらしい。

しかし、野営する兵士達で人垣の巨大サークルができていて、中々、中心部にいけないようだ。

普段なら香織達の姿を見て道を空けるだろう兵士達も、事前にシモン教皇が、

――竜人族は滅んでおらず、遥《はる》か昔から邪神と戦ってきた我等の味方である
と布告していたこともあってか、今は誰も彼もが興味深そうにざわめき、頭上や人垣の向こうに注目していて後方には気が付いていない様子だ。

ハジメを筆頭に追随した軍議のメンバーからガハルドが進み出て、流石《さすが》は軍事国家の長というべき怒声を上げてくれる。途端、海を割るように道が開かれた。

その先の広場の中央には何体もの勇壮な竜が鎮座している。

その先頭に、ひときわ存在感を放つ黒竜がいて……

「ご主人様ぁ〜っ！　愛《いと》しの下僕が帰ってきたのじゃ！　さぁ、愛《め》でてたもう‼」

ハジメに気が付くや否や、一瞬で人へと戻ったティオがデヘデへした顔でハジメのもとへ飛び込んできた。

なので、当然、ハジメは発砲した。

毎度お馴染《なじ》みの炸裂音《さくれつおん》が轟《とどろ》き、特製ゴム弾がハァハァしながら期待の眼差《まなざ》しでルパ○ダイブを決めてくるティオの額を弾《はじ》き飛ばし、華麗な空中後方三回転を決めさせる。

これまた毎度お馴染みの「アハンッりがとうございますっ」という喘《あえ》ぎ声《ごえ》と一体化した礼の言葉を木霊させながら、ハジメの眼前で地面への後頭部強打着地を決めるティオ。

場が、虫まで遠慮したかのような静寂に包まれた。

誰もが事態を把握できずに絶句する中、撃墜されたティオは恍惚《こうこつ》の表情でビクンッビクンッと〝歓喜のブリッジ〟で身悶《もだ》えている。

見るに堪えない。

「ハァハァッ、み、三日ぶりのお仕置き《ご褒美》……た、たまらんっ。我慢し過ぎたせいで余計に感じちゃうのじゃ……ふひっ」

「お帰り、ティオ。間に合ったようで何よりだ。竜化状態で転移して来るなんてな……なかなか痺れる復活劇じゃねぇか」

歴史の闇に葬られた竜人族。〝いつか、神を討つ者と共に〟と宿願を抱き、五百年以上も遥か北にある孤島にて雌伏の時を過ごしてきた。

その彼等《ら》が、今、大陸に戻ってきた。

ハァハァしていたティオが、予備動作のないぬるりとした気持ちの悪い動きで起き上がり、美しい黒髪を片手で優雅に払った。なんて混沌《こんとん》とした生物なのか。

「ふふ、そうじゃろ？　どうせなら士気の面でも一役買おうと思っての……」

ティオがパチンと指を鳴らせば、上空で無数の咆哮《ほうこう》が上がった。

ビリビリと大気が震える。凄《すさ》まじい迫力だ。

更に、ティオを囲むようにして待機していた六体の竜も輝きを帯び、直後には六人の人影が現れた。

全員が筋骨隆々の男で、ティオと同じように和服に酷似した服装をしている。

髪色こそ緋色《ひいろ》、藍色、琥珀色《こはくいろ》、紫紺色、白色、深緑色と異なるが、一様に容姿に優れた美丈夫であり、その身には隠しようのない戦士の覇気を纏《まと》っていた。

竜人である。伝説の竜人が、この危急の時、救援に駆け付けてくれた。

それを理解した途端、平原が大歓声に覆われた。

「素晴らしい。この大歓声、父上や母上、散っていった同胞達にも聞かせてやりたかったのじゃ」

「何言ってんだ。どうせ聞かせるなら勝利の大歓声だろう？」

「おっと、これは一本取られたのぅ」

潤んだ瞳で冗談っぽく笑うティオの肩を、ハジメは優しい手つきでポンポンした。

先程の開幕ド変態劇など、まるでなかったみたいに。

ドン引きしている周囲を置き去りにして、なんだか良い雰囲気の二人にシアが半眼になって割って入った。

「ティオさん、お帰りなさい。これ以上、場をカオスにはできない。

い！　お二人のアブノーマルなのに自然すぎる関係を見せつけられて、周囲の皆さんが完全においてけぼり食らってますから！」

「改めて思うけど、ハジメくんも大概だよね」

「ある意味、ハジメはティオの主になるべくしてなったというべきかしら？　衝撃の光景なのに自然に感じられてしまう自分の慣れが怖いわ」

香織、雫《しずく》もシアに続く。ハジメとティオが揃《そろ》ってキョトンとしている点、もはや処置なしだ。

と、そこで、六人の竜人のうち緋色の髪を後ろに流した初老の偉丈夫が進み出てきた。

纏う威厳や気品が凄まじい。

ガハルドやアルフレリック達ですら、どこか呑まれている様子。

まるで大樹だ。ただそこにいるだけで〝重み〟を感じ、自然と襟を正したくなる。

一目見て、〝彼は王だ〟と理解させられる。

そんな中、ハジメだけが涼しい顔で真《ま》っ直《す》ぐに自分を見つめていることに、その緋色の髪の偉丈夫は僅かに目を細めた。

それは決して剣呑《けんのん》なものではなく、興味深さと感心が入り混じったものだった。

もっとも、それは一瞬のこと。彼の視線は直ぐに各国の王へと注がれた。

「お初にお目にかかる、各国の長方。私は竜人族の長、アドゥル・クラルス。此度《こたび》の危難、我等竜人族も参戦させていただきたく馳《は》せ参じた。戦働きには期待していただきたい。どうかよろしく頼む」

決して大きな声ではない。むしろ穏やかですらある。

なのに、遠巻きに眺めていた兵士達の隅々にまで声は届き、圧倒的な頼もしさと安心感を与えてくれる。

ただの挨拶だけで兵士達の士気が更に上がったのを、この場の誰もが肌で感じていた。

こいつは凄まじい……

言葉にはせずとも、返礼するガハルド達からはそんな内心が伝わってくる。

「なるほど。これが本物の竜人か……」

「ちょっと待つのじゃ、ご主人様よ。それどういう意味じゃ？」

絶大な力を誇り、かつては世界をまとめるほどの王だった男なのに、リリアーナ達と握手を交わす彼には一切の驕《おご》りが見えない。穏やかで理知的で、全てを包み込むような包容力まで感じる。

なるほど、かつてユエが見本とした種族というのも頷《うなず》ける。

それに比べてうちの駄竜さんときたら……

その想《おも》いはシア達《たち》も同じらしい。皆で一斉に、残念なものを見る目をティオへ向ける。

「ティオさん、そういう意味ですよ」

「どういう意味じゃ！　妾《わらわ》のどこに問題が!?」

「ごめんね、ティオ」

「なんで謝ったんじゃ!?」

「私からは……何も言えないわ……」

「お願いじゃ、雫よ！　何か言ってたもう！　気まずそうに視線を逸《そ》らされるのが一番堪《こた》えるのじゃ！　せめて罵倒してたもう！」

「ティオさん、そういうとこだよ」

「ほんとそれな、〝普通に伝説の竜人族モード《スーパーティオさん》〟の時はかっこいいのによぉ」

「鈴《すず》、龍太郎《りゅうたろう》……お主等、言うようになりおってぇ……」

そんな風にティオが弄《いじ》られていると、唐突に藍色の髪をした竜人の青年が「もう我慢ならん！」みたいな雰囲気でズカズカと近寄ってきた。

その眼光は香織達を一巡りした後、ハジメで固定された。

「……貴様。姫様にいったい何をした？」

押し殺したような声音だった。

剣先を突きつけるような感情を向けられて、しかし、ハジメは珍しくも困惑の表情を晒《さら》し、次いでリリアーナの方へと視線を転じた。ハジメに限らず、皆の中で〝姫様〟と言えばリリアーナだ。

表舞台に出ていないはずの竜人族と何か関係でもあるのかと、ちょうど青年竜人の不穏な雰囲気からアドゥルとの会話を中断して注目していたガハルド達もリリアーナに視線を注ぐ。が、当のリリアーナは心当たりなどないようで、ぶんぶんと首を振っている。

「どこを見ている！　姫と言ったらティオ姫様のことに決まっているだろう！」

その言葉にハジメ達は固まった。

一拍して、見事にシンクロした動きでティオを見る。

するとティオは、まるで家族には〝ちゃん付け〟で呼ばれていることを同級生に知られた思春期男子の如《ごと》き恥ずかしげな様子で、頬をポッと染めて視線を逸らした。

「姫……姫か」

ハジメが呟《つぶや》く。

「姫、お姫様、ですか……」

シアが呟く。

「お姫様……そっか、ティオってお姫様なんだ……」

香織が呟く。

「リリィと、同じ？　お姫様？」

雫が呟く。

無言の時間がひゅるりと流れ、四人は優しい表情に。

そして、示し合わせたみたいに、

「ティオ、大丈夫だ」

「ティオさん、大丈夫ですっ」

「ティオ、大丈夫だよ！」

「ティオ、大丈夫よ！」

一斉に励ましの言葉を贈った。本当にとても優しい表情で。

「どういう意味じゃこらぁっ。そもそも主等、妾が元王族じゃと知っておろうが！」

「あ～、うん、そうだな。なんかごめんな？　ティオ姫」

「すみません、ティオ姫さん。あんまり意識したことがなくて……これからはティオ姫さんって呼ばせてもらいますね？　ティオ姫さん」

「あれだよ、ちょっとお姫様ってイメージがハァハァしてる姿に塗り潰されてただけで、うん、おかしくないよ！　ティオ姫！」

「か、かわいいと思うわ！　ティオ姫！　世界は広いもの！　ティオ姫みたいなお姫様がいたっていいと思うわ！」

顔を真っ赤に染めたティオが、涙目でぷるぷると震えながら咆《ほ》えた。

「ぬがーっ！　やめてたもう！　物凄《ものすご》く恥ずかしいのじゃ！　お願いじゃから今まで通りに呼んでおくれ！　こんな羞恥はちっとも気持ちよくないのじゃ！」

姫でもおかしくないと主張したり、やっぱり姫とは呼ばないでほしいと言ったり、まったく忙しいティオ姫である。そんなだから、ハジメがニヤッとしてしまうのだ。

「なんだよ、いいじゃねぇかティオ姫。可愛《かわい》いじゃないかティオ姫。素晴らしい響きだぞティオ姫。もっと早く呼んでやればよかったよ、ティオ姫って。これからはずっとティオ姫って呼んでやるからな？　ティオ姫」

「やめてたもぉ～」

両手で顔を覆い蹲《うずくま》ってしまったティオ。耳まで真っ赤だ。

そんなティオに近づき、その耳元で更に姫を連呼するハジメさん。

その表情は嗜虐心《しぎゃくしん》と慈しみが見事に調和した絶妙とも言えるドS顔だった。

やはり、ティオの主《変態》はハジメしかいないと誰もが納得しつつ呆《あき》れきった目を向ける。

そこへ、微妙に空気になってしまっていた青年竜人が殺人鬼のような眼差しをハジメ達へと巡らせた。

「貴様等ぁっ、寄って集《たか》って姫様になんという侮辱を……やはり普段から酷《ひど》い仕打ちをして姫様を虐げ続けていたに違いないっ。そのせいでこんな有様にっ」

なんだか、どこぞの勇者（笑）を彷彿《ほうふつ》とさせる発言だが、同時に割と酷いことも言っている。そこは敢《あ》えてスルーして、ティオが苦言を口にした。

「これ、リスタス。あまり妾の大切な仲間に失礼なことを言うでない。いくら弟分とは言え、失礼が過ぎれば妾が黙っておらんぞ」

「っ、姫様！　貴女《あなた》は正気を失っておられるのです！　目をお覚ましになってください！」

「むぅ、お前という奴《やつ》は。何を根拠にそんなことを」

リスタスと呼ばれた青年竜人は、駄々を捏《こ》ねる子供を見るような眼差《まなざ》しをティオから向けられて、遂《つい》に堪忍袋の緒が切れたらしい。

言うまい言うまいと押し込めていた感情を爆発させた。

「竜人族の姫がっ、こんなに変態なはずがないでしょうっ!!」

「「「「確かに」」」」

その場の全員が一斉に頷いた。確かに、もっともな指摘だった。

「里を出る前の姫様は、聡明《そうめい》で情に厚く、その実力も族長と同等以上。誰からも親愛と畏敬の念を抱かれる偉大なお方でした！　断じて痛みに恍惚《こうこつ》の表情を浮かべることも、罵られて狂喜することもありませんでした！　そこの人間達が……いえ、貴方《あなた》が、ご、ご主人様などと呼ぶそこの人間がっ、何か良からぬことをしたと考えるのが自然でしょう！」

「「「「確かに」」」」

再度、その場の全員が一斉に頷いた。反論の余地のない完璧な推理だった。

リスタス君の言動を見るに、竜人族の隠れ里にいた頃のティオは、さぞかし族長の孫娘として文句のつけようのない魅力的な女性だったに違いない。

なのに、帰ってきたと思ったら、憧れの姫様がド変態になっている……

その心情、察してあまりあるっ！

ハジメ以外の皆さんの心が一つになった瞬間だった。

静観している竜人の男達も、自制はしているようだがハジメを見る目は厳しい。

リスタスが更に言い募ろうとハジメに詰め寄る――前に、窘《たしな》めるような声が響いた。

「リスタス、いい加減にしなさい」

「ぞ、族長……しかし！」

アドゥルを前にしても、リスタスは納得のいかない表情だ。

そんなリスタスと他の竜人男性達に、アドゥルは、気持ちは分かると言いたげな少し困った表情になりつつ言う。

「確かに、ティオの変化には度肝を抜かれたが……」

「そうでしょう！　でしたら！」

「だが、孫娘の心が分からぬほど耄碌《もうろく》もしておらんよ。ティオが、己の紡いだ絆《きずな》を心から大切にしていることも、彼を心から慕っていることも、そこに嘘《うそ》偽りはない」

私の竜眼を疑うか？　と朗らかに笑って言えば、リスタスは何も言えなくなって俯《うつむ》いてしまった。視線をティオに向け直すアドゥル。

「知っていたよ、ティオ。お前が隠れ里での生に飽いていたこと、やり場のない身の裡《うち》の黒い炎を、立場と矜持《きょうじ》を以《もっ》て抑え続けたせいで心が乾いてしまっていたことも」

「爺様《じいさま》……」

「お前が大陸に向かったのは任務だけが理由ではないのだろう。きっと〝何か〟を求めてのこと。そして、その〝何か〟を、お前は見事に見つけた」

その楽しそうな笑顔が何よりの証拠だと、優しい祖父の目で語るアドゥルに、ティオは頬を染めてこくりっと頷いた。

「ならば良いではないか。むしろ、私は感謝したい。里に帰って早々仲間を語るティオの、あのような誇らしげな表情を見ることができたのだから」

ハジメ達の視線がティオに集まる。暴露が恥ずかしいのか袖で顔を隠す姿は、同性のシア達であってもドキリとさせられるほど愛らしかった。

言葉に詰まっているリスタスに、アドゥルは少し意地の悪い表情を向けた。

「それにな、リスタス。竜人が嫉妬を隠して八つ当たりとは感心せんぞ？」

「そ、そのようなことはっ」

「何を動揺している。自分より弱い者を伴侶にする気はないというティオの言葉に従って、お前が日々己を鍛えていたことは里中の者が知っていることだ。ティオの婚約者候補達に勝負を挑み続けておいて知られていないと思ったか？」

ハジメが傍らのティオに視線を向ければ、その表情には微苦笑が浮かんでいた。

どうやら、ティオもリスタスの内心は知っているらしい。

ハジメの視線に気が付いたティオは肩を竦め、ついでに、待機している他の竜人の男達が、その婚約者候補だと耳打ちした。

ハジメとティオの距離の近さに、リスタス含め男達が目を細めている。

「お前……故郷だとマジでモテる女だったんだな」

「お？　なんじゃなんじゃ、嫉妬してくれるのかえ？」

「いや、単純にド変態な姿を見ても幻滅しないってすげぇなって」

「くぅっ、さりげなく罵倒を織り交ぜる会話テク、リスタス達には不可能な芸当じゃ！」

そんなやり取りにシア達が呆れている間に、アドゥルがリリアーナ達へ「しばしお時間をいただきたい」と断りを入れてから、ハジメの正面に立った。

「初めまして、南雲《なぐも》ハジメ君。君のことはティオから聞いている。魔王城での戦い振りも見せてもらった。神を屠《ほふ》るとは見事だ。我等《ら》では束になっても敵《かな》うまい」

「初めまして、アドゥル殿。貴方の孫娘の変な扉を開いてしまったのは俺が原因です。決戦前ではありますが、一発くらい殴られる覚悟はあります」

周囲がざわついた。主にハジメが敬語を使ったことが原因で。

そこかしこから「誰か回復魔法をっ！」とか「魔王ご乱心！」とか「人類の切り札がこんなところで……世界はもう終わりだっ！」とか聞こえてくる。なお、阿鼻叫喚《あびきょうかん》みたいな様子で騒いでいるのは主にクラスメイト達だ。

唐突にハジメの体が光に包まれた。香織《かおり》からの回復魔法だ。シアがヴィレドリュッケンを構えている。殴って治す気だろう。雫《しずく》は顔を覆っていた。まるで取り返しの付かない悲劇でも見てしまったかのようだ。

そして、傍らのティオはドン引きしていた。ハジメの頬が盛大にピクる。

「ふむ。映像や聞いていた話と少し異なるようだが……周囲の反応も普段の君と違うと言っているようだ」

「あなたはティオの家族ですから。竜人族の族長ならタメで話しますが、ティオの祖父であるなら言葉遣いくらいは改めます」

「ほぅ！　ティオの祖父だから、か。ふふっ、なるほどなるほど」

アドゥルは嬉《うれ》しそうに相好を崩した。途端、今までの威厳が霧散し、好々爺《こうこうや》とした雰囲気となる。どうやらハジメの言葉がお気に召したらしい。

ドン引きしていたティオも、ハジメの異常な態度の理由を聞いて、なんだか甘いものでも食べさせられたようなほわっとした表情になった。

「では、せっかくだ。ハジメ君と呼ばせてもらおうか。ハジメ君、君を殴るつもりはない。先程も言ったが、ティオが本心から笑えているならば、私はそれで十分だ。むしろ、己の信条のために、五百年も独り身を貫く頑固者を受け入れてくれて嬉しいくらいだよ」

「そう、ですか？」

随分と寛容な言葉に、ハジメはなんとも微妙な表情になる。本当に殴られるくらいは覚悟していたのだ。

「うむ。幸せなら性癖など些細《ささい》なことだ。それよりも、聞きたいのは吸血姫についてだ」

「ユエのこと？」

「そう、彼女だ。まさか生きていたとは驚きだ。そして、孫娘と同じ者を愛するとは、真《まこと》、縁とは不思議なものだ。彼女が君の最愛の人なのだろう？」

「ええ、そうです」

即答するハジメに、アドゥルは特に表情を変えず頷《うなず》く。

代わりに、他の竜人は剣呑《けんのん》に目を細めた。リスタスなど今にも怒声を上げそうだ。

ティオに想《おも》いを寄せられておきながら、と思っているのだろう。

「私も孫娘を思う祖父だ。五百年前の大迫害の際、命を落としたあの子の両親——息子夫婦にも誓いを立てた。必ず守ると。故に、死地となるであろう戦を前に、どうしても聞いておきたい」

アドゥルの虚言を許さぬ竜眼がハジメを捉えた。

ハジメもまた、襟を正す気持ちで向き合った。

「君がティオを愛せないと言うなら、たとえティオがそれでも構わないと言っても、やはり思うところはある。私にとっては最愛の孫娘だ。一番に想ってくれる者に任せたいと思うのが親心というものだろう？」

「確かに」

言外の言葉がヒシヒシと伝わってきた。

ティオに対する本心を聞かせてほしいと。

あるいは、孫娘とは今生の別れになるやもしれないから、今、聞かせてくれと。

心残りなく、この決戦に身命を賭せるように。

たとえ己が散っても、孫娘の未来に少しでも安堵《あんど》できるように。

ハジメはゆっくりと視線を巡らせた。リスタス達竜人族《たち》、シア達、アドゥル。

そして、最後にティオ。

ハジメの真《ま》っ直《す》ぐな眼差しになぜか気圧《けお》されて、ティオは一歩後退《あとずさ》りそうになった。

だが、その前にハジメの腕が伸び、ティオの腰を捕まえグイッと引き寄せた。さも、俺のものだとでも言うかのように。

ティオの顔がますます赤く染まっていく。いつもの変態はどうしたと言いたくなるほどしおらしい。

腕の中のティオからアドゥルへ向き直ったハジメは、腹に力を入れるようにして断固たる何かを感じさせる声音で切り出した。

「最近、よく言われるんですが、俺、魔王らしいです」

「ふむ？」

「だからというわけでもないですが、欲しいものは全部手に入れますし、邪魔するものは全部ぶっ飛ばします」

ざわつく外野。アドゥルは静かに聞いている。

そんなアドゥルにハジメははっきりと告げた。

「俺はティオが欲しい」

ティオがビクンと震えた。黄金の瞳が一心にハジメを見つめている。

「ティオに俺の故郷を見せてやりたいし、これからも一緒にいてほしいと思う。ティオがどう思うかに関係なく、今更逃がすつもりもないんです。確かに俺の最愛はユエで、最低なことを言っている自覚もありますが、それでも、ティオを愛《いと》しいと思う。だから――」

「だから？」

威圧感を増すアドゥル。周囲の人が思わず後退るほど重苦しい。

竜人の長の威圧を前に、しかし、ハジメは悠々とした態度でリスタス達にも視線を巡らせ、かと思えば一転、挑戦者達を前にした闘技場のチャンピオンのような不敵な笑みを浮かべ、宣戦布告の如《ごと》き宣言を響かせた。

「ティオはもう、俺のものだ。俺が気に食わないってんなら力尽くで奪ってみせろ。いつでも、どこでも、何度でも、受けて立ってやるよ」

そのあまりに理不尽で自分勝手で滅茶苦茶《めちゃくちゃ》な言葉に、成り行きを見守っていた竜人族を筆頭に周囲の者達は絶句する。

シアや香織、雫は「仕方ないなぁ」と言いたげな、同時に自分達も今更ティオが離れるなんて想像できないと言いたげな、そんな楽しげな笑みを浮かべている。

そして、アドゥルはというと、ハジメやシア達に視線を巡らせ、

「確かに理不尽の権化――御伽噺《おとぎばなし》の中の魔王のようだ。ふっ、なるほど。私の孫娘は魔王の手に堕《お》ちたわけか。世界を救うかもしれない魔王の手に。くははっ」

ふっと威圧を解いて、可笑《おか》しそうに笑い声を上げた。

そうしてひとしきり笑った後、蕩《とろ》けるような表情をしているティオを見て、何かに納得したように頷いた。

「……良い顔をする。里では終《つい》ぞ見なかった表情だ。お前は皆に愛され、そして愛しているのだな」

「爺様、その通りじゃ。妾《わらわ》はご主人様だけでなく、ユエ達のことも愛しておる。そして確信しているのじゃ。皆にも愛されておるとな。幸せ過ぎて、今なら一人で神をも弑逆《しいぎゃく》できそうじゃ」

ティオの返答に更に深く皺《しわ》を刻むような笑みを浮かべたアドゥルは、先程ハジメがしたように襟を正し、美しい所作で頭を下げた。

「では、魔王殿。貴殿の最愛共々、孫娘を宜《よろ》しく頼む」

「……確かに、頼まれました。この命が尽きるその時まで」

再び敬語に戻ったハジメの言葉に、アドゥルは何やら肩の荷が下りたような安心した表情で頷くと、くるりと踵《きびす》を返した。

ガハルドを筆頭に成り行きを見守っていた重鎮達が、呆《あき》れたような、あるいは、もうお手上げだと言いたげな、そんな名状し難い表情になっている。

「……お母様を呼んできて問いただしてもらったら、私にもチャンスが？」

「リリアーナさん、流石《さすが》に王妃様に怒られますよ……気持ちは分かりますけど」

リリアーナと愛子《あいこ》が、めちゃくちゃ何か言ってほしそうな目でハジメを見ている！

苦笑するクゼリー団長やキャサリンに引きずられるようにして砦《とりで》へ戻っていくが、それはもう未練たらしくチラチラ見てくる！

もちろん、ハジメはスルーした。決して目は合わせない。が、目を逸《そ》らした先では、

「やっべぇ。南雲、マジ魔王なんですけど」

「クラスメイトがハーレム作ってる件について」

「俺、決戦生き残れそうな気がしてきた。この殺意を使徒にぶつけりゃいいんだろう？」

なんて、淳史《あつし》や良樹《よしき》達男子の驚愕《きょうがく》やら怨嗟《えんさ》の声の他、

「後一人や二人くらい、さりげなく加われればいけそうな気がするっ」

「ハーレムの窓口はどこですか！」

血迷った女子生徒が数人。注意すべきリーダーは、どこかむすっとしている。

加えて、周囲の野次馬はやんややんやの大騒ぎだ。

ハジメは嘆息すると、ティオの手を引いて人垣サークルからの脱出を図った。

そんな中、にへぇ～とだらしない表情を晒《さら》していたティオが、不意に雰囲気を切り替えた。ハジメの横に並ぶと耳元に口を寄せる。

「ご主人様よ。とても、とても嬉しい言葉じゃった。しかし、一つ確認しておきたい。あれ程はっきりと気持ちを言葉にしてくれたのは、よもや、最後の可能性を考えたからではあるまいな？」

この戦いで死ぬかもしれないから今のうちに伝えておこう、という気持ちから出た言葉

なら、ティオはハジメに忠告しなければならない。

　こういうところが、ティオのギャップ的魅力なのだろう。

　ハジメは至近距離にあるティオの目に、揺るぎない眼差《まなざ》しを返した。

「死ぬのは奴等《やつら》であって俺達じゃない。最後の可能性なんざ微塵《みじん》もあるかよ。単に、お前の身内を前に半端な態度は取りたくなかっただけだ」

「くふふっ、そうかそうか。ならいいのじゃ。ご主人様よ、ユエを取り戻したら皆で仲良く〝ピー〟して〝ピー〟しようぞ！」

「……だから、シアといい、お前といい、最後が台無しなんだよ」

　ハジメの後ろで、香織や雫のみならず、ぞろぞろとついてきたクラスメイト達まで興味津々な様子でシアに視線を集める。

　シアは明後日《あさって》の方向に顔を逸らしながら白々しく口笛を吹いて誤魔化したのだった。


　その後、ハジメは砦の屋上に陣取った。

　ビーチチェアーに似た形状の椅子を〝錬成〟し、リラックスして〝その時〟を待つ。

　その傍《そば》では、遅れた分を取り戻さんとするティオを筆頭に、香織や鈴《すず》達クラスメイト、しばらくして合流した愛子と優花《ゆうか》が、アワークリスタル内で専用アーティファクトの習熟に励んでいた。

夜明けまでは数時間。

仮眠を取ろうとする者がいないのは、自然と緊張感が増してきたからだろう。

それでも押し潰されずにいるのは、ハジメの落ち着いた雰囲気のおかげに違いない。

長椅子に寝そべり瞑目《めいもく》しているハジメの周囲にいるだけで、なんだか妙に安心してしまうのだ。まるで、絶対の安全圏にいるみたいに。

そのせいだろうか。他にもひっきりなしに様々な人がハジメを訪ねてきたのは。

待ち伏せでもしていたみたいに最初にやって来たのは、いかにも商人といった風情の六十歳代くらいの男だった。後ろにはダークブラウンの髪をシュシュでまとめた、ハジメ達と同い年くらいの美少女を連れている。

「モットー、あんたこんなところで何してる」

「もちろん、商売に。もっとも我が商会は、ただいま全品無料期間中ですがね？」

「つまり、信用を売りに来たわけか。戦後を見越して」

苦笑するハジメとのやり取りに、クラスメイト達が注目する。面識のあるシアや香織《かおり》が二人の関係を説明している中、モットーは感慨深そうに目を細めた。

「もしやとは思っていましたが、やはり王国に召喚された方だったのですね。救世主様との不思議なご縁、末永く繋《つな》いでおきたいものです」

「そんなことを言いにわざわざ来たのか？」

「貴方様《あなたさま》が動くなら未来は続くのでしょう？　せっかくです。全てが片付いたら異世界の知識を使って商売でも始めてみては？　我が商会が力になると約束しましょう」

「あんた……ほんとブレないな」

ハジメの、引いては人類の勝利を確信し、既に未来のことを考えているモットーにハジメは呆れの眼差しを送る。

「おぉ、そうだ。その際には私の孫娘を是非、秘書代わりに」

楚々《そそ》と前に出てきたのは先程の美少女だ。美しいカーテシーを決める。

「サミーア・ユンケルと申します。年は十七。公私共にお役に立ちますわ、ハジメ様」

「はいはいっ、もう時間でぇす！」

「ご挨拶ありがとう！　でもハジメくんは忙しいからね！　ね！　出口は向こうだよ！」

モットーの狙いと、やたらと乗り気な孫娘の内心を察して、すかさずシアと香織がインターセプトした。

良樹と信治《しんじ》が「くそがっ、あの子めちゃ可愛《かわい》いじゃねぇか！」とか「手柄だ。この戦いで手柄を立てるんだっ。そしたら俺にもワンチャンっ」とか騒いでいると、更に来客が。

「取り込み中だったか？」

「決戦前とは思えない賑《にぎ》やかさですねぇ」

屋上に姿を見せたのは、見覚えのある虎人族の男だった。その隣には妙齢の翼人の女性、中年の熊人の男も並んでいる。シアがうさっ？　とウサミミを傾《かし》げた。

「おや？　マオ長老に……警備隊の隊長さん？　それに以前、うちの家族がご迷惑をかけた熊人族の――」

「ヒィッ、ハウリア!?」

熊人族の厳《いか》つい顔をした戦士――レギンが、その場で頭を抱えて蹲《うずくま》った。

しんとした空気が漂い、全員の視線がシアに向けられる。

必死に「ち、違います！　彼にトラウマを植え付けたのは父様達で！」と言い訳しているシアをおいて、ハジメが虚空に視線を彷徨《さまよ》わせた。

「確か……ギル、だったか？」

「覚えていてくれたか。しがない警備隊の隊長にすぎないのに」

そう言って目尻を下げたギルは、かつてハジメ達が初めて樹海に入った時と、帝国にさらわれていたアルテナ達を連れて再び樹海を訪れた時、両方において最初に遭遇した第二警備隊隊長の男だった。

「訂正すると、ギルは今、戦士長ですよ、南雲《なぐも》氏。戦団長以下では最高位、フェアベルゲンでも五人しかいないうちの一人です」

「へぇ、大出世したんだな？」

「あんたのおかげでもある。だから、決戦前にマオ長老に無理を言って同行させてもらったんだ」

「俺のおかげ？」

小首を傾げるハジメにマオが説明するところによると、先の魔人族の襲撃で空いた戦士長の座に誰を据えるかと長老会議で議論した際、ハジメとの邂逅《かいこう》時に冷静な対応を取ったギルに白羽の矢が立ったのだという。
　今のフェアベルゲンがあるのは、ハジメとの関係性によるところが大きい。ならば、初
手で冷静な対応を取ったギルの功績は非常に大きく、実力も申し分ないことから戦士長の
器であると認めたのだという。
「……この戦いが終われば、きっと亜人と人間の関係も大きく変わるだろう。その時、ま
たあんたとの不思議な縁が続いていればいいと思う。最高の武運を祈っている」
　ただそれだけ言いたかったと、マオに場を譲り引き下がったギル。
　相変わらず率直で真面目な男だと思っていると、今度はマオが胡散臭《うさんくさ》い笑みを向けてき
た。
「この歴史に残る大戦。ぜひ、戦後は単独取材させてほしいのですよ、南雲氏」
　実は、長老衆の一人であるということ以外にも、〝月刊フェアベルゲンの編集長〟とい
う肩書を持つマオの取材交渉に、ハジメは笑顔で返した。
「却下に決まってんだろうが」
「なぜ!?」
　決まっている。このマオ編集長、恣意的な記事を書く常習者なのだ。事件がないなら記
事で煽《あお》って事件を起こす！　を地で行く酷《ひど》い人なのである。
「もう企画の宣伝だってしちゃってるんですよ！　名づけて、〝戦勝祝い特別号！　寵姫《ちょうき》

達《たち》に聞く明るい未来計画！　今なら貴女《あなた》も南雲ハーレムに入れるかも!?〟――どうです!?　興味が湧きませんか!?」

「殺意が湧くわ」

ところがどっこい。クラスの女子達が一斉におしゃべりをやめた。耳を澄ませているみたいに。興味津々だ！

と、そこへ、またも誰かやって来た。

「雫《しずく》おねぇ～さまぁっ」

「ヒッ、貴女、なんでここに!?」

「もちろん、お姉様の匂いを辿《たど》ってであります！」

雫に飛びついたのは女騎士だった。元リリアーナの近衛《このえ》騎士にして、数々の問題を起こしたことで降格に降格を重ねて今は平の騎士。

そして、雫をお義姉様と呼び慕い、雫のためなら皇帝に闇属性魔法をかけることも躊躇《ためら》わない狂気の集団――〝義妹達《ソウルシスターズ》〟の一人だ。

「くんかくんか！　ああっ、久々のお姉様の匂いっ、尊い！　ハァハァッ」

「ハジメ！　ハジメぇっ、助けてぇっ」

「ん？　ハジメ？　〝南雲君〟ではなく〝ハジメ〟？……キサマァッ」

雫の胸に顔を埋《うず》めていた女騎士の顔が、ぐりんっとハジメに向いた。

優花達が悲鳴を上げて後退《あとずさ》る。悪魔憑《つ》きが実在するなら、きっとこんな動きをする……

と思わせる鳥肌ものの動きだったから。

　ハジメは嘆息を一つ零《こぼ》し、指をパチンッと鳴らした。すると、シュパシュパシュパッと、どこからともなくハウリア達が出現。カムが恭しく頭を下げて問う。

「ボス。ご命令は？」

「今なら騎士一人消えたところで誰も気にしない。適当に処理しておいてくれ。あ、ついでにこのエセ記者も」

「イエッサーッ」

「な、なんで私まで!?　アッ、ちょっと待ってくださいカム殿！　いやぁっ」

「噂《うわさ》の首狩りウサギ集団ですか。いいでしょうっ。魔王の暗殺部隊と、お姉様のソウルシスターズ、どちらが上かはっきりさせようではありませんか！」

　悲鳴を上げて逃げ回るマオと、股間が異様に痒《かゆ》くなる闇属性魔法をかけようと不穏な空気を漂わせる女騎士。

　そして、普通に「首だ。首を寄越《よこ》せ」と恐《こわ》いことを言いながらどんどん集まってくるハウリア達と、「ちょっとっ、みんな落ち着きなさい！」と必死に止めようとしている雫。

　その後も、神殿騎士団長デビッド率いる愛子親衛隊《あいこ》（自称）から、愛子との関係を巡って押しかけられたり……

　クリスタベル率いる漢女《おとめ》軍団にアプローチをかけられてハジメが元気なマーライオンになったり……

実はその漢女軍団の半分くらいはハジメとユエが股間スマッシュした相手だと判明し、自分が増殖に貢献していた事実にハジメの魂が飛びかけたり……

そこへ、腹を割って話したいと竜人族《ヴェンリさん》の男達が押し寄せたり……

それを押しのけて光のない目をしたティオの乳母が一対一の対話を望んできたり……

とにもかくにも、来客の絶えない時間が続いた。

いつしか、クラスメイト達は少し離れた場所に集まっていて、そんな賑やかなハジメの方を遠巻きに眺めていた。

「なんだかんだ言って、あいつの周りって人が絶えないのよね……」

なんだか大好物でも食べているような、ゆるゆるの綻んだ表情で呟《つぶや》く優花。

そう言えば、とクラスメイト達は思い出す。召喚される前も、良い悪いは別として、ハジメの周りには誰かがいた。香織達であったり、檜山《ひやま》達であったり。

「そういう奴なんだろ。俺達の目が節穴だっただけで」

そう言ったのは龍太郎《りゅうたろう》だった。

「勝てるよね？　南雲っち」

奈々《なな》の零れ落ちたような呟きに、自然と、全員の視線が優花に集まった。

優花は振り返り、仲間一人一人を見つめて……

「当ったり前でしょ？」

気負いも屈託もない、絶大な信頼の宿った笑顔で、そう言った。

その言葉に異議を唱える者は一人もおらず、全員が力強い笑顔を返したのだった。


やがて訪れた日の出。

東の地平線から輝く太陽が顔を覗《のぞ》かせ、西へと大きく影を伸ばす。

温かな光で世界を照らしつつ、真っ赤に燃える太陽が完全にその姿を現したその時、瞑目していたハジメがスッと目を開けた。

「来たか」

その瞬間だった。

世界が、赤黒い色に染まったのは。

朝焼けの燃えるようなオレンジではない。もっと不安を掻《か》き立て恐怖心を煽るような、不気味で生理的嫌悪感を抱かずにはいられない禍々《まがまが》しい色。

たとえるなら、魔物の眼《め》の色だ。

一瞬前まで燦然《さんぜん》と輝いていた太陽は、今や東の空に浮かぶ黒い点に成り果てた。

大気が鳴動している。慄《おのの》くように大地が震えている。

自然と人々の視線は【神山《しんざん》】上空へと集まった。

そして、目撃する。

「空が……割れる……」

世界に轟《とどろ》く破砕音。【神山】上空に蜘蛛《くも》の巣のような亀裂が走る。過負荷を受けたガラスみたいに、ビキビキビキッと異様な音が鳴り響く。

遂《つい》に始まったのだ。

神にとっては世界の……

人類にとっては弄ばれた歴史の……

終わりの始まりが。

第五章◆自重なしの開戦無双

『ツ、総員っ！　戦闘態勢ーーっ!!』

不意に響いたソプラノボイス。アーティファクトで戦場全体に拡声された総司令官リリアーナの声だ。

『総司令官リリアーナ・S・B・ハイリヒの名において宣言します！――決戦の時です!!』

少女の声音でありながら覇気を纏《まと》い、ビリリと鼓膜を叩《たた》くそれで、兵士達の呪縛が解かれた。頬をはたかれたみたいに、世界の変容に呆然《ぼうぜん》としている場合ではないと一斉に動き出す。

その間にも【神山】上空の亀裂は範囲を広げていき……

兵士達が配置についたと同時に、とうとう雷鳴のような轟音《ごうおん》を響かせて砕け散った。

そうして見えたのは、まるで巨大な天空の穴。

それこそ【神門】に相違なく、しかし、三日前とは様相を異にする。

黒だ。深い闇を思わせる黒。三日前の銀河のような荘厳さなど欠片《かけら》もなく、まるで天地逆転した奈落のよう。どこか粘性を感じさせる瘴気《しょうき》のようなものを噴き出している点が、またその印象を助長する。

そこから、黒い雨が降り出した。否、雨のように見える——おびただしい数の魔物だ。

禍々しい天の奈落から【神山】の山頂部分へ降り注いでいるのだ。その数は、数万ではきかないだろう。何せ、高度八千メートルという上空にあって地上から視認できてしまうのだ。優に数百万、あるいは数千万という桁違いの軍勢だ。

魔物の豪雨は瞬く間に山頂を黒く塗り潰し、そのまま雪崩の如《ごと》く山肌を下り始めた。

その悪夢の如き光景すら序章に過ぎないことを、人類は直《す》ぐに理解させられた。

今度は銀の雨だ。赤黒い空に映える美しい銀の豪雨が、【神門】より水平に放たれた。

「……使徒の数も、やはり半端ではありませんね」

その光景を、リリアーナは砦《とりで》の最奥にある総司令部で睨《にら》みつけていた。

見ているのは、無数に設置されている外部の映像を映し出すアーティファクト〝水晶ディスプレイ〟の一つだ。

正面の一番大きなそれに絶望的な光景が映っていて、砦を守る各国選《よ》りすぐりの結界師達や参謀将校、通信員達が戦慄に身を硬くしている。

リリアーナは水晶ディスプレイに視線を素早く巡らせ、手元の台に幾つも埋め込まれている〝念話〟用の水晶に触れた。

『ガハルド陛下。あまり突出はなさらぬよう。連合軍大将たる貴方《あなた》が死んでいいのは、戦いが終わった後だけです』

待機していた前線陣地から出て、直属の部隊と共に誰よりも前に出たガハルドへ忠告を飛ばす。

軍議の場で〝乙女〟をしていた時とは別人のようなリリアーナに、ガハルドは満足そうに笑い、次いでニヤリと口角を吊り上げた。

『ハッ、言ってくれるじゃねぇか。だが、連合軍で一番強い男が一番前で戦わなくてどうすんだ。俺が死んだら死んだで、それを怒りにでも変えりゃあいいんだよ。そのための女神様と総司令様だろうが』

『まったく……陛下、〝女神〟と〝剣〟が出ます。作戦通り、お願いしますね』

『応っ、任せな！』

ガハルドが映る水晶ディスプレイから視線を外し、ランズィ、アルフレリック、カム、バルスとクリスタベル、クゼリー、シモン教皇、デビッド達《たち》へ次々と〝念話〟を繋《つな》げ、

「みなさん、明日のために今、身命を賭しましょう」

静かな覚悟を湛《たた》えた声音でそう言えば、誰からも雄叫《おたけ》びじみた気合の声が返ってくる。

それは、萎縮していた総司令部の面々も同じ。

ここに来て、リリアーナは確かに総司令官に相応《ふさわ》しい威厳を纏っていた。

そのリリアーナが言う。

「衝撃に備えなさい！」

攻撃が来たから？　否、違う。

始まるからだ。

女神と、その剣の初手が。

『連合軍の皆さんっ。世界の危機に立ち上がった勇気ある戦士の皆さん！　恐れないで下さい！　神のご加護は私達にあります！』

拡声された〝豊穣《ほうじょう》の女神〟――愛子の声が響き渡る。

『エヒト様の名を騙《かた》り、今まさに人類へと牙を剝《む》いた邪神から全てを守るのですっ。この戦場にいる時点で、皆さんは既に勇者です！　この私が、〝神の御使《みつか》い〟である〝豊穣の女神〟が宣言しましょう！　一人一人が神の戦士であると！』

砦の屋上、その正面の縁に立って声を張り上げる愛子の言葉に、兵士達の心が震えていく。自分達は女神の戦士なのだと。聖戦の一翼を担う勇者なのだと！

『さぁっ、私と共に叫びましょう！　私達は決して悪意に負けはしないっ。私達が摑《つか》み取るものは！　〝勝利〟のみ!!』

直後、大地が揺れた。

ドンドンッ、ドンッ。ドンドンッ、ドンッとリズミカルに。それは、五十万の兵士が踏み鳴らす足音。あふれ出す闘志そのままに、連合軍は雄叫びを響かせた。

「「「「「「「「勝利ッ　勝利！　勝利!!」」」」」」」」

『邪神に滅びを！　人類に栄光を！』

「「「「「「「「「邪神に滅びをっ!!　人類に栄光をっ!!」」」」」」」」」

愛子は、〝なれるっ、扇動家！　ケースバイケースで覚える素敵セリフ集〟の内容を必死に思い出しながら、初手のトリガーを引く言葉を放った。

『悪《あ》しき神の下僕など恐れるに足りません！　我が剣よ！　その証《あかし》を見せてやるのです！』

愛子《あいこ》がそう叫んだ瞬間、落ち着いた声音が戦場全体に木霊した。

『仰せの通りに、我が女神』

直後、愛子を仰ぎ見ていた兵士達は、その背後より人影が飛び上がるのを見た。

白髪眼帯黒コートの男——人類の命運を握る者。

数メートル上空で止まったハジメは、掌《てのひら》サイズのダイヤモンドのような宝珠を頭上に掲げた。

直後、その宝珠が燦然と輝き出す。まるで失われた太陽の代わりと見紛《みまが》うほどに。

兵士達から見れば、角度的に、まるで愛子が後光を背負っているように見えただろう。

もちろん、演出だ。誰が監督かは言うまでもない。

ハジメの口元が悪魔的に裂けた。

そして……

それは起こった。

赤黒い空の一部が一瞬キラリと光り、かと思った次の瞬間には巨大な光の玉が【神山】に落下したのだ。

耳をつんざくような轟音と閃光《せんこう》が迸《ほとばし》り、比喩抜きに世界が激震する。

空気の歪《ゆが》みで可視化されるほどの衝撃波が怒濤《どとう》の如く迫った。

あわや連合軍を呑《の》み込むかという寸前で、王都から移設した〝大結界〟が展開し、どうにか自滅の危機は免れる。が、ハジメの手が加わって遥《はる》かに強靭《きょうじん》になっているにもかかわらず、結界は軋《きし》めき、地を伝わる揺れまでは抑えられずに転倒する者が続出する。

意識を攪拌《かくはん》されるような状況で、それでも兵士達が必死に目を凝らして見てみれば、

「……嘘《うそ》だろ、神山が欠けてる……」

その言葉通り、【神山】の一部がごっそりと消し飛んでいた。山肌を黒に染め上げていた何十万という魔物と一緒に。

その衝撃的な光景は、しかし、一度では終わらなかった。

天が瞬く。そして、次から次へと燃える巨大な玉が【神山】へと降り注ぎ、標高八千メートルの山を、まるで砂山で棒倒しのゲームをするが如く崩していく。

それは、まさしく天から降り注ぐ厄災だった。

――重力制御式メテオインパクト
ミサイルの類ではない。ただ上空から金属塊を落としているだけ。

ただし、数トンに及ぶ大質量かつ超高高度からの自由落下となれば、その衝撃力は想像を絶する。並みの爆弾が玩具《おもちゃ》に思えるほどの破滅的な破壊力だ。

それを、付与された重力魔法で軌道修正し、ピンポイントで数百発単位の乱れ撃ち。

世界が誇る最高峰の霊山があっさり崩壊していく様は、質《たち》の悪い冗談のよう。

魔物の大雨？　使徒の豪雨？

いいとも。ならばこちらは篠突《しのつ》く隕石《いんせき》の雨だ。と言わんばかり。

そう、これぞハジメの初手。

——開戦直後の〝神山《しんざん》崩し〟

どこから来るか教えてくれたのだ。なら、まずその舞台を粉砕する。実に皮肉の効いた強烈極まりない初手であった。

時間にしてほんの三十秒ほど。人為的に起こされた天変地異が終わりを迎え、巨大な砂嵐のような粉塵《ふんじん》が迫ってくる中、兵士達は……

「「「「「「「「——————ッ」」」」」」」」

震えた。恐怖にではない。歓喜だ。そして胸の内に更に湧き上がった闘志に、だ。

直後、【神山】が魔物ごと消し飛んだ轟音にも負けない、迫り来る猛烈な粉塵すら吹き飛ばしそうなほどの雄叫びが上がった。

「「「「「「「「ウォオオオオオオオオオオッ————!!」」」」」」」」

神話のような光景を前に、腹の底から猛《たけ》る心を迸らせる。

「「「「「「「「愛子様万歳！　女神様万歳!!」」」」」」」」

もはや魂の熱量は最高潮。

反して、霊峰の崩壊に天空の使徒達は動きを止めていた。流石《さすが》の使徒も度肝を抜かれた

ちる。翼を焼かれて地に堕《お》ちる。かのイカロスのように、翼を焼かれて地に堕《お》ち

らしい。そんな使徒達へ追撃の牙が剝かれる。宝珠が更に輝いた。

「この程度で済ますわけがないだろう？　かのイカロスのように、翼を焼かれて地に堕《お》ちろ、木偶《でく》人形共」

遥か天空より大気を切り裂いて、連合軍と【神山】の間の平原に滅びの光柱が突き立った。

──太陽光集束レーザー　バルスヒュベリオン
その数、実に七機。

バベルの塔の如く天地を繋げる光の七柱は、範囲内にいた使徒の尽《ことごと》くを呑み込んだ。

不意を打たれて消滅した使徒は数知れず。

咄嗟《とっさ》に銀翼を展開して分解能力による防御を試みた使徒も、当然ながら多くいた。

しかし、それが意味をなさない。

熱量、集束率共に、以前とは比較にならないほど進化していたからだ。その殲滅《せんめつ》力は圧倒的で、使徒の頑丈な肉体が消し炭になってしまうほど。

光が消えた後、射線外の使徒も、今【神門】から出現した使徒も、あまりの破壊力に行動方針の練り直しを余儀なくされる。

脅威度を再設定。結論、看過できず。

空中を蹴るようにして反転し、天空の殲滅兵器を破壊せんと飛翔《ひしょう》する。

「おかわりをご所望か？　いいとも、たらふく喰《く》わせてやるよ。それこそ、全身はち切れるくらいになぁっ」

バルスヒュベリオンに搭載された〝遠透石《えんとうせき》〟により、上昇してくる使徒達の姿を見たハジメは悪魔的な笑みを浮かべた。宝珠が呼応して煌《きら》めく。

すると、全てのバルスヒュベリオンの一部が十個ほどに分離した。それは、紅色の宝石が取り付けられた三十センチ程の大きさの二等辺三角形の物体。

散らばりながら地に落ちていくそれに、すれ違いざま訝《いぶか》しむような目を向ける使徒達だったが、なんにせよ、今は分解砲撃の射程に目標を捉える方が先決と捨て置く。

元の兵器さえ壊せば事足りるという判断は悪くない。

だが、この時ばかりはもう少し警戒すべきだった。

バルスヒュベリオンが第二射を放つ。

大地に降り注ぐ光をバレルロールするようにして回避し、遂《つい》に射程内へ。銀の魔力を集束し、分解砲撃にて天に座する七つの兵器を破壊する――寸前
「ッ!?　これは――」

驚愕《きょうがく》の声が漏れたのは、閃光に貫かれて胸に大穴が開いたから。視界の端では、隣にいた使徒の頭部が光に呑まれて消滅している。

そう、真後ろからの、レーザーによって。

第一波を免れた使徒達は、そこで目を見開いた。

「先程のっ、小型のアーティファクトですかっ」

いつの間にか、先程分離した兵器の一部に取り囲まれていた。

――バルスヒュベリオン専用多角攻撃機　ミラービット
母機であるバルスヒュベリオンのレーザーを、空間歪曲《わいきょく》によって捻《ね》じ曲げることで、あらゆる角度から敵を撃滅する付属機だ。

その能力の厄介さは直《す》ぐに証明された。

バルスヒュベリオンの第三照射。ただし、今度は散弾の如《ごと》く散らばる掃射で。

使徒が流石の動きで回避を試みる。が、

「退避が――」

できない。無数のミラービットが作り出すレーザーの檻《おり》のせいで。

空中で不規則に曲がり、曲がった先でまた曲がり、レーザー同士が衝突してまた別方向へ飛び……先読みなど不可能。空間全てがレーザーで埋め尽くされる。多角的かつ立体的な死線の格子の中では、退避できる場所など存在しない。

それはまさに、太陽に近づく不遜な輩《やから》を地に落とすためのキルゾーンであった。

あの使徒が、まるで殺虫剤を噴きかけられた羽虫の如く落ちていく光景は、まさに圧巻の一言だ。

「ヴァンドゥル・シュネー、いや、オスカー・オルクスか？　なんにせよ、良いアイデアだった」

ミラービットの着想は、【氷雪洞窟】で受けた熱線の試練からである。

ハジメは解放者二人に礼を言いつつ、

「最後はド派手にいこうか」

嗤《わら》いながら宝珠を操作。〝遠透石〟に映る、心なしか憎々しげに表情を歪めているように見える使徒達《たち》へ、最後の贈り物をする。

数の暴力を以《もっ》てレーザーの檻を突破してきている使徒達のど真ん中へ、朝露が葉から滴り落ちるみたいに、バルスヒュベリオンから七個の輝く宝珠が落とされた。

「まとめて消えろ」

その瞬間、赤黒い天空に七つの太陽が出現した。

――集束太陽光爆弾　ロゼ・ヘリオス
正体は、臨界まで太陽光を集束・内包した特殊な宝物庫そのものだ。レーザーを放つためにに内蔵されたものとは別の、言ってみれば溜《た》め込んだ太陽光エネルギーを自壊と共に解放する大規模熱量爆弾。

一機につき一個しか搭載できない虎の子ではあるが、その威力はお墨付きだ。

太陽フレアの如き大爆発は、もはや戦略兵器の領域。

赤黒い世界が、一時的に真昼のように染め上げられる。

直後、凄《すさ》まじい威力の衝撃波と熱波が迸った。

バルスヒュベリオンの破壊を目指していた使徒達は消し炭も残らず消滅し、後続の使徒達や今まさに出現した使徒達も、まとめて木の葉のように吹き飛んでいく。

それどころか要塞に迫っていた莫大《ばくだい》な粉塵も一気に押し流されていく。〝大結界〟が展開していなければ、余波だけで連合軍は崩壊していたに違いない。

「うはぁ、すごいことになってますねぇ～」

「完全に自重しなくなったハジメくんは地形も変えちゃうんだね……」

「……地球でたとえるなら、エベレストが消滅して、核を乱発したようなものなのよね。戦いが終わったら全力で自重させないと」

「……どっちにしろ、シズシズは苦労するんだね。鈴《すず》もできる限り協力はするよ。地球の泣き声が聞こえてきそうだもん」

「トータスは既に涙目だな……俺、神域に行ったら速攻で光輝《こうき》をぶっ飛ばすわ。俺が真っ先に相手しねぇと、南雲《なぐも》と殺《や》り合ったら、あいつ塵《ちり》も残らねぇぞ」

シア達が口々に感想を漏らす。全員が視線を彼方《かなた》へと飛ばし、口元は半笑いだ。

ハジメが開幕先制攻撃を予定していたことは知っていたし、それが〝メテオインパクト〟と〝太陽光集束レーザー〟を用いたものであることも知ってはいたが、まさか八千メートル級の山が消滅し、一時的とはいえ空に幾つもの擬似的な太陽が出現するとは思いもしなかったのである。

更に、そんなシア達の後ろでは、

「どうじゃ、爺様《じいさま》よ！　あれが妾《わらわ》の伴侶様じゃ！　すごいじゃろ！」

「…………ああ、うん、そうだね。スゴイね」

ティオが自慢げに胸を張り、アドゥルの威厳が行方不明になっていた。他の竜人達も似たり寄ったり。リスタスなど腰を抜かしている。

優花《ゆうか》達は揃《そろ》って白目を剝《む》くような有様で、連合軍全体が呆然《ぼうぜん》自失状態。ただし、ウサミミ集団は例外。テンション爆上がりで、てんやわんやの大騒ぎ状態である。

「ヒャッハー!!　流石ボスぅ！　ありえないことを平然とやってのける！」

「ボスぅ！　抱いてくださいぃいいい！　たまんないわぁ！」

「紅《あか》き閃光の輪舞曲《ロンド》！　万歳!!」

「白き爪牙《そうが》の狂飆《きようひよう》！　ヒーハー!!」

「いや、待て！　今までの二つ名じゃもはや足りないだろ！　何か、もっとボスに相応《ふさわ》しい痺《しび》れる二つ名をっ」

「終焉齎《しゆうえんもたら》す白夜の魔王はどうだ！」

「紅は外せないだろう！　真紅《しんく》煌天《こうてん》の極破神だ！」

どうやら、戦いが終わった後にはハジメの二つ名が入り乱れることになりそうである。

そんな雄叫びが響く中、どこか引き攣《つ》ったような声音で、けれど力強く愛子《あいこ》が叫ぶ。

『こ、これが、我が剣の力！　勝利は我等《ら》と共にあり！』

「「「「「「「勝利！　勝利！　勝利！」」」」」」」

乾いた笑い声を漏らしていたガハルドが、どうにか気を取り直して指揮を執る。

アーティファクトによる拡声など不要なのではないかと思うような大声が轟《とどろ》いた。

「総員、武器構え！　目標上空！　女神の剣にばかり武功を与えるな！　女神の言葉通り、我等一人一人が勇者だ！　最後の一瞬まで戦い抜け！　敵の尽くを討ち滅ぼしてやれ！

我等〝人〟の強さを証明してやれ！」

「「「「「「「「「オォオオオオオオオオオオオオオオオオオッ！！！」」」」」」」」」

壮烈な雄叫《おたけ》びが上がる。同時に、兵士達がそれぞれ役割ごとに支給された重火器を上空へと向けた。

士気は最高潮。瞳は意志の光で輝き、もはや誰もが恐怖に震えることはなく、代わりに武者震いによって体を震わせた。

上空では、新たに出現した使徒が態勢を立て直そうとしている。

アルヴの言っていた通り、使徒の数は無尽蔵と思っておいた方がいいのだろう。

故に、だからこそ、ここからは正真正銘、人類と神の手先との戦争だ。

「先生、見事な演説だった。流石は豊穣《ほうじょう》の女神様だな」

「南雲君……私はもう、なんと言ったらいいのか分かりません」

大役を演じきった愛子に、戻ってきたハジメが称賛を贈る。

だが、当の演説を考えたのはハジメである。呆《あき》れるべきか感心すべきか、愛子は非常に悩む様子で額に手を当てている。

そんな愛子へ、ハジメはバルスヒュベリオンを操作するための宝珠を手渡した。

爆弾を渡されたみたいに、恐る恐るといった様子で受け取る愛子。

「太陽の光を扱うのは女神こそ相応しい。壊してもいいから遠慮なく使ってくれ」

「はい……南雲君、どうか無事で」

覚悟の決まった強い目だった。

ハジメは満足そうに頷《うなず》いて、香織《かおり》へと視線を転じる。

「顔は使徒だが髪色一つで香織に見えるな。うん、やっぱ香織は黒髪の方が似合う」

「えへへ、そうかな？　なら早く終わらせて、元の体に戻らなくちゃ」

ハジメの言葉通り、今の香織はノイントの体でありながら銀髪ではなく黒髪となっていた。使徒と間違われないようにと、ハジメが変装用アーティファクトを用意した結果だ。

魔力も任意の色に変えられるので、今の香織は黒髪に黒基調の戦装束、そして黒銀の翼という、さながら堕天使のような姿だ。

〝魔王に仕える使徒〟としては相応しい姿と言えるかもしれない。

「後は頼んだぞ？」

「うん。こっちは大丈夫。ハジメくんの帰る場所は私が守るよ。ミュウちゃん達にも、もう手は出させないから……ユエを、お願いね」

「ああ。楽しみにしとけ。帰ってきたら、ユエと一緒に弄《いじ》り倒してやる」

「もうっ、ハジメくんの意地悪っ！」

茶化すようなことを言うハジメに、香織は頬を膨らませるが……その目はとびっきり優しい。

それはハジメも同じで、二人が互いに向ける信頼の深さがよく分かった。

ハジメの後ろにシア、ティオ、雫《しずく》、鈴、龍太郎《りゅうたろう》が歩み寄る。

香織と雫が微妙に百合百合《ゆりゆり》しい雰囲気で抱き合う中、ハジメは〝念話〟を起動した。

「姫さん。対使徒用アーティファクト、上手《うま》く使えよ？」

『お任せを。期待には応えるのが王女ですから。あと無事やり遂げたら〝リリィ〟でお願いしますね？　ハジメさん、ご武運を』

こんな時にもしっかり主張はしておく。そんなリリアーナに愉快な心持ちになりながら、今度はカムへと通信を繋《つな》ぐ。

「カム。今更、御託はいらないな……暴れろ」

『クックックッ、痺れる命令、ありがとうございます。しかと承知しました。ボスの神殺し、ハウリア一同、楽しみにしております』

香ばしいポーズを取りながら、凶暴に笑う荒くれウサギ共の姿が幻視できる。

「園部《そのべ》、それに他の連中も。もうすぐ異世界ともお別れだ。最後のスペシャルイベント、存分に楽しめよ」

『楽しめるわけないでしょ！　南雲のばかっ……ちゃんと、無事に帰ってきなさいよ』

「おう。あと、遠藤《えんどう》」

『な、なんだ？』

「香織が最大戦力《エース》なら、お前は切り札《ジョーカー》だ。ビビるなよ？　それさえなきゃ、お前に勝てる奴《やつ》なんざそうはいない」

『……お前にそう言われちゃあ張り切るしかないよなぁ。ああっ、やってやんよ！』

通信の向こう側から、緊張はあれど気迫漲《みなぎ》るクラスメイト達の声が届く。ハジメの声掛けは、本人が思うよりずっと彼等の力になるらしい。

ハジメは一つ頷き、通信越しにガハルドやアルフレリック達もまた耳を澄ませているのを感じて、一言、実に軽く言ってのけた。

「んじゃ、ちょっと〝神殺し〟してくるわ」

そんな言葉なのに、不思議と力を感じる。無条件にやり遂げてくれると信じてしまう。

誰もが自然と破顔一笑していた。

見送りの言葉は、心の中で。けれど、気持ちは一つ。

直後、ハジメ達は一斉に飛び立った。

足元にはスカイボード。高度八千メートル上空の目標なら〝空力《くうりき》〟で跳躍していくよりよほど速い。

六条六色の魔力光が尾を引きながら天へと昇っていくのを見て、連合軍から歓声が上がる。「〝女神の剣〟の出撃だ」「人類の希望だ！　頼むぞ！」と喉が張り裂けんばかりに叫ばれた応援の言葉が空を舞う。

そこへ、使徒の第一陣が進路を塞ぐようにして出現した。無闇に突っ込んでくることはなく、様子見しながら戦おうという意思が透けて見える。

ハジメの口角が吊《つ》り上がった。瞳に凶悪な輝きが宿る。

「ハッ、随分とビビってんなぁっ。そんな逃げ腰で俺を止められると思ってんのかぁ!?」

既に二十体程の使徒が進路上に集まって双大剣と銀翼を展開しているにもかかわらず、ハジメは全く速度を緩めない。それどころか、更に加速。

同時に、虚空に特大のアーティファクトを召喚した。

「風穴開けてやんよ!」

それは真紅の暴威だった。

巨大な閃光《せんこう》が次々と放たれたかと思うと、双大剣や分解魔力を纏《まと》わせた銀翼の防御を正面からあっさりと貫通。使徒の絶大な防御力が、まるで紙屑《かみくず》のように砕かれる。

一瞬だ。受けに回った進路上の使徒が二十体ほど、一瞬でスクラップと化した。

キィイイイイッという独特の高音を響かせて高速回転する六本の銃身──否、砲身。

極太の閃光を放つそれは、

──電磁加速式ガトリングパイルバンカー
通常のパイルバンカーより装填された杭《くい》は二回りほど小さいが、それでも弾丸に比べれば破格の巨大さ。射程こそ短いが電磁加速された超重量の黒杭がもたらす破壊力は、使徒の身を以て証明された。

もはや、ハジメの前に立つことは使徒と言えど許されない。

知恵を絞らず、研鑽《けんさん》も積まず、確固たる決意も覚悟もない人形如《ごと》きに、この進撃を止めることは不可能!

ならば左右から挟撃を、と残像を引き連れながら回り込む使徒達《たち》。

「ハジメさんばかりに任せてはいられません！」

「全くじゃな！　左右は任せよ！」

シアとティオが身構えた。が、二人に大剣を振りかぶった二体の使徒は、次の瞬間、下方より空を切り裂いた閃光に頭部を抉り飛ばされて、錐揉《きりも》みしながら地へと落ちていった。

「ええ？」

「な、なんじゃ？」

シアとティオが気勢を削《そ》がれたようにキョトンとする。ハジメ達も肩越しに閃光の射線を辿《たど》った。既に標高五千メートルには到達しているので身体強化特化のシアと〝遠見《とおみ》〟を持つハジメ以外には分からなかったが、その二人にはばっちり見えていた。

砦屋《とりで》上に固定した呆れるほど長大な対物狙撃ライフルを構えながら、サムズアップするパル君（十歳）、もとい〝必滅のバルトフェルド君〟を。

そして、彼を含むハウリア狙撃部隊の面々が、支給された〝電磁加速式超長距離対物狙撃ライフル〟を構えて狂戦士みたいな凄《すご》みある顔付きになっているのを。

元々、クロスボウですら超精密射撃をしていた連中だ。〝遠見〟と〝先読〟が付与されたスコープと〝瞬光《しゅんこう》〟付きゴーグルがあれば、五千メートル級の狙撃も可能なのだろう。

正直、ハジメもちょっと信じられない気持ちだったが。

なんとなく、サムズアップに込められたバルトフェルド君の言いたいことが分かる。

『ボス！　姉御！　露払いは任せてくだせぇ！』

多分、そんな感じだ。それを証明するように、挟撃を企《たくら》んだ使徒達が、絶妙なタイミングで下方より飛来する閃光に次々と撃ち抜かれていった。

流石《さすが》に、使徒が一度警戒した以上、一撃死するようなことはない。

けれど、ハジメ達に近づけないことを重視した狙撃は、これ以上ない牽制《けんせい》となっている。

「うちの一族がどんどん超人化していきますぅ……」

「もう、シアだけが特別とは言えんかもしれんのぅ」

「ハジメに関わると、みんな人間離れしてしまうのね……」

「ね、ねぇ、シズシズ。鈴《すず》ってまだ人間だよね？　ね？」

「俺はもう手遅れかもしれねぇなぁ」

なんて、スカイボードを駆りながらも軽口を叩《たた》けるのも、ハウリア狙撃部隊だけでなく、更なる援護が開始されたから。

リリアーナの指示なのだろう。砦の対空兵器からミサイルの乱れ撃ちが放たれ、爆風と衝撃を以《もっ》て使徒の集結を徹底的に邪魔している。

もちろん、相手は使徒故に、それを掻《か》い潜《くぐ》ってくる個体はいる。

だが、その程度ならシア達の実力を以て凌《しの》ぐくらいわけのないこと。

打倒ではなく振り払い。相手にせずとにかく前へ！

「突破したっ、人形共を足止めしろ！」

遂《つい》に辿り着いた奈落のような空間の裂け目――【神門】

ハジメはガトリングパイルバンカーを戻し、代わりに〝劣化版クリスタルキー〟を取り出した。前のとは異なり、クリスタルの透明な輝きはあれど短剣の形をしている。それを逆手に持って体当たりするように突き出す。

「チィッ、見た目は変わってても、やっぱり性能は同じかっ」

真紅の魔力が波紋を打つ。溢《あふ》れ出る瘴《しょう》気《き》が吹き飛び、黒々とした境界が僅かに波打つ。劣化版クリスタルキーの影響か。ある程度の範囲で瘴気の噴出が止まり、使徒も出現しない。

もちろん、【神門】は巨大で、範囲外からは今この瞬間も使徒が飛び出してくる。

「させませんよっ」

「ハジメの邪魔はさせないわっ」

「鈴、龍太郎！　下方を頼むのじゃ！」

「了解っ――〝聖絶《せいぜつ》〟！」

「使い切っちまうぜ！」

ヴィレドリュッケンが連射モード《フルオート》で炸裂《さくれつ》スラッグ弾の弾幕を張り、雫の黒刀が銀羽の掃射を一手に引き寄せ斬り払い、ティオがブレスを以て薙《な》ぎ払う。

鈴が双鉄扇が振るい、〝聖絶〟を以てハジメを球状に囲み、更に、下方へ何十枚も重ねた障壁を展開する。

それを突破してくる使徒を、ハジメからこの時のために支給されたショットガンを使って龍太郎が迎撃する。更に、

『援護します！』

愛子《あいこ》の〝念話〟が届くと同時に、ミラービットが飛来。太陽光集束レーザーを網のように展開して使徒の突貫を防ぐ。

「今度こそっ、通してもらうぞ！」

鮮烈な真紅が逆巻いた。〝限界突破〟の絶大な魔力がクリスタルの短剣を染め上げる。

ずぶりっと、切っ先が黒の境界に突き立った。

真紅と漆黒。双方が激しく波打ちせめぎ合う。

使徒も必死だ。今や、地上からは【神門】下方に巨大な銀色の繭ができているように見えていた。

それほどに殺到している使徒を相手に、シア達はよく凌いでいる。だが、今のままでは、もう一分も持たずに単純な物量に呑《の》み込まれることになるだろう。

「オォオオオオオオオオオオオオオオオオオオオッ!!」

裂帛《れっぱく》の気合が迸《ほとばし》った。

ハジメの魔力が更に跳ね上がり、短剣がより深く突き刺さる。

黒の境界が激しく揺らめき、僅かに亀裂を広げるが未《いま》だ扉は開かない。

レーザーに半身を消滅させられながらも突破した使徒の、その銀羽が遂にハジメに届いた。

頬が切り裂かれ、手足が穿《うが》たれる。

シア達も、圧倒的な物量の攻撃と限定されすぎた戦闘範囲に手傷を負っていく。

短剣が悲鳴を上げた。限界を示すようにビキビキと亀裂が入っていく。

やはり、突破できないのか。神の力には及ばないのか……

ここにいる者が〝並〟ならそんな考えが過《よぎ》っただろう。だが、そんなに物分りがいいのなら、そもそも、こんな場所にはいない。

だから、叫ぶ。傷つきながらも、四面楚歌《しめんそか》となりながらも。

「できます！　ハジメさんなら！」

「その通りじゃや、ご主人様よ！」

「大丈夫！　貴方《あなた》を止められるものなんて何もないわ！」

「いけぇ！　南雲《なぐも》くん！」

「南雲っ！　ぶっ壊せぇ！」

そんなシア達の叫びに、ハジメは、

「当たり前だっ。俺の邪魔をする奴は、一切合切、ぶち壊しだぁあああああっ!!」

懐から取り出す二の矢。ミレディより貰《もら》い受けた〝劣化版界越の矢〟。

それをもう片方の手に握り締め、全身全霊の魔力を込めて、短剣が作り出した亀裂へ突き刺した。

直後、ビキリッと音が響いた。

だが、それは短剣からではなかった。黒の境界からだった。

今までの抵抗が嘘《うそ》のように、短剣と矢が根元まで埋まる。

【神門】が苦悶《くもん》の声でも上げているみたいに激しく波打ち……

――ユエッ
ハジメは、求める心そのままに短剣を捻《ひね》った。

扉が開く。【神域】へと、ユエへと続く扉が。

空間が捻《ね》じれるようにして歪《ゆが》み、楕円形《だえんけい》の輝きが出現したと同時に短剣と矢が砕け散った。その破片がキラキラと魔力の残滓《ざんし》を引いて舞い散る中、ハジメは猟犬が獲物を視界に捉えたような獰猛《どうもう》な笑みを浮かべて叫んだ。

「ッ、お前等《ら》！　行くぞ！」

「はいです！」

「うむ！」

「了解よ！」

「うん！」

「応よっ！」

シアが、ティオが、雫《しずく》が、鈴が、龍太郎《りゅうたろう》が、気炎万丈の気迫を以て応える。

そうして、黒の境界の中に創られた真紅の輝きの中へ、ハジメ達は一斉に飛び込んだのだった。

不思議なことに、後を追う使徒はいなかった。
どこか憎らしい表情で閉じゆくゲートを見つめ、一拍。視線を地上へと戻した。
散っていく、使徒で作られた銀の繭。
その向こうにハジメ達はおらず、ゲートを観測。
【神域】突入作戦――成功。
連合軍の大歓声が響き渡った。
その希望に満ちた人の声を蹂躙《じゅうりん》すべく、使徒達が一斉に急降下を開始。
今、人類の存亡を賭けた大決戦の、本当の幕が上がった。

番外編◆その日、全竜人族が泣いた

見渡す限りの大海原。

陽《ひ》の光を反射して宝石のように輝く青の世界に、その島はぽつんと存在していた。

周囲数百キロ内において岩礁一つ存在しないそこは、まさに孤島というに相応《ふさわ》しい。

その孤島の南側。切り立った岸壁の縁に、一人の女性が佇《たたず》んでいた。

肩口くらいまでの瑠璃色の髪に同色の着物、年は初老といったところで貴婦人と見紛《みまが》う上品な雰囲気を漂わせていた。

女性は、遥《はる》か南を一心に見つめている。両手を胸の前で組み、祈るようにして。

「……姫様」

ヴェンリ・コルテ――代々クラルス一族に仕える従者の家系。水と幻を司《つかさど》る竜人にして、ティオの従者兼乳母《第二の母》でもある。

この数ヵ月、ティオが旅立ったこの場所で無事を祈るのが彼女の日課となっていた。

かつてない何かが起きている。

そう言って強引に調査役を引き受けたティオの言葉を、ヴェンリは疑わない。

主に向ける敬愛と、娘を想《おも》う母としての信頼が確信させるのだ。

けれど、だからこそ不安は尽きない。

と、その時、

「ヴェンリ殿！　カルトゥス殿が感知した！　姫様の魔力だ！　こちらに――」

伝令に来てくれた同胞の言葉を、ヴェンリは最後まで聞けなかった。

無意識のうちに〝竜化〟し、既に飛翔《ひしょう》していたから。

海と同化するような瑠璃の竜鱗《りゅうりん》を陽の光に煌《きら》めかせ、ヴェンリはただ南へ飛んだ。目を皿のようにして蒼穹《そうきゅう》の空に浮かぶ黒点を探す。

どれくらいそうしていたか。孤島からは百キロ近く離れただろう。

今更ながら、天職〝監視者〟を持つカルトゥスの感知範囲の広大さを思い出し、逸《はや》って出てきてしまったことを後悔し始めた頃、

『なっ、姫様!?』

遂に見えた。間違えるはずのない姫様の漆黒、魔力、気配。

なのに思わず狼狽してしまったのは、黒点などではなかったから。

それは竜巻だった。水平に飛び、針のように先端を尖《とが》らせた漆黒の竜巻。

まだ数キロの距離があるのに、みるみるうちに彼我の距離が喰《く》らいつくされていく。

誰より傍《そば》にいたヴェンリだからこそ分かる。里を出る前のティオとは、まるで比較にならない圧倒的速度だ。里の最速を誇る風属性特化の嵐竜《らんりゅう》の竜人ですら、きっと今のティオには及ばない。

『む？　ヴェンリか!?』

『は、はいっ、姫様！　よくぞご無事に戻られまし……た？』

たった数ヵ月離れていただけなのに懐かしく感じてしまう声に、ヴェンリは思わず涙ぐむ。が、竜巻が霧散した途端、その涙も引っ込んでしまった。

『ひ、姫様、そのお姿は……』

『案ずるでない。少し形態変化しただけじゃ。速度重視の形にな』

絶句せずにはいられない。竜人族の〝竜化〟形態は、生まれた時から決まっている。大きさ自体は年齢や修練で変わるが、姿形自体が変わることなどない。

だが、目の前には実際に、記憶にある黒竜姿よりずっとスマートとなり、鱗《うろこ》一つ一つに流線のような美しいラインを無数に走らせた姿がある。

『話は後じゃ。すまんがヴェンリよ、少し魔力を分けておくれ。飛翔しながら形態変化の習熟をしていたのでな、想定以上に魔力を消費したのじゃ……』

我に返るヴェンリ。ティオの声に隠しようのない疲労が滲《にじ》んでいて、慌てて魔力譲渡の魔法を発動する。

『助かった。さぁ、ヴェンリよ。竜化を解いて背に乗るとよい』

『はい!?　姫様の背に乗るなどできるはずがありませんでしょう!?』

『ええいっ、今は問答している時間はない！　命令じゃ！　乗れ！』

『うぅ～っ、従者が主の背に乗るなど……我が家の御先祖様になんと申し開きすればよいのか……』

『ふっ、むしろ従者に踏まれるなどご褒美』

「え？　姫様？　今なんと？　んん？　なぜいきなり息が荒くなって……」

恐れ多いと言いたげに〝竜化〟を解いてティオの背に乗ったヴェンリは、「おや？　姫様の様子が……」と首を傾《かし》げる。

しかし、答えが返る前に風の結界がヴェンリを包み、

『ではゆくぞっ、ヴェンリに踏みつけられた妾《わらわ》の快感を、今、飛ぶ力に！』

「えっ⁉　姫様⁉　今、おかしなことを――って速すぎでございますぅ～っ」

漆黒の竜巻再び。ティオは風の結界すら弾《はじ》けんばかりの速度で飛翔し、ヴェンリは再会の感動に浸る間もなく、ただ悲鳴の尾を引いたのだった。

それから約十分。

「ティオ様っ、お帰りなさいませ！」

「ご無事なようで何よりでございますっ」

「姫様、先程のお姿はいったい……」

「おいっ、道を空けろ！　姫様を休ませて差し上げねば！」

孤島の海岸には里中の竜人達《たち》が集まっていて、歓喜と戸惑いの混じったざわめきを響かせていた。その中心には〝竜化〟を解いたティオがいる。

「うむっ、出迎え嬉《うれ》しく思う！　皆の者、今、帰ったのじゃ！」

嬉しそうに言葉を交わすティオだったが見るからに疲弊した様子で、ヴェンリが肩を貸しながら労《いた》わる。

「姫様、直《す》ぐに寝所を用意致します。さぁ、まずは屋敷でお休みください」

恭しくティオを連れていこうとするヴェンリ。だが、ティオは首を振って拒絶を示す。

「いいや、その必要はない。直ぐに皆へ報告せねばならん。ヴェンリよ、爺様《じいさま》は……」

「ここにいる」

人垣とざわめきを絶ち割るようにして、緋色《ひいろ》の髪の偉丈夫が姿を見せた。ティオの祖父にして竜人族の族長――アドゥル・クラルスだ。

たとえ国は失えど、竜人族にとって彼が王であることに変わりはない。故に、ティオの帰還に歓喜する声も、疲弊具合を案じる声も等しく霧散して静寂が訪れた。

その中で、ティオは少しふらつきながらもヴェンリの支えから離れ、しゃんと背を伸ばしてアドゥルと向き合った。

その瞳に宿る輝きに、アドゥルは思わず息を呑《の》む。

「爺様、いや、族長」

「ティオ……」

向かい合い、見つめ合う祖父と孫。そして、どこか厳かな雰囲気に戸惑いながらも耳を澄ませる竜人達。

潮騒《しおさい》と、海風が雑草を撫《な》でる葉擦れの音だけが鼓膜に触れる中、ティオは、ただ一言を以《もっ》て、万感の宿る報告を口にした。

「――〝時は来た〟」

「――っ」

アドゥルの目が大きく見開かれる。不敬と知りながら再びざわめきが広がっていく。

アドゥルは一度、深く息を吸い、縦に割れた竜眼を以てティオを見据えた。

祖父としてではなく、竜人族の命運を背負う族長としての眼《め》で。

真っ直ぐに見返してくる瞳は、やはり記憶にあるものより遥かに強靭《きょうじん》で壮絶に研ぎ澄まされているようだった。

（この変化、神の手先に良からぬ影響でも受けたかとも思ったが……なるほど、どうやら〝成長〟と捉えるべきらしい）

自然と、アドゥルの口の端は吊《つ》り上がっていた。

「皆の者、聞いたな？　広場へと集まれ。これから、ティオより我等の未来を決する報告がある！」

ビリッと響いた言葉に、ざわめいていた竜人達はハッと我に返った。

そして、その意味を呑み込むや否や、何か溢《あふ》れ出しそうな感情を必死に抑えた様子で広場へと移動していった。

「ティオ、まずは何か食べなさい。鈍った頭で報告することではないだろう？」

「そうじゃな。たくさん、とてもたくさん、報告したいことがあるのじゃ」

ようやく祖父と孫の顔に戻る。

歩み寄ったアドゥルは、ティオの肩に手を置いて慈愛のこもった表情を向けた。

「どうやら、良き出会いがあったようだな？　母《オルナ》によく似ている」

「ぬっ……爺様は相変わらず鋭いのぅ」

「ひ、姫様？　まさかと思いますが……」

頬を染めて照れたように袖で顔を隠すティオに、アドゥルは笑い、ヴェンリは表情を盛大に引き攣《つ》らせた。

まさか、神の手先ではないけれど、その良き出会いに良からぬ影響を受けまくっていて、〝成長〟というより〝覚醒〟しちゃっているとは思いもせずに。

それから、ほんの十五分ほど後。

ティオが軽食を取っている間に、隠れ里の中央広場には全竜人族――老若男女合わせて約三百人が集まっていた。

大陸の調査から帰還した姫様の重大報告だと聞いて、誰も彼も落ち着かない様子だ。

今まで何度かあった調査活動において、このような集会が開かれたことはなかったことも、彼等《ら》の動揺を後押ししている。

「皆の者、心して聞いてほしい」

青空の下の歌舞伎舞台。祭りや祝日とあらば催しものもされるその場所に、ティオが姿を見せた。両隣にはアドゥルとヴェンリが追従し、そのまま少し距離をおいて床に座る。

「世界の終わりが近づいておる」

神が、また歴史の崩壊と誕生を弄ぶのか……と、竜人達は義憤に駆られたような表情になった。自分達がこの島に潜んでいる原因であり、およそ三百年前にも起きたこと。

だが、今回はそのようなレベルの話ではなかった。

「今の歴史の終わり、という意味ではない。人類存亡の危機である。神は、この世界そのものを滅ぼすつもりでおる！　そして、異世界へと狙いを定めたのじゃ！」

ざわっと動揺が走り抜けた。

「言葉だけでは伝えきれぬ。皆も戸惑いが大きいじゃろう。故に、妾は、妾と仲間が経験した死闘を、ここに再現する！　神代の魔法を以て！　心して見よ！」

ヴェンリが絶句し、アドゥルが厳しい表情を見せている中、ティオは懐から白いカードを取り出した。その色違いのステータスプレートにも見えるカードを頭上に掲げると……

「なんと……これは……」

アドゥルが瞠目《どうもく》した。それは他の者達も同じ。

空中に投影された光景を食い入るように見る。

始まりは【シュネー雪原】境界から。アーティファクトの回収ついでに〝過去再生〟して記録したそれには、使徒五百体以下、圧倒的な戦力が映っている。

広場上空が使徒で埋め尽くされたかのように錯覚し、映像越しでも分かる強大な力と併せて、竜人達は生唾を呑み込んだ。

「かつて、私が相対し敗北した怪物が、これほどいるとはな」

「やはり、爺様が死んだと思われていた戦いは、こやつが相手だったのじゃな」

そう、かつてアドゥルは使徒と相対した。

その戦いで戦死したと思われていたのだが、実は偽装であり、密《ひそ》かに生き延びてこの隠れ里を用意していたという事実があるのだ。

「ティオ……この青年は？」

「名を、南雲《なぐも》ハジメ。異世界より召喚されし者達のうちの一人」

では、彼が〝勇者〟か、と呟《つぶや》く竜人達に、最前列に座る最古参の竜人カルトゥス老が首を振った。

「勇者ではありませんな……なんと、〝錬成師〟とは……」

「なっ、カルトゥス老！　それはなんの冗談ですか!?」

若い藍色髪の竜人――リスタスが思わず声を上げる。他の竜人達も同じ気持ちらしい。

それも無理はない。絶望的戦力を前にして一歩も引かない白髪眼帯の彼が、まさか戦闘系の天職持ちですらないなどと、どうして信じられようか。

「そう、ご主人様は勇者ではない。ただの錬成師じゃ。しかし、オルクスの最深部より更に深き奈落の底へ落とされてなお、自力で這《は》い上がった傑物であり……一対一での戦いで神の使徒を正面から打ち破った実績を持つ――いわば特異点《イレギュラー》とでもいうべき存在じゃ」

「使徒を一人で……そうか、だからこそ、この戦力というわけか。はは……」

はない。

乾いた笑い声が無意識のうちに出てしまうアドゥル。

納得半分、やはり信じ難い思いが半分。誰も彼も同じで、ティオの呼称に気を払う余裕はない。

ヴェンリさんを除いて。顔をバッとティオに向け、姫様の真面目で凛々《りり》しい横顔を凝視している。「え、今、あの青年をご、ご主人様って……あれ？　聞き間違い？」みたいに思っている顔だ。

「隣にいるのは、かつての最強の吸血鬼アレーティア女王……今はユエと名乗っておる」

「生きていたのか……」

「うむ、奈落の底で封印されていたのを、ご主人様が助けたのじゃ」

「そうだったか……ん？　ティオ、今――」

そうですっ、アドゥル様！　姫様が変な呼称を使いましたよ！　さぁ、問いただしてください まし！　とヴェンリさん、両手で握り拳を作って期待を寄せる。

「兎人族《とじんぞく》シア・ハウリアは、もう一人のイレギュラーと言って良い。妾が知る限り、この時代の亜人で唯一の魔力持ちじゃ。後ろにいる茶髪の青年が実は〝勇者〟なのじゃが、妾からすれば、シアこそその称号に相応《ふさわ》しい」

「む、そ、そうか……」

アドゥルさん、少し首を傾げつつも、ティオが〝何一つ不思議なことはないが？〟といった様子で香織《かおり》や雫《しずく》達のことも誇らしげに語っていくので、聞き間違いと判断してスルーした。ヴェンリさんが〝族長っ、失望致しましたっ〟みたいな顔をしている。

アロイスやリスタス達も「ゴシュジンサマって、どういう意味だ？　渾名《あだな》？」「二つ名とかでは？」と怪訝《けげん》な表情で小声を交わしているが、やはり問うことはしなかった。姫様が男を〝ご主人様〟なんて呼ぶわけがないので、咄嗟《とっさ》に意味が重ならなかったのだ。

そんな中、彼等の意識を釘《くぎ》付けにする一言が。

——絶滅させてやる
誰もが氷塊を背筋に投げ込まれたような心地になった。

気持ちは分かるのだ。同郷の者達と己を父と慕う子が人質に取られたのだから憤怒して当然である。けれど、その一言に込められた感情は、あまりにおぞましくて……

「ハァハァッ、す、素敵じゃ……」

「姫様!?」

ヴェンリさん、遂《つい》に我慢できず声を上げる。だって、姫様が恍惚《こうこつ》の表情でハァハァしてるんだもの。

その悲鳴じみた声にアドゥル達が弾かれたように視線をティオへ戻せば、その時には既に〝スーパーティオさんモード〟の真面目顔に戻っていた。ヴェンリさんが床をタシッタシッと叩《たた》いている。どうして皆、姫様の異変に気が付かないのですか！　と。

でも、何か言おうにも映像は次々と衝撃的なシーンを晒《さら》していき、とても口を挟めない。

エヒトの現界には誰もが拳を握り、ハジメの慟哭《どうこく》には胸を痛めた。

エヒトやアルヴの世界滅亡の宣言には義憤が湧きあがり、その後のティオ達《たち》の戦いには驚嘆が広がり、そしてハジメの〝存在否定〟には言葉を失った。

気が付けばヴェンリ自身も壮絶な死闘の世界に引きずり込まれていて、映像の中でティオが何度も〝ご主人様〟と口にしていることも、少ししか気にならない。

最後に、ハジメ達の話し合いが映し出され、ティオの帰還の理由を理解した竜人達は、誰もが気持ちを落ち着けるように深い呼吸をしていた。

「……なるほど。確かに、〝時は来た〟ようだ」

厳かで、万感の想《おも》いが込められたようなアドゥルの言葉に、竜人達の動揺は、もはやない。やるべきことは明々白々。覚悟なら、いつだってできている。

「同胞達よ、立ち上がる時は今ぞ！　生き延びた意味を示す時が、ようやく来たのだ！」

アドゥルが立ち上がって、ティオの隣に並んだ。

その肩に手を置き、顔を見合わせ頷《うなず》き合う。

そして、気迫を漲《みなぎ》らせる竜人達に、王威を以て声を張り上げる。

「戦《いくさ》の準備をせよ！　この一戦に、我等の全てを賭ける――」

『んはぁっ、しゅごいのキタのじゃぁっ。ご主人様よ！　もうちょっと！　あともうちょっとで妾《わらわ》、かつてないほどイケる気がするぅーーっ』

『よしキタ任せろ！　このクソ駄竜が！』

発動状態を止めていなかった〝過去映像〟から、なんか流れ出した。

全員、ギョッとした表情で空中に視線を向ける。

四《よ》つん這《ば》いになったティオが、ご主人様からご褒美を貰《もら》っている姿があった。

ビシバシッズバンッと音が響く。ティオの大きくて魅惑的なお尻に、なんかトゲトゲしいうえに禍々《まがまが》しい鞭《むち》が残像を発生させる勢いで直撃しまくる。

その度にティオの表情は恍惚に染まり、口元からはハァハァッと涎《よだれ》混じりの吐息が漏れ、鼻息は荒くなり、目は歓喜の涙を溜《た》め込んでいく……

後ろには、頭を抱えたシアや香織達、そして真っ赤になっている愛子《あいこ》や優花《ゆうか》達の姿も……

どうやら、超遠距離を飛行するティオの移動速度を増すために、〝痛覚変換〟を最大発動する儀式を行っていた時の映像らしい。

『おらっ、ラストだ！　しっかり受け取れっ、空前絶後のド変態め！』

『ありがとうございますっ』

最後は直接の平手打ちがティオのお尻を打ち、ティオはビックンビックンッと痙攣《けいれん》しながら心のこもったお礼を口にした。

ハジメは慈愛すら浮かぶ良い笑顔でティオを抱き起す。

『ふぅ、こんなもんか。ティオ、イケそうか？』

『はひはひっ。しゅ、しゅごかったぁ。心はもう世界の果てまでイッておるよぉ』

なんて幸せそうで、見るに堪えない姫様の笑顔だろうか。

「おっと。プライベートな記念映像まで流れてしもうた。すまんすまん」

どうやらこの駄竜様、魔王城での記録の後に自分用の記念映像まで撮っておいたらしい。

醜態という表現でも生温《なまぬる》い凄《すさ》まじい衝撃映像が家族の前で流れたのに、なぜ焦りもなく
「ちょっと恥ずかしいのじゃ」と普通の乙女みたいな顔で恥じらえるのか……

ギギギギギッと油を差し忘れたブリキ人形みたいな動きで、同胞達の視線がティオに向く。

広場が、この五百年で一番しんっと静まり返っていた。

その中で、勇気ある若者――リスタス君が思わず言っちゃう。

「誰だお前っ！」

不敬である。同胞から袋叩《ふくろだた》きにされてもおかしくない、ものすっごい不敬である。

でも、誰も咎《とが》めない。気持ちは一緒だから。

「ひ、姫様！　お聞きしたいことがございます！」

「な、なんじゃぁヴェンリよ。お主、今とんでもない形相になっておるぞ」

「あんな気持ちわる――んんっ、陶然とした顔の姫様には言われたくございませんっ」

「お主、今、主である妾のことを気持ち悪いって……ハァハァ」

「ハァハァしてないで真面目にしてくださいまし！　南雲ハジメと言いましたか!?　あの男とはどういう関係なのですか!?　ご主人様とはいったいなんですか!?　さぁっ、キリキリとお吐きなさいっ！」

幼少期以来すっかり見なくなった〝乳母《第二の母》モード〟のヴェンリを前に、しかし、ティオは

ふふんっと得意げに胸を張った。

「ふっ、よくぞ聞いてくれたのじゃ！　紹介しようぞ！　あの方こそ、このティオ・クラルスが身も心も捧《ささ》げる唯一無二のご主人様なのじゃ！」

なのじゃ～！　なのじゃ～！　なのじゃ～！　と里に木霊する姫様の声。

小鳥が一斉に飛び立った。聞くに堪えない！　と言っているみたいに。

「あ、あり得ない！　姫様！　何かの御冗談なのですよね!?」

深緑の髪と竜人最速の称号を持つ嵐竜《らんりゅう》の竜人にして、ティオの婚約者候補筆頭でもあるアロイスさんが悲鳴じみた声を上げげた。嘘《うそ》だと言ってよ！　と。

「冗談なものか。アロイスよ、そして婚約者候補だった者達よ。すまんが妾は生涯を捧げる相手を見つけてしもうた。分かっておくれ」

「あの鬼畜外道な顔で貴女《あなた》を鞭打っていた奴《やつ》がですか!?　正気とは思えません！」

ごもっとも。どう考えても〝姫様ご乱心！〟状態である。

だが、姫様は揺るがない。何かを思い出すように遠い目をする。

「妾の婚約条件はただ一つ。妾より強いこと。しかし、五百年以上の年月を以《もっ》てしても、妾の黒鱗《こくりん》に傷を付けられた者はなし。痛みすら遠い昔のものとなってしまった」

「そ、それは、確かにそうですがっ――」

「じゃがっ！　ご主人様は違った！　操られた妾を、文字通りボッコボコにしてくれたのじゃ！　爪の付け根とか！　歯茎とか！　嫌らしいところばかり攻撃し、かと思えば鱗《うろこ》を砕き、妾のブレスさえ正面から打ち破って翼をもぎ取りおった！」

　朗々と愛する人を語るティオだが、誰も感心などできない。だって、姫様の顔が気持ちわるる――ではなく、めちゃくちゃ恍惚としていて、自分を抱き締めながら、なんかくねくねぬるりっと気持ちわる――気持ち悪いっ動きをして悶《もだ》えているから！

「あまつさえ――ご主人様は妾のお尻に、お尻にっ、あんな黒くて太く大きいものを強引に突き刺してっ、やめてたもうっと懇願してるのに容赦なくグリグリィッ、ズボズボォってぇっ！　くぅ～っ、今思い出してもたまらん！　まさに人生の転機！　新たなる扉を開きし最良の日！　ご主人様ぁ！　愛しておるのじゃーーーっ」

　姫様、魂の叫びが迸《ほとばし》った。

　直後、

「リ、リスタスーーっ！　しっかりしろぉーーっ！」

「ダメだっ、息をしてない！　ショック死寸前だぞ！」

「アロイス？　おいっ、アロイス！　正気に戻れ！　俺は姫様じゃない！」

　取り敢えず、リスタス君を筆頭に男の半数がショックのあまり気絶して倒れ、アロイスを筆頭に半数が正気を失って身近なものを姫様と思い込む異常事態が発生した。

　子供は泣き叫び、女は絶望して天を仰ぎ、老人の過半数が実際に天へ召されてしまいそうになっている。

　まさに阿鼻《あび》叫喚《きょうかん》の地獄絵図が、大戦前なのに広がっていた。

「アドゥル様！　姫様がご乱心ですっ。もしかしたら闇属性の魔法で正気を奪われておいでなのでは……アドゥル様？」

頼みの綱、祖父にして族長のアドゥルならティオを正気に戻してくれるはず！　と期待するが……

「た、立ったまま気絶してる……」

アドゥルお祖父《じい》ちゃん、孫娘の変わりように仁王立ちしたまま白目を剝《む》いていた。

「ヴェンリ様！　もう貴女しかっ」

「ふふ、姫様、大丈夫でございますよ。このヴェンリがお傍《そば》におりますからねぇ」

頼みの綱のヴェンリさん、近くの木に向かって話しかけていた。目線の高さからして、どうやら幼少期のティオと会話しているつもりらしい。つまり、現実逃避からの記憶退行を起こしていらっしゃる。

「……なんじゃ、お主等《ら》。妾、伴侶《ご主人様》を見つけたのじゃぞ？　もうちょっと祝福してくれたってよかろうに……」

「「「「できるかぁっ」」」」

生き残り（？）の女性陣が声を揃《そろ》えて怒声を上げたのは言うまでもない。

その後、カルトゥス老がどうにか場を取り仕切りつつ、「姫様、戦の準備の間、どこかに行っておいてくだされ」と、姫様にするとは思えない雑な扱いでティオを広場から追い出した。

ティオは、「これが新しい妾じゃ……受け入れてたもう……」と呟《つぶや》きつつ、しょんぼりしながら里の外れへと去っていったのだった。


それから、ティオはこそこそと里外れを歩いた。

幼少期に遊んだ場所、修練の場所、月の良く映える森の穴場、宴会にもってこいの海岸などなど、想い出の場所を感慨深そうに。

隠れ里とはいえ、陰鬱とした記憶などない。

同胞達を愛し、そして同胞達に愛された五百余年であった。

けれど……

「乾いておったのぅ」

そう思う。彼と出会ってからの鮮烈な日々に比べれば。

だから、里を出てまだほんの数ヵ月しか経《た》っていないのに、こんなにも懐かしく思ってしまう。ここでの五百年より、ハジメ達と過ごした数ヵ月の方が長く感じてしまう。

いつしか、ティオの足は自然と西を向いていた。

木漏れ日の中を進み、潮騒《しおさい》を耳にしながら辿《たど》り着いたのは墓地だった。どこか鬱蒼《うっそう》としていて薄暗く、そこに幾つもの墓石が整然と並んでいる。

本当は、岬などもっと陽《ひ》の当たる場所に埋葬したかったのだが、ここは隠れ里だ。

集落自体は魔法で上手《うま》く隠せても、里から離れた目立つ場所に墓石が並んでいては偶然発見される恐れがある。まして、海に還《かえ》すなんてことも、万が一、遺体が大陸に流れ着いた時のことを思えばできはしない。

結果、このような場所に作るしかなかったのだが、それでも竜人族にとって、ここは神聖な場所だった。

なぜなら、ここは悲願に関われずに島で果てた者達だけでなく、遺体なき者達の魂が眠る場所……と考えられているからだ。そう、

「父上、母上、報告に参ったのじゃ」

かつての大迫害において命を散らした同胞達の、魂が帰り眠る場所として。

墓地の一番奥、柵で囲われたそこに白い墓石が安置されていた。表面には、ティオの父——ハルガ・クラルスの名と、母——オルナ・クラルスの名が刻まれている。

ティオは、ぽつぽつと言葉を落としていった。

子が親に「聞いて聞いて！」と楽しそうに、あるいは一生懸命に話すように、旅のこと、己の心で感じたことを語って語って……

そうして、少し声が嗄れてきた頃。

「父上の言う通りであったよ」

——いつの日か、彼の存在を討つことのできる者が、必ず現れるだろう

最期の時、父が残した予言が的中したことを誇らしそうに呟く。

「彼と出会うまで、生き延びたのじゃ」

苦笑いを浮かべて、頬を掻《か》く。

「最初は打算があった。妾《わらわ》の直感が〝この男から目を離すな〟と、そうがなり立てたのじゃ。恋心などという甘やかなものではない。もっと仄暗《ほのぐら》く、この心の黒い炎を滾《たぎ》らせる危険な興奮が、妾を突き動かしたんじゃよ」

胸元を握り締め、復讐心《ふくしゅうしん》を吐露するティオ。

「炎に見えた。妾と同じ破壊的な炎を宿す者。彼こそ厄災なのではと考えた。厄災に厄災をぶつければ、あるいは、とな」

けれど、と後ろめたそうな表情で俯《うつむ》いていたティオは顔を上げた。

その表情は森の泉のように清らかで柔らかく、同時に財宝を抱く竜のように欲望の滲《にじ》む女のものだった。

「参ったのじゃ。一度懐に入れてしまえば、どこまでも受け入れよる。妾の復讐心も、使命も、掟《おきて》も、何もかも。なのに、甘やかに守ってくれたりはせんのじゃ。一方的に願いを叶《かな》えたりもせんのじゃ。心を砕いて造った武器を渡してくるんじゃぞ？　ほら、これでどうにかできるだろ？　とな。ククッ」

思わず笑ってしまうティオ。

悪者にさらわれたお姫様を王子が助けにくる物語があったとして、でも、その王子は「もう大丈夫。私が守ってみせます！」なんて言わないのだ。「姫用の最強武器を持ってきました。これで大丈夫ですね？　援護します」なんて言うのだ。

「動じぬ器に惹《ひ》かれ、容赦なく叱咤《しった》してくれる優しさに惚《ほ》れた。妾が見初めた殿方を父上と母上に直接紹介できず、とても残念じゃ。……のぅ？　爺様《じいさま》よ」

肩越しに微笑を向ければ、いつの間にそこにいたのか、アドゥルが神妙な雰囲気で立っていた。

「乱心したわけではないんじゃよ？　少し新たな性癖に目覚めてしまっただけなのじゃ」

「少し……そうか、少しか」

隣に並んだアドゥルの表情は、凄まじく複雑だ。眉間の皺《しわ》を一生懸命に指で揉《も》み解《ほぐ》している。

とはいえ、ティオの語りの半分は、少し前から後ろにいた自分に向けてのものだという
ことも、アドゥルは理解していた。

正直、ハルガとオルナに土下座しようかと思っていたくらいだ。託された息子夫婦の忘れ形見。一族の宝を、こんな有様に……私の責任だ……と。

しかし、あんな心情を、あんな振り返り様の幸せそうな微笑と共に語られては、

「呑《の》み込むしかあるまいなぁ」

苦笑いを浮かべつつも、そう言うしかない。

「うむ、受け入れてほしいのじゃ、爺様よ。父上と母上の分まで、しっかりご主人様を紹介させておくれ」

「……そのご主人様というのはなんとかならんか？」

「ならん！　ご主人様はご主人様であるが故に！」

「……ハルガ、オルナ、すまないっ」

「謝らないでほしいんじゃが!?」

「クラルスの祖霊達《たち》よっ、申し訳ないっ」

「そこまで酷《ひど》くはなかろう!?　爺様！　その痛恨の極み！　みたいな顔はやめてほしいのじゃが!?」

アドゥルお祖父さん、両手で顔を覆ってしまっている。きっと、心の中ではさめざめと涙を流しているに違いない。

むすっとした顔で見るからに拗《す》ねてしまったティオ。だが、少しすると、

「爺様……妾、守ってやれんかったよ」

落ち込んだように俯いてしまった。

アドゥルは横目に孫娘を見やった。誰のことを言っているのか、あの映像を見た後なら分からないはずがない。

「何が〝守護者〟じゃろうなぁ。本当に情けない。強くなったつもりで、その実、あの時と何も変わっておらん。また、何もしてやれなんだ」

同胞達が戦い、命を落とし、母の遺体が晒《さら》され、父と永遠のお別れをした。

幼いティオには何もできなくて、ただヴェンリに手を引かれながら逃げ延びた。

今度は必ず守るべきを守ると誓って、族長と同等以上とまで言われるようになったのに、まんまと友を連れていかれてしまった。

「代われるものなら代わってやりたいのぅ」

独白のようなそれは、きっとアドゥルだからこそ聞けたもの。孫娘の、祖父に対する甘えのようなものか。

しんと鎮まった森の中。

アドゥルは難しい表情で何かを考える素振りを見せつつ口を開いた。

「ヴェンリに聞いた。ティオよ、竜化した後に形態を任意に変えたというのは本当か？」

「ぬ？　うむ、変成魔法の力でのぅ」

「映像の中では、竜化せずに黒鱗《こくりん》を自在に展開・応用していたように見える」

「昇華魔法の影響もあるが、危機的状況下で必死だったというのもあるのぅ。妾の〝竜化〟の技能自体も、より高みへと昇ったようじゃ……爺様？　どうしたのじゃ？」

深く深く悩み始めたアドゥルを、ティオは少し心配そうに見やった。

かなりの時間を悩み続けたアドゥルは、やがてティオの表情を見ると、ふっと肩の力を抜いた。

「今なら、問題ないかもしれんな」

そう言うと視線でついてきなさいと促し、アドゥルは踵《きびす》を返した。

「どこへ行くのじゃ。爺様よ」

「霊廟《れいびょう》だ」

ティオは首を傾《かし》げた。霊廟とは初代クラルスの御霊《みたま》を鎮魂する祠《ほこら》のことで、全ての竜人族にとって戒めの場とされている。

なぜ戒めの場なのか。

それは、この初代クラルスこそが〝竜人族の聖句〟が生み出されたきっかけだからだ。

まだ竜人族が人か獣かと問われていた時代の話である。

迫害が頻発する中、強大な力を持ちながらも共存を呼び掛け続け、高潔を以《もっ》て他種族に献身を捧《ささ》げていた初代クラルスは、しかし、手酷《てひど》い裏切りで最愛の妻を失い、遂《つい》に理性を手放し獣に堕《お》ちた。

暴れ続ける彼はあまりに強力で〝厄災〟と称されるほど。結局、初代を討つという形で決着をつけたのは、彼の息子――アドゥルの祖父率いる竜人達であった。

竜人の強力さに畏怖を抱いた各国の迫害は鳴りを潜め、そして、そこからまた長く苦しい共存の可能性を探る竜人達の歴史が始まった。

平和の礎はアドゥルの代で作ることに成功し、そしてハルガの代で他種族共存は成ったのである。

竜人の子供が必ず学ぶ歴史であり、その際には霊廟で初代の偶像を前に聖句を唱えるのだ。〝人か獣か、我等は決意もて魂を掲げる〟と。そして心に刻むのだ。歴史と掟を。

とはいえ、それだけと言えばそれだけの場所である。

「霊廟になんの用じゃ？　戦の準備もそろそろ終わる頃じゃろう。戻った方が――」

「ティオよ。初代様はなぜ厄災と呼ばれたと思う？」

問いを受けたティオはますます困惑した表情になった。

「それは……強かったからじゃろう？」

「そうだ、強かった。あまりにも。私やハルガがどれだけ手を打っても世界の潮流を変えられなかったにもかかわらず、初代様のもたらした厄災は、その流れを絶ったほどに」

「あ……」

ティオは思わず呆《ほう》けた声を出してしまった。

「竜人族の半数近くが相打ったという」

「ちょっと待つのじゃ、爺様よ！　妾は知らんぞ、そんな歴史！」

「当然であろう。知る必要のないことだ」

どれだけ強かったかなど重要ではない。大切なのは初代の悲劇から竜人の掟を学ぶこと。

もし、仮に初代の強さが途方もないものであったと知られたら……

「なぜ、それほどまでに強い？　どうすればそうなれる？　と考える者が出てくるであろう。今、お前がそう思ったように」

「――っ。爺様の目は誤魔化せんな」

霊廟に到着し二人して祠へと入る。二十メートルほど進むと、それまでの通路の狭さが嘘《うそ》のように広い空間に出る。その奥にぽつねんと祭壇があり、初代の偶像も安置されていた。

アドゥルは、その偶像を手に取った。かと思えば、己の指先を爪で切り、浮き上がった血を偶像の口元に当てながら魔力を流し始めた。

「まさか……アーティファクトだったのかえ？」

「そうだ。偶像は封印具。収められているのは、我等《ら》竜人が決して忘れてはならぬ戒めの具現だ」

偶像が真っ二つに割れた。

その瞬間、吹き荒れた強烈なプレッシャーにティオは思わず瞠目《どうもく》した。

「馬鹿なっ、これはっ、概念魔法の気配!?」

「やはりそう見るか。南雲《なぐも》殿の〝存在否定〟を見て、そうであろうと私も考えた」

入っていたのは一枚の鱗《うろこ》だった。血が黒ずんだような色をしており、そこから凄《すさ》まじい怨嗟《えんさ》が放たれていた。

傍《そば》にあるだけで正気を削り取られるような、あまりにおぞましい気配は、なるほど、確かにハジメが創造した〝存在否定〟の概念に酷似している。

「初代様の竜鱗《りゅうりん》だ。これだけはいかなる手段を用いようとも滅することができなかった。そのうえ、触れた者を強制的に竜化させ、その理性を奪い獣へと堕とす。……代わりに強大な力が与えられるという」

初代亡き後、未《いま》だ封印の方法がなかった時代、まるで魅入られるようにして触れてしまった者もいたのだという。

クラルスに連なる者、あるいは特に力のある竜人ならば精神力で数十秒くらいなら耐えられるのだとか。過去に魅入られた者達も途中で我を取り戻し、自ら命を絶つことで第二の厄災となることだけは防いだのだという。

「クラルスの血と魔力にしか反応しない特殊な封印方法が見つかってからは、代々こうして戒めの象徴として秘匿しつつ受け継いできた」

「……今、妾に見せたのは、ただ戒めを改めさせたかったわけではないのじゃろう？」

ティオの険しい眼差《まなざ》しに、アドゥルは頷《うなず》いた。

「今のお前ならば、初代様に打ち勝てるやもしれん。そして、その時、お前は今以上の力を得ることになり……」

「同時に、初代様の悲しい残滓《ざんし》も払えるやもしれん……というわけじゃな？」

こくりと頷くアドゥル。なるほど、悩んでいた理由が分かるというものだ。

あまりに危険で、失敗すれば取り返しがつかないことになる。

けれど、ユエを助けてやれなかったと口にした時のティオはあまりに悔しそうで……

何より、想《おも》い人《びと》の最愛の存在など恋敵といってもおかしくはないのに、負の感情など欠片《かけら》もなく身を案じ、奪還への絶対的な決意を示す姿はとても高潔で……

だから、アドゥルは決断したのだ。

最後の選択を委ねるように、アドゥルは口を閉ざし、静かな瞳でティオを見据えた。

そんなアドゥルへ、ティオは……

「ふっ、妾はご主人様の駄竜様ぞ？　辛苦はご褒美！　ばっちこ～いじゃ！」

なんて軽口の中にも不退転の意志を漲《みなぎ》らせて、躊躇《ためら》いなく竜鱗を手に取った。

途端、襲い来た血も凍るような感覚と絶大な力の奔流に膝をつくティオ。

「気をしっかりと持ちなさい！　呑まれるぞ！」

「ぐ、ぎっ、んんんぎぃっ、カハッ」

ヘドロのような魔力がうねる。初代の竜鱗を持つティオの手が赤黒い色に染まっていく。美しい黄金の瞳が、光を失うようにして濁っていく。

「っ、やはり無理かっ。ティオ、手放しなさい！」

怒声を上げるがティオの反応はない。魔力が吹き荒れ、正気を喰《く》らうプレッシャーが霊廟内を蹂躙《じゅうりん》していく。

「仕方ない……確か、仲間は再生魔法というのが使えたはずだな？」

腕を溶断する。そう決断し、アドゥルは手刀に灼熱《しゃくねつ》を纏《まと》った――その瞬間。

「っ、待つのじゃ、爺様よ」

「ティオ！」

ティオが顔を上げた。脂汗を大量に流しながらも不敵な笑みを浮かべている。

「初代様は中々の暴れん坊じゃな……すまんが、爺様よ。出発は今しばらく待つよう、みなに伝えておくれ。妾《わらわ》は……この慟哭《どうこく》する初代様を力ずくで慰めるでなぁっ!!――〝禁域解放〟!!」

「うおっ、っ、これほどとはっ」

ティオの夜天の如《ごと》き漆黒の魔力が噴き上がった。初代の魔力とせめぎ合う。

その絶大な魔力のぶつかり合いは、アドゥルであっても近づくことすら困難なレベル。

瞑目《めいもく》し、まるで初代と対話でもするみたいに、あるいは喧嘩《けんか》でもしているみたいな様子で集中しているティオを見て、アドゥルは苦笑いを浮かべずにはいられなかった。

「既に、私など置き去りにされていたか……」

凄絶な魔力の奔流に、カルトゥスを始め里の者達が駆けつけてくる。

彼等に説明と指示をしつつ、アドゥルはただ見守り続けた。

孫娘が、本当の意味で歴史上最強の竜人となる瞬間を、その目に焼き付けるために。

それから、およそ一日半が過ぎた頃。

いつの間にか孤島の空を覆っていた暗雲が消し飛んだ。

ただ一発の〝竜の咆哮《ブレス》〟で。

それは、かつてハルガ・クラルスが最期に放ったブレスを軽く凌《しの》ぐ、まさに天を衝《つ》くような神話の如き一撃であった。


深夜の時間帯。

広場に集まった戦装束の同胞の前に、ティオが威風堂々と立っていた。

霊廟から出て直《す》ぐの時は随分と疲弊した様子で歩くのもままならず、アドゥルに背負われて屋敷に運び込まれ、それからヴェンリに介抱されていたのだが……

どうやら、心配は無用らしい。

「同胞達《たち》よ。妾達はこれより、未来を賭けた決戦へと身を投じる」

威厳ある声音は、心地よいほどに心へと染み渡った。

「五百余年……長き雌伏の時は、今、終わる。世界が我等の助力を求めておる！　守護者を！　平和の紡ぎ手を！　伝説の竜人族を！　求めておる！」

誰も彼も、万感の想いを胸に抱く。姫様の言葉に、拳を握る。

「仁、失いし時、我等はただの獣なり！　されど、理性の剣を振るい続ける限り――」

「「「「我等は竜人であるッ!!」」」」

満足そうに頷く姫様の姿を見れば、心が誇りで満ちていく。

――高潔たれ。強大な力は常に、他者のために

その理念が、心の奥底から気概と共に溢《あふ》れ出てくるようだった。

光り輝くゲートが出現した。

美しい夜が舞い降りたみたいに漆黒の魔力がティオを包み、次の瞬間には勇壮なる黒竜が現れる。

『ならば応えようではないか！　我が誇り高き同胞達よ！　咆哮《ほうこう》を上げよ！　今こそ、神から世界を解放する時ぞっ!!』

孤島を揺るがすような無数の咆哮が上がった。

次々と光に包まれては〝竜化〟していき、ティオに続いてゲートを抜けていく竜人達。

人類連合軍が唖然茫然《あぜんぼうぜん》とする中、大陸に戻ってきたのだと感動の熱で胸がいっぱいになる。

何より、姫様だ。

威容を誇る姿、王威を感じさせる態度と御言葉《おことば》。

ああ、やっぱりあれは何かの間違いだったんだ。きっと白昼夢でも見ていたに違いない。

だって、自分達の姫様が、あんなに変態なわけがないもの！

素晴らしい結論に、涙が出そう――

「ご主人様ぁ～～っ！　愛《いと》しの下僕が帰ってきたのじゃ！　さぁ、愛《め》でてたもう‼」

その日、決戦前の数時間の中で、全竜人族が泣いたのは言うまでもない。

自分達の姫様はもう……戻ってこないのだ、と。

あとがき

「ありふれた」11巻をお手に取っていただき、誠にありがとうございます。

原作者で厨二《ちゆうに》好きの白米良《しらこめりよう》でございます。

ある意味、最終決戦（最終章）前のプロローグ的なお話である本巻、いかがでしたでしょうか？

WEB版より、クラスメイト達《たち》にもかなりスポットライトを当てる形で加筆修正しましたが、〝クラスごと召喚される〟物語という原点のコンセプトの一つに、少しでも立ち返れていたでしょうか？

優花《ゆうか》や浩介《こうすけ》などの活躍に、少しでもウキウキしていただけたなら幸いです。

ちなみに、名前も出ていないモブ生徒が、実はあと九人いたという事実がさりげなく判明した点について、きちんと出してあげるべきか、それとも今更と割り切るべきか、めちゃくちゃ悩みましたが、結局、ページ数的に辞書レベルになりそうだったので断念。アフターストーリーなどで出せたらいいなぁ……と思ってます。

あと、今まで出てきたキャラが総出演！　というわけでもないですが、かなり登場しました。覚えてるかな……

白米的に一番気になったのは、実はギルドマスターさんです。

名前がね、ほら、某太陽光集束レーザー（NEW！）と一部被《かぶ》ってるので……

正直、ちょっとやっちまったなぁと思っていたんですが、今更、新ヒュベリオンの名前を変更するのも、ね？　ＷＥＢ版では浸透しちゃってるし……ということで、そのままにしました。決してギルドマスターをぶっ放す兵器ではありませんし、ハジメが忖度《そんたく》したわけでもないので、「しょうがねぇ白米だなぁ」とスルーしていただけると助かります。

あと、これは余談ですが、購入特典ＳＳの一つに、本巻で出せなかったキャラを可能な限り登場させました。本巻の、砦《とりで》の屋上にいるハジメをいろんな人が訪問するシーンに、登場させられなかったキャラを追加した形の短いお話ですが、実はこの追加キャラ、かなりの割合で後の某戦闘メイド集団のメンバーだったり……

ご興味のある方は、ぜひゲットしてみてください。特に、ＷＥＢ版を読んでくださっている方々に、ニヤッとしてもらえたら嬉《うれ》しいです。

最後に謝辞をば。

イラスト担当のたかやKi先生、原作コミックのＲｏＧａ先生、日常の森みさき先生、外伝零コミックの神地あたる先生、担当編集様、校正様、その他本巻の出版にあたり尽力くださった関係者の皆様、本当にありがとうございます。

そして何より、書籍版をご購入くださった皆様、いつも応援してくださっているなろう民の皆様に、心からの感謝を！

残り少しですが、どうぞ最後まで「ありふれた」をよろしくお願い致します！

白米良

オーバーラップ文庫
『大迷宮』のルーツが明かされる
外伝、始動!!
ありふれた職業で世界最強 零
ARIFURETA SHOKUGYOU DE SEKAISAIKYOU
ZERO
——これは、
“ハジメ”に至る零の系譜
“負け犬”の錬成師オスカー・オルクスはある日、神に抗う旅をしているというミレディ・ライセンと出会う。旅の誘いを断るオスカーだったが、予期せぬ事件が発生し……!?　これは“ハジメ”に至る零の系譜。『ありふれた職業で世界最強』外伝がここに幕を開ける!
著 白米 良　イラスト たかやKi
シリーズ好評発売中!!